王　蓬◎著

From Chang'an to Lhasa

唐蕃古道全程探行纪实

从长安到拉萨

【下卷】

西安出版社

卷四 雪域呼唤·古道新颜

雪域的呼唤

一

是谁带来远古的呼唤，
是谁留下千年的期盼，
难道说还有赞美的歌，
还是那久久不能忘怀的期盼，
呀拉嗦，那就是青藏高原。
……

每当听到那高亢入云、苍凉热烈、悠长的无止无境的旋律，内心都会被深深搅动，那高耸云端的雪域冰峰，连绵不尽的亘古荒原，绿浪接天的草地，一碧如洗的蓝天，大团悬吊的白云，深切的峡谷，奔腾的雪水，遍野的牛羊，翻滚的青稞；再是那大片鳞次栉比、金碧辉煌、规模宏阔的寺院，数百名身着袈裟、席地而坐、朗朗诵经的喇嘛；独特的藏式木楼，精致的雕花廊柱，浓郁的化不开的宗教气氛，浓郁的解不透的民族风情，构成了青藏高原丰富多彩、气象弘阔的大千世界，常冷不丁就给人强烈的震撼，这种“震撼”会沉淀下来，成为一种抵挡不住的诱惑，挥之不去的情结，不露声色地呐喊。末了，你会莫名其妙地坐立不安，开始翻看地图，寻找路线，收拾行囊，购足胶卷，最终会一次次西行，一次次奔向雪域高原……

二

作为中华民族大家庭的一员，藏族的先祖吐蕃人史前就在青藏高原繁衍生息。早在1300年前，雄才大略的唐太宗就与吐蕃的杰出首领松赞干布共同导演了迎娶文成公主进藏，汉藏和睦千载的佳话。那条彪炳史册的唐蕃古道就一直沟通着雪域高原与祖国内地的联系。

当然，这条1300年的官驿大道随着青藏铁路，各种国道、省道的相继建成，也在某些地段发生变化，比如从西宁出发后，无论是历史上的唐蕃古道，还是今日的109国道（青藏公路），214国道，所经路线在日月山以东为共用段都基本一致，但到倒淌河镇后，109国道即青藏线继续向西，214国道与唐蕃古道却折向西南。到玉树后，唐蕃古道是经杂多、越唐古拉山口进入藏北高原再与入藏大道，即今日青藏公路相交，但目前，由于从杂多到那曲需翻越终年积雪的高山，且400公里没有人烟，也无公路相通，古道则骑马需半

神奇莫测的雪域高原

月之久。所以，大凡探访唐蕃古道者，大都从玉树走康藏线经囊谦、类乌齐、丁青至藏北那曲，最终到拉萨。

一个民族能够在世界屋脊生存繁衍就是奇迹，再创造出灿烂的文明自然会引起世人的敬重。我在北大的先后学友廖东凡、秦文玉、范向东、马丽华都在西藏生活多年。是西藏吸引了他们，还是他们迷上了西藏？我仔细阅读过他们各自创作或研究的西藏系列作品得出结论：一个有文化感知与人文情怀的人，只要走进神奇又充满魅力的雪域高原，不产生迷恋是不可能的事情。

马丽华写的《西藏的文化旅人》，包括作家、画家、摄影家、音乐家、收藏家、考古学家、历史工作者，最后无一例外的成为藏学家。他们对西藏这片土地和藏族同胞的认识无疑更加深刻：人类从来不曾是大地的儿子以外的东西，大地说明了他们，环境决定了他们……

三

我毕十年之功，全程考察了穿越秦巴大山的七条蜀道，又曾二十次西行、寻叩从长安到罗马的丝绸之路。其中，有多次便是寻访被专家称为南丝绸之路的唐蕃古道，而且，我发现最具吸引力的也是唐蕃古道，因为它沟连着雪域草原，几乎让人百看不厌。因为每片草原都有自己浓郁的特色，每片草原

青海可可西里藏野驴

都能给人带来新的发现与震撼。当然，这也和每个人的兴趣相关。

多年来，我曾去过川西北的阿坝草原，若尔盖草原；甘肃的玛曲草原和甘南草原；青海的日月山草原和海北州草原、金银滩草原；黄河源、玉树草原和玛多草原；沿着唐蕃古道那长长的没有尽头的草原……

去过草原和没有去过草原是不一样的，因为你了解除了自己生活的火柴头般大小的天地之外，还有大片辽阔的世界。草原面对任何喧嚣任何不可一世的庞然大物都冷静缄默，草原归于沉寂就犹如天山昆仑山归于沉寂。草原如同天地有大美而不言，有大德而不张扬，有大襟怀而不标榜，有大谋略而不露锋芒。

草原并非完全绿茵铺地、牛羊布野、鲜花盛开和牧人欢歌，草原高寒寂寥、晴雨无定、暴雪严寒和供给中断是常有的事。远离城镇放牧，也就远离了现代文明，没有电影，没有电视，用不上任何家用电器，甚至很难和人交流。那种孤寂，那种辛苦，那种独处于天地之间所需要的耐力与坚强，不身临其境是不可能体会到的。

人生在某种程度来说也犹如草原，有如画的风景，有春兰秋菊的艳丽，有烈日，也有风霜。

我国儒学大师梁漱溟先生毕生关注人的道德、修养与情怀。先生以儒家思想为基本价值取向，追求人生的真谛与真味，他的许多文章对人生有生动立体的剖析，有对人生全面透彻的解读。梁漱溟先生认为，人不管身处何等境遇，或身居要津，权倾一方；或腰缠万贯，居产纳贡；或普通寻常，奉陪末坐；乃至于引车卖浆都需要解决或处理好三个方面的关系。即人与物之间的关系；人与人之间的关系；人与自身内心之间的关系。也许，人生还有其他种种关系，但这三种关系无疑是最重要的，也许是要困扰终生的。尤其当今时代，新旧交替社会转型，物欲膨胀，信息爆炸。人与物之间由于人的贪婪变得没有止境；人与人之间由单纯变得复杂；这也就导致了人的内心时时泛起波澜，失去平衡。一时间，穷人富人、官员百姓都觉得幸福指数下降，似乎谁也没有到达幸福的彼岸。其实，从古到今，人生不如意者常八九，穷有穷的困窘，大有大的难处，关键还在自己。如果说人与物，人与人，不完全由自己掌控，人与内心的磨合调节，却全在自身了。人非圣贤，坦诚地说，笔者遭遇的辛酸坎坷不比别人少，却始终坦荡乐观。古人说，不知民间疾苦无以充实胸臆，不访名山大川无以恢宏气概。多年来的行走，从蜀道到丝路，从秦川河湟到雪域高原，使我受益匪浅。人生谁无烦恼，但你去过草原，尤其是沿着那条古老的唐蕃古道，不厌其烦地深入到一片连着一片的雪域草原，认识了草原，从此心中就有了一面巨大的明镜高悬。凡事都有了一个客观公正的参照，也仿佛结识了一位见多识广、历经沧桑的老人，能够时时受到教诲。

朋友，若有机会，从喧嚣和尘世间脱身，从名利的追逐中后退，从种种诱惑中躲避，到草原上去吧。打开地图，就会发现，其实草原就在你的身边，以现代的交通，沿着川藏、青藏、滇藏或者是那条被誉为“天路”的青藏铁路，无论多么遥远的地方，都应在咫尺之间，所以一定要去雪域草原。

那里有雪山、古堡、雄关和大江大河之源；有历经沧桑的古道遗迹和规模宏阔的宗教建筑；有滋味浓郁的奶茶和鲜美无比的手抓羊肉。

青藏公路直通雪域

那里有辽阔的草地，灿烂的阳光和白云般滚动的羊群，有如玉带般蜿蜒的溪水和旋风般奔跑的骏马；那里有藏、蒙古、撒拉、保安、土等勤劳质朴和勇敢善良的兄弟民族以及他们绚丽多彩、独特浓郁的风俗民情。

高原牧羊人

那里有关于雪域草原种种史诗般壮美的传说和关于今日藏区草原新貌难以唱完的长歌。

朋友，到雪域草原去吧，开始你的唐蕃古道之旅也就开始了你崭新的人生之旅。

雪域国画

我对书画是门外汉，却爱看书画，且有一批书画家朋友。比如维宾，我们常谈的话题是青藏高原。我是因为探索唐蕃古道，维宾则服役27年，一生最美好的时光在雪域度过。“哎呀！这张好，简直是雪域国画。”一次，我从西藏回来，让维宾看一路的摄影，他对其中一幅赞不绝口，这是我在2009年5月乘火车赴拉萨途中所拍。那天，沿途日光朗耀，藏草初绿，列车一过昆仑山口，便是漫天雪花，遍地皆白，就像进入另外一个世界，所有旅客都兴奋不已。五月中旬内地早热得穿短袖汗衫了，没想到这里还是北国风光。我隔窗拍飞舞的雪花，一片混沌，啥也看不清楚。快过五道梁时，雪花停了，窗外起伏的山坡完全被雪花覆盖，只是在漫坡沟坎之间裸露着道道的泥土，仿佛谁用巨大的画笔，漫不经心在天地之间随意抹了几下，还真有说不出的韵味，我于是连拍几张，没想到其中一张竟受到书画家维宾的赞赏：雪域国画。其实，这不是我的作品，是大自然在不经意间流露出的一点手笔。

旅·途·小·憩

雪域的灵魂

一

藏区把高海拔的草原称羌塘，比如藏北，平均海拔在4500米以上，所以藏北草原也被称为羌塘，这里是真正的雪域高原，唐古拉山终年披雪，宛如一条巨龙横卧在藏北。2004年10月初，当我终于来到藏北高原，映入眼帘的竟是无数的蜡象，因两天前，刚降落场大雪，四周的山峦全被皑皑的积雪覆盖，格外清晰，像排成圆阵的蜡象，甩着长鼻、扬臀摇尾，向着盆地冲来，极目之间，白雪覆盖的山坡上，远远近近有无数的黑点在移动，那是牦牛，在雪域羌塘草原只有牦牛敢蔑视严寒。车转过山弯，正好一头牦牛站在土坡上，昂首扬角、威武凛凛，酷似海北州那尊被誉为“雪域魂灵”的牦牛。

现在，我们终于认识到一切动物，尤其野生动物是人类的伙伴，应该与它们和睦相处。事实上，若无动物，许多名山大川也就黯然失色，比如猿猴之于三峡，牛羊之于草原，骆驼之于大漠，猛虎之于丛林，雄鹰之于长空。应该承认，它们才是大自然真正的魂灵。

我对动物的兴趣不亚于人类。看电视唯一长期保留的节目是《新闻联播》和《动物世界》。每到陌生去处，关注的除了名胜古迹、历史文化，再就是野生动物。在兰州专门去了动物园，得知青藏高原是野驴、野盘羊、野牦牛、野羚羊的故乡，就极希望能见到它们。我觉得野牲畜比家牲畜更像牲畜，发达剽悍，野性十足，能给人留下强烈刺激的印象。

这几种珍稀动物兰州动物园都有，但看过后却失望。在我是觉得见着它们太容易，没经任何艰辛，就在咫尺之间与它们隔栏相望；它们在我眼中又太乖、太懒，无精打采，对围观者的挑衅毫不介意，甚至一只羚羊望着扔去的石子，目光竟十分亲切。

二

我明知即便去了青藏高原，想看野生动物也是种奢望。但去的次数多了后却获得意外的满足。生活在青藏高原的主要野生动物：藏羚羊、藏野驴、野牦牛、草鹿、旱獭几乎都撞见过。拉萨、西宁博物馆最引人注目的便是用各种野生动物做成的模型。其中最美的要推野盘羊角，粗壮的弯角盘成两个巨大的圆圈，一道道的纹路构成粗犷独特的图案，雄浑质朴的造型与天然无饰的线条都把一种原始的自然美推向极致，同行者说这是真正的野盘羊角，这头野羊肯定是饿死的，因为角盘得太大，挡住了嘴巴就吃不上草了，谁运气好在草原上就能捡到。

野黄羊的角则是秀挺地长在脑门上，像藏民们背着的杈子枪。青海省作协主席朱奇告诉我，有两样东西在三年自然灾害中救了青海人的命，一是青海湖中的湟鱼，野生多年成群结伙浮来游去没人捕。这下好了，各单位都组

牦牛天生适应雪域

织力量去捕捞，先是干部，后来工人农民涌上去了，真解决了大问题。再就是黄羊，当时也没保护动物法令，有能力的单位便也组织围猎，那场景极其悲壮。黄羊为生育和生存，每年都有大规模的迁徙，成千上万的黄羊，组织却十分严密有序。身强力壮的公黄羊承担探路、先行护卫工作，母黄羊与幼黄羊居中，按先后排列的顺序和预定的路线有条不紊地行进。这就为猎手的捕杀提供了机缘，只要预先埋伏于黄羊必经之处，枪一响定有收获。而遭到伏击的黄羊无论身边倒下的是父母还是兄妹，此刻都顾不上悲伤，仓皇逃窜一阵，迅急又恢复队列，公羊依然担任护卫，母羊依旧带领着幼崽，极奋勇悲壮地继续行进！

草原上还有野马、野驴、野牦牛等大型动物，近年加大了保护野生动物的力度，各种野生动物的种群都不断增加，进入青藏高原轻易就能见到。我在海北州政府所在地见到一尊雕像，是头牦牛，四肢茁壮，体格雄健，整个身体奋力前进，两支盘角直刺前方，雄性十足，威风凛凛，是我见到的最好的雕塑之一。这尊雕塑被命名为雪域魂灵。先是让人一愣，为什么不选骏马或绵羊？仔细一想，就觉得誉牦牛为雪域魂灵十分准确。

雪域“天牛合一”

牦牛是藏民赠送亲友的重礼

在高寒草原，马虽强健，但周身无长毛覆盖；马善奔跑，运动激烈，肺活量大，使马很难适应高海拔寒冷和缺氧的草场。青藏高原虽也养马，但主要供牧人乘骑，在畜牧业中不占主导地位。

马太娇贵，在草原固然是天之骄子，但在高海拔的雪域就未必得逞。据朱奇介绍，1959年平定西藏叛乱时，曾从内蒙调来一支骑兵团，一律高头大马，十分威风。但不久便发现这批战马无法适应干燥缺氧的高原气候，更无法在丛林与本地马周旋，不长时间都死光了，骑兵们抱着空马鞍伤透了心。

羊在任何草原都是大宗畜类，毛肉兼用。各地草原都有优良品种，比如新疆细毛羊，宁夏滩羊，陕北山羊等。生长于青藏高原的是一种藏系绵羊。公羊角长且盘旋粗大，纹路精美，可做工艺品。这种羊毛长耐寒，肉鲜美，是牧民主要食品。

羊又太软弱，司机讲他有许多年都是为西宁市拉运羊肉。每当秋末冬初屠宰期一到，便整日看杀羊。宰羊汉子个个身强力壮，讲究姿势和刀法，比赛速度和耐力，一天宰几十只羊是小轻松。可怜是羊，大群被赶来，都清楚要赴杀场，一片哀号，跪着不动，还掉眼泪，但都无济于事，一阵工夫便被割头剥皮，吊在架上热腾腾地冒着水汽。

三

牦牛就不同，天生的高原动物。在海拔六千多米的雪山照样靠吃苔藓地衣生存，特别耐寒，用牦牛毛编织的帐篷风雨不透，十分暖和，所以近年青海用牦牛绒纺织的牛绒衫全国风行。牦牛由于适应性强，耐寒耐饥，富于韧性和能够驯化，是牧人密不可分的伙伴。每当迁徙，便由牦牛承担全部载重，再艰辛难行的沼泽山路，高寒缺氧的地段，它们都能适应，都始终伴随着主人。在农牧间作区，牦牛还可拉犁耕种。自看到那尊“雪域魂灵”的雕像，一路我都注意牦牛，发现每一群羊中总伴随站着十头左右的牦牛和一、二匹马。这就是一户牧民的全部家当。每当迁徙，牧民骑马赶着羊群，牦牛则驮载帐篷和生活用品，就可以“逐水草而居”了。草原牦牛比内地马牛都要小，通体黑色，四肢短粗茁壮，两角盘旋，长毛拽地，貌似憨拙。可我企图接近

牦牛被誉为雪域之宝

它们拍照时，它们却在陡峭的山坡上健步如飞，一溜儿跑掉，十分敏捷。据说野牦牛几乎比家牦牛大一倍，且性格凶猛，连狼都惧怕它，不易驯养。倒有家牦牛跑进野牦牛群中不肯回来的事发生。

牦牛天生是高原耐寒动物，个头介于马羊之间。但野牦牛也有重达一千多公斤的，力大无穷，在高寒地带几乎没有天敌。甚至有撞翻汽车的记录。野牦牛常几十上百头一群，生活在人烟稀少的荒原。无论野生或家养的牦牛，周身披着长长的黑色绒毛，能够尽量吸收高原稀有的阳光，所以特别耐寒。牦牛蹄宽大而且空心，能够攀登陡峭的山崖。且行动敏捷，性格凶猛，能够抵御高原狼豹等凶猛动物的袭击。但驯服的牦牛十分听话，承担了高原农耕地区的役使任务。牧民们在长期驯养牦牛的过程中，还利用牦牛和黄牛交配，繁育了一种兼有牦牛和黄牛优点的犏牛，更能适应高原地带的农耕需求，犁地、拉车、乘驮都能得心应手。

所以高原牧民看重牦牛。我们眼前的这户牧民没见有羊和马，几乎全部养着牦牛，这可能也和牦牛近年走俏有关。牦牛肉因营养丰富而昂贵。再是，牧民每天不可或缺的奶茶也主要产自牦牛，牦牛体大，产奶也多，在牧区最常见妇女干的活儿便是挤牦牛奶了。牦牛奶除了供牧民全家日常饮用之外，还能做酥油、奶疙瘩，这也是草原牧民家中常备的食品。在草原，一户牧民有多少牦牛，便也大致决定了这户牧民的收入与贫富。

草原·帐篷·孩子

一

草原博大、空旷，行驰其间的任何车辆都宛如大海中一叶扁舟，那次是在盛夏七月细雨飘飞之中，我们独自闯进了若尔盖大草原。正当我们感到有种寂寥时，远处的天边，准确地说是绿色的草原与铅灰的天空衔接之处，有了一个让人兴奋的黑点。渐渐地，黑点扩大，是一顶帐篷，一缕炊烟在袅袅地飘升，四周则散落着更多的黑点和白点，那一定是牦牛和羊群。

草原人家

车开近了，我们看见这委实是一户以放牧为生的藏民，一顶硕大的黑色帐篷，坐落在离简易公路约一华里处。这样正好避开来往车辆的喧嚣，不至于惊动啃草的牛羊和他们平静的生活。四周散落着百十头黑色的牦牛，时近正午，牦牛也许已啃饱了青草，或站或卧，十分悠然。四周是无垠的草地，八月正是水草丰茂的季节，又被细雨滋润着，各种不知名的青草沾着晶莹的露珠覆盖着整个大地。除了穿越草原的简易公路，无一处裸露的黄土，无一处不是浓浓淡淡的绿色。远处是缓缓起伏延绵同样为绿色覆盖的山坡，四周再无任何帐篷或牧民。

看来，这户牧民仍沿袭着“逐水草而居”的先民之风，选择了一处有山坡阻挡风沙，有水草可供放牧，且又没有争端的地盘来经营自己的牛羊王国。

二

我们停下车来仔细观察，帐篷是牧民居家的标志。哪儿有帐篷，哪儿就注定有牧民和牛羊。除了牛羊，帐篷就是牧民全部的家当。帐篷这种可以移动的民居，是牧民们在千百年实践中智慧的结晶。他们只需要几根木棍搭架组合，几根绳索固定四周，再盖上用牦牛线编织的毡毯，一座可供全家老少安居睡眠、饮食生存的住所便算落成。这种毡毯一般都用粗厚的牦牛线纺织，能遮风避雨，保暖御寒，铺在地上便是床铺。中间是用三角支架吊起的铜锅，用来煮牛羊肉和奶茶。燃料是取之不尽晒干的牛粪。再是几件必需又简单的灶具、碗盆、装粮食、盐巴、茶叶的布袋和两只放换洗衣服的木箱，就构成牧民的全部家产。

迁徙中的牧民

不要小瞧帐篷，这是牧民心灵的故乡，是人类在草原生存的标志。当然，标志着牧民财富的不只是帐篷的大小，而是牛羊

的多少。在青藏高原这些海拔 3500 米以上的牧场，不可能种植任何庄稼，牧民的全部收入都来自他们放牧的牛羊，不仅日常不可缺少的奶酪、酥油、肉食直接取自牛羊；帐篷、毡毯、氆氇则用剪下的羊毛纺线编织；需要用钱购买的柴米油盐，各类开支也系出售牛羊所得。游牧民族的牛羊如同土地粮食对农耕民族一样重要。

三

就在我们停车眺望的时候，从帐篷里钻出来几个孩子，朝我们张望，我们招手让他们过来。不想，几个孩子真过来了。大的是女孩，有 10 岁左右，穿一身黑藏袍，腰间系着黄布带，露着一只穿毛衣的胳膊。还有一个男孩和两个女孩，都只有六七岁模样。几个孩子都像没有洗脸，头发粘在一起，脸蛋也被高原紫外线晒得黑红，看去憨态可爱。

我们问他们几岁了？上学没有？却因语言不通，几个孩子只是笑。我们从车上取下饼干、糖果，这也是多次草原牧区之行积累的经验，在牧区行走问路，防狗乃至借宿都有可能，牧民家都有孩子，若及时给孩子送点糖果，所有问题都迎刃而解。这会，我们便拿出糖果分给他们，他们没有客气，而是迅速伸出脏兮兮的小手接着，一笑，都露出口白牙。

“爸爸，快看！”我上大学的女儿突然喊。

藏族母女

几个藏族孩子也扬起小手，说：“拜拜！”

我朝女儿指的方向一看，一个小女孩正从帐篷那边飞奔出来，速度快得让人惊讶。草原并不像操场那般平整，雨水冲刷的沟凹，牛羊撒欢拱起的土包，再是旱獭打洞掏空的地穴随处都是。但那女孩却全然不顾，她一定是老远看见我们正在给几个孩子糖果，怕失去这个机会，才奋不顾身地跑来。我担心她跌倒，但没有想到她跑得飞快，简直像一头小牦牛般机警，转瞬之间就来到我们面前。

天哪，这孩子这么小，大约只有 5 岁光景，穿着一袭黑色的小藏袍，下襟绣着一片花纹，体现着母亲对她的疼爱，脚上是一双小牛皮靴子，黑红的小脸蛋，蓬乱的头发，一双小眼睛黑亮黑亮，让她显得更小也更让人心疼。

我们又拿了些饼干糖果给她，她迅速接着又迅速塞进胸前藏袍，机灵得让我们都笑了。

要说这些孩子上学一定能行。可环顾四野，几十里路都不见人烟。茫茫草原，不通电，无法看电视、通电话、照明和使用任何家电，这也就意味着和现代文明隔绝。如果生病，突遇灾害，又与外界如何联系？

不排除这户藏民隶属的村镇对他们的关照，但至少方圆 10 公里，我们再没有看见别的人家或是炊烟羊群。老一辈且不去说了，这几个孩子怎么上学受教育呢？自己的孩子要是在这儿该怎么办？真是不堪设想呢。

离开时，女儿挥着手朝几个孩子说：“拜拜！”

不想，几个孩子也一齐举起了手，怯生生地学着女儿说：“拜拜！”

藏区藏獒

一

在藏区徜徉，无论采风还是摄影，随时需要警觉的便是提防藏獒，不要被偷袭咬伤，因为藏獒的凶猛非同寻常，一旦不小心被袭击，不仅行走的全盘计划打乱落空，闹不好还会落下难以预料的后遗症。

藏獒是藏区特有的一种牧羊犬，是诞生于青藏高原，又经藏民多年培育、多年淘汰、优生优育出的一种威武、凶猛、忠于职守、不畏严寒、不畏艰辛，敢于和恶狼搏斗，和猛兽对阵的草原卫士。

牧羊犬守卫的山谷

雪域之王

藏獒是牧民的忠实伴侣

草原历来流传着“九犬一獒”的说法，意思是即使在青藏高原，也并非普通家犬、牧羊犬就能成獒。獒是从许多幼崽中发现，选择出优种，再由育獒高手从小调教，采取许多从实践中总结出来的经验来调教驯育它，比如选出的幼犬要饿数日，再放进旱鼠一类的草原小动物中，让幼獒从小练就从搏斗中获取食物的生存本领。再是奔跑、搏斗、防卫、守寨等一整套牧羊犬必备的能力。

这期间还有一个优胜劣汰的过程，最后培育成功的藏獒，不仅个大，最大的藏獒竟然像小毛驴一样，满身长毛，头大如斗，像狮子般威风，吼声如雷，往往震慑得对手不敢前行。放牧时，羊群漫过草坡，藏獒必定会选择一处高地警觉地眺望，呵叱顽皮的公羊不要走远，震慑别的羊群不要靠近。暮归时断后，直到所有的羊只都归来，夜晚守护羊圈则是天职，稍有风吹草动，便会闻风吠叫，真要有恶狼偷袭，藏獒也会奋不顾身扑出迎战，一只藏獒敢与两三只恶狼对阵，一旦咬住，绝不松口，直到恶狼断气。故草原有“一獒抵三狼”的说法。

我国藏学先驱任乃强先生上世纪三十年代，曾深入康藏地区，对藏獒的起源做过认真的研究，他认为：康青藏高原的顶部，原有一种猛兽，它以食草动物为食料，与狼相似。高原上大群的狼与它争食，但都被它逐渐消灭，若干万年来，高原上已经无狼了。羌人原是善于猎取猛兽的（任乃强先生认为羌人为藏族先祖之一，曾有专著《羌族源流探索》），进入高原草甸后，与这种野兽争斗最为激烈。结果是它们终于被征服了，纷纷被杀死或擒获。可能是出于好奇心，他们把稚龄的放入土窑中饲养，取名叫做“契”。经过训养，成为非常得力的一种家畜，这就是今人所谓的“藏犬”。

任先生还讲他在藏区曾目睹羌人藏人每家都养有藏犬一条或几条。它能识别家人，在牧场捍卫畜群，使牛羊不走失，害敌不敢行进。家养时，必须用铁链拴住，因为它见生人便要猛扑，并专咬喉部，不畏刀棍，死不退缩。长达里余的藏商驮队，只要有藏犬一头随行，便能保证安全。

藏獒被人类训化并使用，至少已有几千年的历史。早在两千多年前春秋时代成书的《尚书》便有“西旅贡獒”的记载，《左传》中也有“公使獒焉”，说明春秋时代藏獒已出现在西羌群众生活中了。《马可波罗游记》中也有对藏獒的记载，说它头大如斗，吼声如狮，是一种护卫草原牧民的猛兽。清廷驻藏大臣曾把一只藏獒带回北京，献给乾隆皇帝，引起许多大臣关注。宫廷洋画师郎士宁还为藏獒画过一幅画，流传至今。

二

藏獒认熟不认生，对主人十分忠诚，一旦和家人熟悉，就会恪守保卫职责，在危急时奋不顾身保卫主人。几乎每片草原都流传有藏獒在主人遭受雪灾、火灾、病倒荒原时抢救主人或幼童的传奇故事。正是由于藏獒有这些优良的品质和出色的本领，藏区牧民都喜欢养獒，几乎家家皆养，有的牧民还养几只獒来放牧护寨。

但藏獒不认生人，若是不熟悉的生面孔，就会扑出来伤人，如无主人呵斥就很危险，曾在四川电视台看到一则新闻，几所学校组织运动员在若尔盖草原沿当年红军长征路线竞走，一位女学生误入藏民牧区，被藏獒当场咬伤，因当地无防狂犬病疫苗和血清，必须拉回成都抢救，结果不知如何，但那女学生被藏獒咬后痛苦的呼喊却使人难忘。

有此教训，我在多次的藏区行走中，都视安全为第一，宁可放弃一些拍摄牧民日常生活的场景，也和藏獒保持一定距离。再是携带长焦镜头，远距离抓拍，若天气晴明、光线充分，效果也不错。不过，在实际中发现，藏獒似乎没有传说中那么可怕，在藏区十分普遍，有些时候途经一片牧民较为集中的地方，五六户牧民居住在一片水草丰美的川道河谷时，就会看见每顶帐篷前都有两三只藏獒卧在那里，懒洋洋的，也许怕伤人，大多藏獒被铁链拴着，几次我试图接近拍摄，它们也只吠上几声，就又卧在那里，让人怀疑这是不是真的藏獒？

三

据说，藏獒的故乡是在黄河首曲玛曲一带，在玛曲流传着这样一个故事，一户牧民从朋友处获得了一头藏獒，其貌不扬，看不出威风，而且不久羊群就遭到狼群夜袭，一次竟然损失了 7 只羊。牧民非常愤怒，觉得自家的藏獒失职，让他在草原上丢尽脸面。他大声斥责藏獒，并用牧羊的皮鞭抽打藏獒，边打边骂：没用的东西！受到主人打骂，对藏獒来说是极大的耻辱，但藏獒没有反抗，任由主人打骂。当晚，藏獒消失了，主人余怒未息，也没在意，可连着两晚藏獒都没回家，害得主人不能安歇，他得代替藏獒守夜，在草原夜间守护羊群不敢马虎，常有疏于防范，羊群损失惨重的事情发生。现在，藏獒走失，主人沉不住气了，他开始寻找藏獒，却一无所获。

这天晚上，牧人听到有敲门声，他打开门一看，惊呆了！正是丢失的藏獒，它浑身是血，还残着一条腿，十分狼狈。主人不知发生了什么事情，藏獒却叼着他的袍角，这是让他跟着走的意思，主人随藏獒来到羊圈外空地一看，天那，这儿竟然摆着 5 条恶狼的尸体。显然，藏獒在受到主人的打骂之后，为了挽回尊严，在大草原上寻找到了狼群，力战群雄，把对手全部战胜咬死，并拖回来，向主人汇报，深受感动的主人一下搂住了这只忠心耿耿的藏獒。此后，这条其貌不扬的藏獒英名也传遍玛曲草原。

中华巨獒

近年中国，养宠物之风弥漫，竟然连威猛如兽的藏獒也不能幸免。许多地方，包括内地城市，都能见到藏獒的身影。其实，许多专家认为藏獒就本质来说仍属兽类，划为狼种，这种原本在青藏高寒地区的犬类，一下来到平原，甚至炎热零海拔的沿海地区，注定是遭罪。随着市场不断扩大数量倍增，不断繁衍，就注定存在一个品种退化，需要提纯品种的问题。据说在国际名犬市场，我国的藏獒因其个大、威猛、忠于职守已名列前茅，最好种犬每只售价达上千万美元。我在西藏去了一家藏獒园，饲养着从藏区各地搜寻来的各式藏獒竟达数百条之多，分栏饲养，各有名牌，标明品系、产地、身高、体重，乃至名字，什么“獒王”、“赛虎”、“铁包金”、“铁锈红”不一而论。其中一条被称为“天下第一獒”刚满一岁，身高 85 公分，体重达 120 公斤，主人用铁链拉出，果真头大如斗，威风如狮，小毛驴般大小，吼一声如同大地震颤，吸引不少游客。有人私下告知，这个獒园去年产崽 400 多头，每只 8 万元，收入高达几千万元，办什么企业也没有这来钱呀。据说内地不少人来藏区收购幼崽，带回繁衍赢利。我曾见着汉江堤畔一户人家养着几只公母藏獒，专事繁殖，出售幼崽，每只约达万元，凡事一旦进入商业营运，只顾将本求利，不去考虑动物命运，藏獒与生俱来的牧羊守护功能的丧失是迟早和必然的事情。

四

但我的藏区之行，还是与藏獒有过两次有惊无险的遭遇。一次在玛多，拍完黄河第一桥从河堤返回，途经一户藏民住宅，只顾注意草地上四处奔跑的田鼠，不想几乎走到一只硕大的藏獒面前，幸亏这只獒拴着铁链，只是对我们瞪着黑亮的眼睛吠叫了几声，便又卧在那儿了。另一次是在阿坝，我看见公路上方的山坡上，一座帐篷前，一对年青的藏族夫妇背着孩子正要跨骑摩托，可以拍幅好照片，忙端起相机，不想却扑出一只毛发直立的藏獒，向我狂吠不已，急中生智，立即把镜头对准藏獒，“咔嚓”一声，开车就走，回来冲洗一看，没拍上年青的牧民夫妇，却拍出一只威风凛凛的藏獒。

云中哈达·神奇天路

一

白色公路一直在上坡，仿佛没有尽头，一个又一个山峦和垭口都甩在轮下身后，但仍然在上，上的无止无境，上的让人提心吊胆。不停盘旋的白色路面像一根舞动的飘带，又像一条洁白的哈达，从高高的蓝天碧空，从重叠的云团中抖落下来。事实远不止此，大团的白云就在山峦间、车身旁浮动，前边一辆满载蜂箱的大卡车直接就像行驶在云团上面，我忍不住隔着车窗拍下这个珍贵画面。

川藏线穿越天险

海拔4500多米的高原，空气稀薄，含氧量只有内地的一半，水沸点低，食物不易煮熟，我们几次进入藏区都在盛夏，牧草丰腴，释放氧气充分，乘车行走，感觉不到什么，但晚上住宿，还是有明显的高原反应。这次住在拉萨市一座四层楼上，竟然每爬一层楼，头都胀裂发痛，这便是高原反应，只能休息，尽量少说话，少用劲。

有了这层体验，沿途见着筑路大军便倍生敬意，筑路工人从服装相貌看，多系民工，民工中又多系当地藏族群众，而且大多数是藏族妇女，年青的姑娘媳妇居多，也有少数中年大嫂。施工路段，虽有挖掘、碌碾等机械，但很多活儿，如砌护坡、挖边沟、清道渣、装推车都是人工，这些藏族妇女和男人一样，手握铁铲、挖镐，铲土挖坡，干着沉重的体力活计。

我推测，能在如此高海拔地段干重体力活，首先要归功她们世代生活在这里，对环境从小适应，再是恐怕根本上还是同大多数外出打工的民工一样，为了尽快脱贫和解决温饱。毕竟，这儿属典型的“老、少、边、穷”地区，多数县被定为国家或省级贫困县。有时细想，人和人的区别一来到这个世界便被决定了大半，再有能耐的人若出生在这儿，机遇恐怕也少得可怜。

二

高原地带，风云多变，大晴日不定飘来一团黑云，落雨、下雪，乃至砸下一场冰雹都是常有的事，偏偏高原上几乎没有什么地方可以躲避。我们穿越祁连山遭遇冰雹时，看见筑路工人都跑到涵洞中躲避，还有几个人把藏袍脱下顶在头上，这是无可奈何的事情，所以尽管大热天，筑路的藏民还都穿着藏袍，戴着毡帽，这是生活经验告诉他们随时都要防着天有不测风云啊。

在若尔盖草原，许多藏民把修路挖掉的熟土，大约20到30厘米厚的黑土全都拉到定居点附近，他们珍惜这种能长牧草的黑土，这是多少年才能形成的东西。藏民在家乡修路比外来人更注意珍惜和保护环境。

从拉萨到天湖纳木错，要翻越一座海拔超过5000米的念青唐古拉垭口，在接近山巅的地方，一伙藏族民工正在修砌一段护坡，护坡上靠着脚手架，男人在拌沙灰，砌石块，而所用的石块竟全靠几个藏族妇女排成人梯传送，我们经过时，一个藏族妇女正用双手举起一块硕大的石头往上递。石头太大太重，两次都失败，但那位藏族妇女笑了一下，一咬牙硬是把那块差不多上百斤的石块递上了高高的脚手架！

一路上，那藏族妇女高举起的石块仍在眼前晃动，正是这些能吃大苦，耐大劳的藏族同胞的辛劳，才使得高寒牧区有路可行，物资能够流通，信息能够传递，才使公路如洁白的哈达把广大藏区与祖国内地紧密联系在一起。

三

西藏历来被认为是“除了月亮之外最神秘的地方”，一方面吸引着中外游客的好奇心，另一方面又由于高海拔被视为生命禁区，这其中道路艰辛、山川隔断，被视为畏途。半个世纪之前，西藏没有公路，能通汽车的路仅有一公里，由于河流众多，水上交通便停留在原始状态，用的溜索、羊皮筏与独木舟。美国探险家保罗泰鲁在《游历中国》中说“只要有昆仑山在，铁路就永远修不到拉萨！”但事实是青藏铁路从 2001 年 6 月动工仅五年时间就全线通车，并创造了多个世界第一，在世界海拔最高，冻土里程最长修筑了世界上海拔最高的车站，最长的隧道，突破生命种种禁区，穿越了戈壁昆仑，飞架了裂谷天堑……用一条神奇的“天路”把雪域同祖国内地紧紧联系在了一起。

从青藏铁路开工时，我就萌生念头，一定要乘火车感受天路。2009 年 5 月总算如愿，因格尔木市以东多次自备车辆来过，对沿途日月山、倒淌河、青海湖已熟悉得像老朋友。有次夜宿格尔木，清晨 6 时沿青藏线开到 160 公里外海拔 4767 米的昆仑山口，看着灿烂的阳光下冰雪闪耀的山峰，和利箭一

高原腹地玛尼堆

藏区公路

云中天路

羊卓拥错

般伸向青藏腹地的公路，伙伴们跃跃欲试：向拉萨开！由于没有计划去拉萨，缺了许多准备。下次吧，带着遗憾掉转车头，回到格尔木，还不到12点。索性午餐后，又行驰580公里穿越柴达木盆地，经大、小柴旦，越海拔3900米的党金山口，到晚上7时，我们已坐在敦煌夜市吃羊肉串，喝冰镇啤酒了，一天跋涉上千公里，刷新探访丝路的记录。这次感受天路，重点在格尔木以西，我盘算着下午4时从兰州出发至昆仑山口，正好第二天清晨，便能接续上次驿站，全程观赏感受天路。

果真，翌日清晨，列车已过昆仑山口，一看，窗外大雪纷飞，一派混沌，起伏的山岭全在纷纷扬扬的雪花之中，这便是青藏高原，昨天一路还是艳阳高照，山川雄奇，牛羊布野，如今只能观赏到几十米的风景，朦胧中山岭逶迤，并不雄伟险峻，可我带的海拔表显示窗外海拔高度4600米，由于列车过格尔木后便施放氧气，车厢内很舒服。我想起一位地理学家对青藏高原山岭的描述是："高海拔的山丘"，真是准确到位，经验之谈。别小看窗外那些飞扬的雪花中似隐似现的山丘，海拔全在5000米以上，而有五岳之尊美誉的泰山，雄奇伟岸，海拔却不到2000米。大自然就是如此的鬼斧神工。

列车到楚玛尔河谷时，"快看，藏羚羊!"车厢中有旅客喊着。果然，窗外飞舞的雪花中，总有上百只左右的一群藏羚羊正从一面山坡走过来，不慌不忙，有的还停下来看着火车——这傲然驶过的庞然大物。看着在风雪中不畏严寒、悠然自得的藏羚羊，真不愧是大自然的精灵。还遇着一群藏野驴，有几十头之多，比家驴雄壮且背梁毛呈粗黑色，在飞驰的列车不远处巍然不动，正好让旅客隔窗抓拍图片。车窗外风景最引人注目的是沱沱河沿，尽管雪花仍在飞舞，但长江源那开阔的气势还是一览无余展示出来，网状的河流似乎是从雪雾深处流来，整个儿铺满了天地之间，沱沱河大桥是整个青藏铁路跨度最长的大桥，在海拔5000米的地方，最热可达30度，最寒为零下50度，正负相差80度。在这样气候恶劣、地质复杂的地方修筑铁路，真是创造了人间神话。

越过海拔5200米的唐古拉山口，这里也是青海与西藏的界线，海拔逐渐下降，马上就进入藏北大草原了，雪花也停止了飞舞，透过薄薄的云层，明显感到太阳在跃跃欲出，终于一下迸出云层，放射出热烈朗耀的光芒，把窗外的一切都勾勒得层次分明，鲜活光亮，远处的雪山如屏，延绵不尽，无比开阔的草原上，溪水如带，还有大大小小的湖泊如同散落在草原上的明镜，一群群的牛羊低头啃着草，缓慢地移动，就像经常在画报上看到的那样，吸引得旅客都扒着车窗张望。安多、那曲、当雄、羊八井……这些藏北名镇一一掠过。下午六时，太阳还高悬在一碧如洗的蓝天上时，雪域圣城拉萨到了。

拉鲁湿地

这片世界上海拔最高（3650米）、面积最大（6.2平方公里）的城市湿地位于拉萨城北，几乎与拉萨市区连在一起，所以被命名为“拉鲁湿地”，附近还有“拉鲁小学”，都由于靠近拉鲁庄院，过去曾属贵族拉鲁家族的领地。拉鲁家族曾出过八世、十二世两代达赖，是西藏历史上最有权势、最为显赫的

“亚磎”贵族（最高阶层），这个家庭最后一位继承人拉鲁·次旺多吉（1914—2011），也是西藏近百年来家喻户晓，最富传奇色彩的人物。

拉鲁·次旺多吉出身显赫，来到这个世界就注定当官，他曾是西藏地方政府最有权势的四位噶伦之一，还兼任西藏门户昌都总管。1959年西藏叛乱，他任叛军总司令，曾被监禁。释放后作为统战对象，任多届全国政协委员和西藏自治区政协副主席，依然身居高位，备尝荣耀。2011年以98岁高龄去世，悼词中称其为“一位爱国主义者，一位与西藏一起获得新生的历史老人。”我在拉萨朋友处听到这位历史老人教诲后辈的名言，对任何领导的回答永远是：“好好好；是是是；我一定照办！”

在我看来，这位历史老人留给这个世界最重要也最有价值的遗产是拉鲁湿地，由于临近雪山，水源充足，整片湿地长满高过人头的芦苇、蒿草与浮萍，为藏区珍禽黑颈鹤、白瓷鹳、斑头雁、棕头鸥、银鸥、戴胜、百灵、云雀提供了优良的栖息地，更为拉萨市民提供了一块天然氧吧。据科学测算，拉鲁湿地良好的生态与植被，通过光合作用，每年可吸收近8万吨二氧化碳，释放出近6万吨氧气呢。

旅·途·小·憩

木楼·经幡·玛尼堆

一

来到藏区，尤其是藏北，沿青藏公路，进入那曲、当雄，一种进入雪域腹地，即将看见雪域圣城拉萨的激动油然而生，两眼一直盯着窗外，想看看和内地究竟有什么不同？藏族村寨最明显的标志便是藏式木楼，高高的插在木楼四周和山坡上的经幡；再是每个村寨注定都有的白色佛塔，或是用石块垒成的供奉着牛羊牴角、插着经幡、布着各种彩色风马旗的玛尼堆。

藏式民居

在草原上，除专事放牧的藏民还住帐篷之外，越来越多的从事农业和非游牧业的藏民都住在固定的村寨。木楼是藏族同胞起居、饮食、生活的主要场所。藏族的村寨则是由一座座独立的院落和木楼组成。我曾有幸住过藏族和侗族的木楼，留下很深的印象。

藏族木楼常选取靠山近水、坐北朝南的河谷或向阳山坡，

藏式木楼内部结构

一般2—3层，也有4—5层的。底层和围墙用片石砌就，也有像汉族用木板填进黄土，筑成板墙。上层围墙全用木板，楼板也是把木板铺在粗大的梁木上，十分结实。

木楼一层喂养牲畜，有牛马羊，也有藏民养猪。二层住人，还用木板隔成若干单间，有厅堂之分。在上层放置粮食杂物。厅堂也兼做饭堂，其实也是厨房，中间放置有木架的火盆，上面三角架吊着铜罐或铁锅，煮肉，煮奶茶，做糌粑，都可以。

藏区高寒，一年四季家中均不离火，做饭的同时也能够取暖。空闲了，一家人围着炉火喝茶摆古，也借以度过高原寒冷漫长的夜晚。待到人困火熄，给牲口添完夜草，整个木楼也熏得温暖如春，一家人也正好安歇。

木楼大都带阳台，环绕整个木楼，通风向阳，便于晾晒粮食衣物和悬挂牛羊毛皮头骨，眺望放牧归来的羊群，也便于家人在阳光下打酥油茶、纺织毛线，充分显示了藏族同胞的智慧。

二

西藏临近印度，印度曾为英属殖民地，受其影响，不少藏族上层人物把孩子送往英国留学，带回了英国绅士的生活方式。他们把藏式木楼修建得十分考究。木楼内部有手工地毯、挂毯、壁炉、银质茶具，上世纪初就有留声机、照相机之类进口产品。木楼还带林卡（花园），类似上海滩的花园洋房。其文明程度，连进藏的内地高官都叹为观止。

其实，每个民族都曾创造过属于自己的文化和文明，都有过辉煌和骄傲。互相并不能取代，只能交流融合、取长补短。汉唐辉煌的重要原因之一即在于此。

比如，秦汉时期，中原汉族聚居之地并没有床榻桌椅，王公大臣议事也是席地而坐，晚间则席地而卧。三国时期的风云人物刘备早年便编卖过草席。

华丽的藏式门窗

在草原上生活的游牧民族由于经常迁徙，在水草地露宿，为了隔潮，创造出一种活动支架来做床用。迁徙时，折叠起来驮于牛马背上，到了宿营地，打开可坐可卧，十分方便。这种或坐或卧的支架，由于由马驮走，俗称马扎。这在当时就显然是优于汉族的一种文明和进步。

藏式风格的拉萨火车站

汉时，丝路畅通，中原与边地交往频繁，这种可坐可卧可折叠的架床传到中原，普遍受到欢迎。汉灵帝刘宏就十分喜爱“胡床”、“胡座”。“上有好者，下必附焉”，从朝廷高官到普通百姓纷纷仿效。经过中原能工巧匠不断加工改造，发展为后来的龙床龙椅，高桌低凳。这种最初由草原游牧民族使用的原始工具，升华为人们日常生活家具，从席地而卧上升到床铺桌椅，应该看作是人的尊严的提升，文明的提升。

同时，中原王朝的典章制度，京都省府的亭台楼阁，也为草原游牧民族所羡慕接受，在他们定居的城镇寺庙出现了殿堂楼阁，在少数民族居住的村寨则出现二层至多层楼屋。鉴于高寒取土不易，靠近山林，取木方便，所以多造木楼。随着岁月推移，经验积累，木楼也已相当完备和考究。

近年，随着退耕还林，退牧还草的政策落实以及对草原生态保护的加强，尤其是江河源区，对牧民实行整体搬迁。草原上选择海拔较低，避风向阳，又临近溪水的地方修建起不少定居点，大多由内地省份对口援建。既保留牧民喜爱的藏式传统风格，又采用新型节能材料，保暖空心砖，彩色塑钢瓦，门窗依然藏式彩绘，屋背依然经幡高挑，还有宽敞的天井院落，牛羊也专门设圈，人畜分开，水电俱全，深受牧民欢迎。2011 年 9 月第三次到拉萨，乘火车途经那曲，只见许多牧民穿着鲜艳的新装，骑的马也一律披红挂彩，原以为是举办草原赛马会，列车经过，才发现是一处新的定居点落成，牧民们都赶来参加乔迁之喜的。

三

藏寨的另一个标志是经幡和玛尼堆。幡杆用长长的木杆做成，有四五丈高，上面缚着写有“俺嘛呢叭咪哄”六字箴言的经幡，在风中哗哗抖动。按藏民的说法，经幡每被风吹一次，就等于念了一遍经。至于玛尼堆则建在村里制高点上，经常有人围着走动，手中摇动着经轮，一年四季，天天月月，从无中断，让外来人十分惊讶。可见藏传佛教已深入藏区村村寨寨。

若追溯起来，藏传佛教在西藏的普及和两位公主有关。丝绸之路畅通以后，早在汉代发源于古印度的佛教便传入中国内地，此为北传佛教。唐时佛教已十分兴盛，从皇室到普通百姓都普遍信仰。这时西藏还叫吐蕃，信仰一种土著苯教。吐蕃首领松赞干布先后娶了尼泊尔的赤尊公主和唐王朝的文成公主。两位公主都信仰佛教。出嫁吐蕃时带去大量佛教经典、佛像和法器。松赞干布受两位公主影响，皈依佛教，历经千年，从而使佛教在西藏生根、发展，带上自己鲜明的文化特点。其主要经典都用藏文记录，所以被称为藏传佛教。

藏传佛教在进入藏区一千多年中，吸收了曾经抵制佛教的本地土教一些教义和宗教仪式，与藏区的风土人情、精神寄托、思想情绪更加合拍，于是也就更加为藏区群众所接受。同时，藏区长期实行政教合一，许多活佛也是当地行政长官，更利于宗教的普及推广。

藏族群众世代生活在这样的氛围之中。我不止一次看见年青的藏族母亲带着孩子出入寺院，从小耳濡目染，宗教情绪会伴随一生，渗进生活的各个领域。藏区寺庙众多，有许多专职喇嘛，来自藏乡村寨。这样，很自然的喇嘛也就与民众有了不可分割的血缘关系，几乎每个人烟稠密的地方必然也会有寺庙。

我在青藏草原、玛曲和若尔盖草原，以及甘南、藏北草原这些藏族群众聚集居住的地方穿行的时候，似乎对宗教多了一些理解和体会。依据科学测算，20 亩草地养活一只羊，100 亩草地才能养活一匹马或一头牛。一户藏民若拥有一群羊和几匹马、牛，所占的地域几乎是内地一个村落拥有的地盘。空旷寂寥，精神若无寄托，苦闷则无法排遣。宗教恰好能给人一种寄托，一种安慰。何况，慈祥的佛祖，庄严的法会，寺庙的各种活动，也都给人带来憧憬和欢乐呢！

随处飘扬的经幡

拉萨晨光

拉萨四季都阳光灿烂。同属中国西南，成都年日照时间为1500小时，重庆不足1400个小时，拉萨却长达3000小时，无怪有“日光城”的美誉。即使在七、八、九三个月的雨季，也几乎是天天夜雨，天明以后，注定云散雨收，天空蔚蓝，日光朗耀。因为夜雨，空气湿润，特别宜人，所以这个时段也是拉萨的旅游旺季，中外游人都可尽情享受拉萨明媚灿烂的阳光。游人当中，相当一部分是摄影家或准摄影家，来拉萨必拍布达拉宫，早上人数最多，他们早早就来到布达拉广场，选好位置，支好脚架，静静地等待着拉萨的第一缕晨光。从东山上升起的太阳，最早照到的是拉萨制高点红山，布达拉宫正屹立于红山之巅，在冉冉升起的朝阳之中，白宫、红宫、金顶全都被轻柔的晨光笼罩，云蒸霞蔚，五彩幻化，无比壮观，直到太阳猛然跃上山巅，布达拉宫被照得通体透亮，摄影家们才慢慢散去。此刻，朝拜者们都又纷纷涌来，拉萨的一天也就这么开启。

旅·途·小·憩

藏北羌塘明珠

一

汽车在唐古拉雪山中的“S”形公路上盘旋，这一带被称为藏北。沿青藏公路离开西宁市以后，翻日月山，过青海湖，在格尔木市停留住宿休整加油。由于唐蕃古道杂多至那曲400余公里至今不通公路，故踏访古道多采取至玉树后，或绕道青康进入藏北，或返回倒淌河再沿青藏线去拉萨。若是七八九月，天气晴朗，路况良好，一般进藏车辆都采取两人轮换驾驶，早发晚至。清晨出发，一千多公里路程，当晚10时左右便可开进拉萨市区，以避免中途住宿的麻烦。不过对于自驾车的旅游者、探险者、考察者或摄影者来说，则无需这么赶急。

离开西宁便开始了梦想成真的西藏之旅，沿途日月山、青海湖、沱沱河沿岸，不光景色美得让人陶醉，更重要的是你一生便有了穿越农耕与游牧文化分界的经历，有了领略世界最大咸水湖风光的经历和中华民族母亲河黄河源与长江源头景色的经历，这绝不仅仅是简单地满足了虚荣心，它会成为一种刻骨铭心的阅历，会长久地影响你的心态，自然是给你明朗健康影响的那种。

尽管唐古拉山口一带由于海拔高达5231米，而且景色荒凉，但翻越山口也就进入了西藏，准确地说是进入藏北，沿途有安多、那曲、当雄、羊八井等城镇，这也是早年唐蕃古道必经之处。

藏北现在称那曲地区，平均海拔在4500米左右，著名的可可西里无人区便与藏北相连。藏语称“羌塘”意为北部的草原。如果运气好，很可能遇见藏羚羊、藏野驴、野牦牛，成群结队在广漠的草原上争相奔跑，这是只在电视中才能看到的情景，这会儿却近在咫尺，目睹这些已在青藏高原生存亿万斯年的动物现在才被人类认可为伴，你可能鼻腔会发酸，有了一种情感上的冲动，这是你最质朴的感情被唤醒的表现。青藏公路和铁路都由这里穿过，这里能够近距离欣赏藏北的原始之美。沿途高原牧场风光刚劲苍凉。世界上海拔最高的淡水湖泊错那湖便紧挨着青藏铁路，最近处不足 20 米，大团白云几乎就浮在湖面，这没有办法，因为湖泊水面已经海拔 4590 米，比泰山高出两倍多，只好让云彩浮在这里，这座湖泊面积有 300 多平方公里，火车也要沿湖跑半个多小时，看车站牌在安多县境内。从地图上看，错那湖为怒江源头，湖水处于有众多雪水及那曲河补充，又溢出为怒江源头的流动状态，所以是一座淡水湖。

提到湖泊，人们耳熟能详的常是西湖、太湖、鄱阳湖、洞庭湖等，因为这些湖泊都在内地，且都分布在人口稠密的长江流域，所以知名度高。提到青藏高原，大多数人都知道青海湖，青海省也因此得名。但却并不太了解，青藏高原才是中国湖泊最为密集、蓄水量也最多的地方。仅是西藏就有大小

天湖纳木错

湖泊1500多个，总面积达到2.4万平方公里，在世界上也排名前列，是湖面最高，范围最大，数量最多的高原湖区。这也是青藏高原特殊的地理环境所决定的。首先是雪山众多，终年积雪，蕴涵着巨大的水量，再是受地形影响，没有山脉阻挡，发育汇聚为大江大河，比如长江、黄河、怒江、澜沧江、雅鲁藏布江等，在滋润养育了亚洲众多的国家之后，流向了太平洋和印度洋。还有一些为山川阻隔，最终没有摆脱高山环绕围堵，于是就在低凹之处形成湖泊。

藏北还有一座更大的湖泊，那就是世界海拔最高的湖泊纳木错，静静地躺在这片高高的群山之中，凡进入藏北，没有不去拜访这片悬在高山顶上的大湖。可以稍作设想，秦岭主峰太白山海拔3767米，“太白积雪六月天”自古便为长安八景之一。若是晴日，在西安城楼便可仰望那远处云天中闪耀的太白雪峰，纳木错湖海拔4700米，比太白雪峰整整高出千米，若在西安仰望，简直是云天瑶池了。

二

这会儿，我们便沿着念青唐古拉山中的简易公路向这天上瑶池攀登。念青唐古拉山主峰7162米，就在当雄县境，其逶迤延绵的群峰也多在5000米以上，去纳木错，必须穿越念青唐古拉山脉，公路如同弯曲的飘带在山石裸露几乎寸草不生的山峦间缠绕，据说汽车在高海拔的青藏高原上行驶，也如同人在高原上跋涉一样，由于缺氧，费油费劲，损耗严重，寿命期或者说使用期要比内地短三分之一。攀登雪山更是像甲壳虫般小心翼翼，沿着河谷盘旋而上，老远便看见一处山垭，为五颜六色的哈达包裹，风马旗招展，这是藏区特色，几乎所有山垭、隘口、险峰、奇石、村落都布有经幡、风马旗和玛尼堆，藏民们每过此处嘴里还要呼喊“啦索索、啦索索……”意为神胜利

明净的拉萨河

藏式佛塔

了，恶鬼走开。

几乎登上山垭的同时，也就看见了天湖纳木错，远远地像一匹蓝色的彩绸，静静地躺在念青唐古拉山脉环抱中的高原，四周如原始般的沉寂，风势凌厉，所有的东西都被吹拂得猎猎直响，有种透人骨髓的寒气，让人切实体味到西藏可以同时拥有强烈的阳光和凌厉的寒风。山垭有界碑，标明：那根拉，海拔 5190 米。但距已经看见的纳木错，还有 20 公里，可见高原空气洁净，能见度高，也足见天湖之大。汽车沿公路盘旋向下，直奔大湖。

三

纳木错是青藏高原仅次于青海湖的我国第二大咸水湖，海拔却属世界第一，为 4718 米。东西长 70 公里，南北宽 30 公里，面积近两千平方公里。车在下山的途中，可以看清这是一处其大无比的高山平原，大湖四周还散落着一些零星湖泊，估计早先是连在一起的，现在的陆地比湖泊大，总面积恐怕五六千平方公里，可以放下中国最大的城市上海（总面积 5000 平方公里），让人感叹西藏的辽阔。

天湖朝圣者

这里也是片优良的高原牧场，由于有湖水滋润，虽不是直接灌溉，但高山雨雪，蒸发循环，牧草显得茂密，远近散布着羊群和骑马的牧民，黑色的牦牛毛编织的帐篷十分醒目地耸立，长长的炊烟飘向碧空。有了一种“天苍苍，野茫茫，风吹草低见牛羊”的气象。

终于来到天湖旁边，湖水清澈透明，能见度总在几十米，湖中褐黄色的岩石显露出来，像一丛丛黄色的珊瑚，玲珑剔透，有种透明的质感。据说湖水最深达 300 多米，远处的湖水深蓝深蓝，无边无际，有疾风吹过湖面，发出尖利的呼啸，卷起一层层浪花扑向岸边，岸边岩石被咬得凹凸起伏，惊得很多游人嘻笑着散去，一拨浪花扑哗哗散开之后，便会风平浪静，第二拨浪花还远在天际，此时湖水清澈平静得可爱，温顺得如同羊羔，让人忍不住想要赤足踩入去亲近湖水，但这却是绝对禁止的。

因为纳木错是藏民心目中的圣湖，湖水和湖水中的植物、游鱼都神圣不可侵犯。每年夏秋都有许多藏民来此朝圣，赶着牛羊在湖边扎起帐篷，一方面放牧，一方面要专门绕着大湖转经，步行一圈要半个多月。还有跪叩等身长头的，那就是要用身体来丈量一遍湖周了，其艰苦程度非外人可以体味，我们正好遇着一拨叩等身长头的，男女都有，诚恳庄严，一丝不苟，沿着湖水一路叩去，叩得人心里直发沉，我们以为他们会歇息，但是没有，眼睁睁看着他们一起一伏，消失在远方，溶进天水一色的圣湖。

彩绘天地

千年绝唱·大昭魅力

一

还没到八廓街，刚走进大昭寺广场，心就醉了。数丈高的焚香炉香烟缭绕，在阳光下幻化为万道光柱，空气里飘浮着藏香气息。大昭寺门前，一大片跪叩长头的信徒，几位老人正把花白的头颅叩在石墙，默默地诵经；穿着

千载不朽大昭寺

醒目紫红袈裟的喇嘛，三五成群，手执法器，出出进进，再加上与八廓街相连的转经人群，从早至晚，人流滚滚，男女皆有，相貌注定不同，转经方向一致，无不手摇经筒，口念佛经，神情虔诚，步履匆匆，这种浓郁得化不开的宗教气氛顿时把人带入一种仿佛没有纪元的年月。

八廓街是围绕着大昭寺一圈的环形街道，长约 3 华里，两边连着长长短短密如织网的街巷，宫厦套着石屋，回楼依傍古寺，清一色的藏式建筑，清一色的藏式商店，集中着藏族最传统的手工作坊。木匠、银匠、铁匠、画匠、裁缝，按照千百年流传的工艺织氆氇、地毯、藏披，打制银碗、铜壶、经筒、法号，出售奶酪、酥油、糌粑、牛羊肉制品和藏式血肠，弥漫着浓郁的藏族生活气息，几乎是几百年来藏族群众的缩影，是拉萨的缩影。只有在这里，才能触摸到藏族群众生活的底蕴，感受他们生活的形式和习惯，可以看见他们已经逝去的时代踪影，也才感觉到没有白来拉萨。

二

八廓街的中心和灵魂是大昭寺，若无大昭寺，八廓街就无从谈起。大昭寺建于公元七世纪，距今已有 1350 年历史，几乎与布达拉宫、拉萨城是同属吐蕃时期建筑，是藏王松赞干布为迎娶大唐文成公主修建的。当年，藏王松

风雨难阻众信徒

赞干布亲自领文武臣民赶到黄河源，首先拜见大唐使臣江夏王李宗道，行子婿大礼，然后李宗道主持去与文成公主相见，这位驰骋雪域高原的吐蕃王终于见到朝思梦想的大唐公主，顿时倾倒，他万没想到文成公主神态端庄，气质高雅，一派皇家风范，十分倾心。征得江夏王与公主同意在黄河源头按吐蕃礼仪举行了大婚。之后，又在玉树停留盘桓，当到逻些城时，尽管当时并无像样的宫廷建筑，但由数不清的帐篷构成的城池市容，也别具一格，生机勃勃，当文成公主一行到达时，受到了吐蕃臣民盛大欢迎，几乎是男女老幼、倾城出动。为展示大唐礼仪，促进唐蕃和好，在江夏王李宗道主持下，松赞干布和文成公主又按大唐礼仪，在逻些举办盛大婚礼，大唐礼乐飘荡在雪域高原，使全城吐蕃民众都真切感受到中原的礼仪风范，情不自禁载歌载舞，庆贺这盛大的节日。松赞干布更是喜上心头，对江夏王李宗道郑重表示：“我族我父，从未有通婚上国先例，惟我得大唐公主，实为万幸，我要为公主修建一座宫殿，以示唐蕃永远交好。”

这座宫殿便是鼎鼎大名的大昭寺。文成公主信仰佛教，从长安带去大

大昭寺周虔诚的信徒

大昭寺佛塑

量的佛经、菩萨、法器，这也是佛教在西藏兴盛的肇始，所以大昭寺是按佛教寺院修建的，但又兼有唐式大屋顶的庄重、华贵与大气，规模宏阔，庄严壮丽。

三

大昭寺建成，文成公主安定下来后，协助松赞干布推行改革，使吐蕃在政治、军事、经济、文化各方面都取得长足发展，带去的工匠也把中原的农耕、织布、酿酒、造纸等技术传播给当地群众。可惜，文成公主入藏 10 年，年仅 35 岁的松赞干布去世。按唐律，她可以回到长安，但文成公主依旧生活在吐蕃。直到公元 680 年去世，整整 40 年中，她已对雪域高原产生了深深的眷恋，去世后，文成公主与松赞干布一齐长眠于拉萨南部山巅，世代受到藏族同胞的祭奠与怀念。半个世纪后，金城公主又沿唐蕃古道于公元 710 年远嫁吐蕃，两位公主前赴后继谱写了一曲汉藏和好的千古绝唱，不仅踏出一条扬名千古的唐蕃古道，也使雪域同胞与内地民众有了持续千年牢不可破的血脉关系。至今，藏族同胞为两位公主塑的金像仍供奉在大昭寺中，千百年来，不仅接受着千万藏胞真诚的膜拜，也吸引着千千万万的游客敬缅和瞻仰。

寺中还供奉着历代佛家珍稀文物，成为西藏重大佛事活动的中心。五世达赖创建政教合一的“噶厦”政府便设在寺内。大昭寺建成后，寺周修有松

文成公主主持修筑的拉萨小昭寺

赞干布供文成公主和王公大臣们居住的官邸。许多名门贵族也纷纷在四周建立住宅。尤其是十五世纪之后，大昭寺不断维修扩建，规模愈显宏阔，四周僧舍、宗教学府、中小寺庙不断增多，吸引着藏区的虔诚信徒汇聚于此。噶厦政府、地方法庭、监狱机构、商号、摊点、作坊，一间挨着一间，环绕大昭寺形成长达 3 华里的八廓街，在这条主街的两边又形成密如织网的街巷，构成一片最具浓郁藏族生活气息的街区。

四

逛八廓街的人首先会游览大昭寺，但要说清这座已经拥有 1300 多年历史，25000 平方米，难以数计的大小佛像，无比丰富的壁画，以及千年风雨中起落沉浮的故事，真需厚厚一本专著。在随着滚滚的人流游览的两个小时中，给我留下印象最深的是那数不清的酥油蜡灯，千万盏灯火一齐闪耀，千万张虔诚的面孔尽皆顶礼膜拜，那种浓郁的宗教气氛，那无数矢志不渝热切期盼的眼神，真是看过后就再难忘却。还有大昭寺顶传来此起彼伏悠扬委婉的歌声，顺着歌声，我们来到被安全网隔开的楼顶，大约看见我身背几架相机，工作人员没有阻止。

只见正在维修的大昭寺顶，前后站着两排男女，用木杆连着的石夯砸实地面，这是种古老传统的工艺，是用一种产于西藏的风化石，采集来晒干，研磨成粉状，再拌上酥油一层层砸实，可用于屋顶防漏。不仅在于这种古老的传统工艺表现出的智慧，更重要的是劳动方式的完美与和谐。前面一排唱歌打夯，一首歌唱完便停下来休息，后面一排又开始唱歌打夯，周而复始，简直是种优美的集体舞蹈。我在北大的先期学友廖东凡，上个世纪到西藏后，听到这种动人的歌声，翻译成汉语为：

请看我的左手多么强壮，
请看我的右手多么强壮，
呀拉索！用我强壮的左手和右手，
把拉萨打扮成待嫁的新娘……

就在这一刻，他对这个在雪域高原生活的民族深含敬意，一下喜爱上了

请看我的左手多么强壮，请看我的右手多么……

当时还很破败陈旧的拉萨，他回忆当时仅市区野狗就有几千条，许多在内地已普及的日用品这里还奇缺，但他还是在西藏呆了下来，一呆便是二十年，拉萨文工团便是由他组建，他后来在专著《雪域西藏风情录》中回忆，当初的文工团员全是八廓街上的无业藏族青年，小喇嘛，小乞丐，小商贩。为了生存，从小学会藏族民间各种歌舞小调，仿佛他们天生就会唱歌跳舞，对于各类演出有出人意料的天赋，还很诙谐幽默，经过短期培训，没想到首次进京演出就引起轰动……

五

如今，亲耳听见拉萨这些普通藏族民工用如此优美的歌声进行劳动，倍感亲切。只是，专门留意，八廓街上几乎见不到唱歌跳舞的乞丐了。作为千年古街，八廓街早年为土路且无地下排水系统，一些回忆文章说到晴天尘土飞扬，雨雪天道路泥泞。近年经过改造，上下水道畅通，路边也一律花岗岩石铺就，电线电网埋入地下，路边街灯华贵高雅，富于民族色彩，每临黄昏大放光明，使八廓街又笼罩于另一番情景之中。白天，在高原灿烂的阳光照耀下，八廓街通畅豁亮，两边一律为砖石砌就三四层高的藏式楼宇，门楣窗棂绘画着体现藏传佛教的各种花纹，图案艳丽，经幡飘摇，连小街小巷都整洁规范，既现代时尚又保持着浓浓的藏族风情。由大昭寺广场进入八廓街，又是另一番景象，只见店铺林立，商幡招展，加之街道两边的商摊，密密麻麻摆满挂满色彩艳丽的藏族传统用品：氆氇、地毯、围裙、头饰、火镰、钱包、藏刀、唐卡、乐器、法器、菩萨、经筒、松巴鞋、酥油壶、鼻烟壶、金花帽……让人眼花缭乱，目不暇接，吸引着每天数以万计来自世界各地的旅游者。

八廓街上最有特色的是那些百年老店，比如那家叫“夏木嘎布”的古玩店，老板是尼泊尔人。上个世纪，曾祖父来拉萨经商，据说青藏高原的第一

八廓街吸引众多游客

八廓街景

祖孙逛新城

辆汽车便是他们从尼泊尔口岸拖进拉萨的。经历百年风雨，仍保持着老店的风貌，经营尼泊尔的手工艺品和西藏的古玩，现在已有几家分店，十分兴旺。再是一座黄色二层小楼，叫阿吉玛米酒馆，据说曾是充满传奇人生的六世达赖仓央嘉措的秘宫。当年他与女友幽会的地方分外引人注目。如今，这儿成了一处高品位的艺术酒馆，四周贴满绘画、摄影和艺术品，书架上摆满关于西藏的书籍图片，播放着动听的藏族民歌。有美国、俄罗斯姑娘自愿来打工，每天吸引着中外艺术家到这儿休憩、聊天，不同国家、不同民族的各种文化在轻松愉快之间获得交流，让人深感惬意，真正乐不思蜀。

最能体现八廓街魅力的是一早一晚的转经，仿佛接到无声的命令，潮水般的人群像从地下冒出一般，集结为浩浩荡荡没有尽头的人流，男女老少、喇嘛游僧、商旅乞丐、各类艺人，手摇经筒，默诵经文，加之来自世界各地的旅游者，尽皆按顺时针方向绕着大昭寺转经，终年四季，刮风下雨，落雪降霜都从未中断，沿着八廓街走向他们心中的洞天福地，极乐世界……

叩首长街

一颗光的发亮的脑瓜，一袭紫红色的袈裟，一起一伏犹如舞蹈般的身躯，一丝不苟地叩首长街。若在内地任何一座城市，注定会被视为另类或行为艺术引人围观，但在这里，拉萨八廓街上，却是一种寻常不过的宗教行为。购物的妇女，各地的游人行色匆匆，没有人朝叩首长街的喇嘛多看一眼。我被深深打动，首先是这位喇嘛与众不同，竟然留着络腮胡子，不去大昭寺前（那是集中叩等身长首之处），却来热闹街市；再是光亮脑瓜，紫红袈裟，在高原强烈的日光下对比鲜明，极具美感。我一路拿着相机追赶，那是2004年9月，我使用的美能达700型相机，配腾龙70—210长焦镜头，使用的还是胶片，无法现场察看效果，也不能太接近，几次赶在前面，都被纷乱的人流遮挡住视线，直到在一处转弯街角，连拍数张，才有了这幅“叩首长街”。

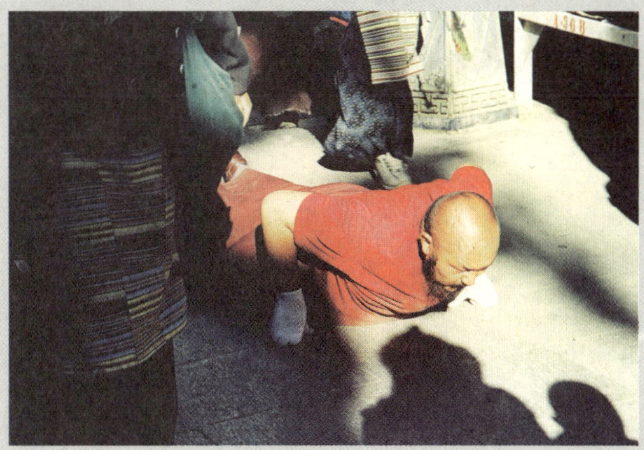

旅·途·小·憩

多情诗人·六世达赖

多情诗人

俏眼如弯弓一样，情意与利箭相仿，
一下就射中了啊，我这火热的心房。

东方的工布巴拉，多高也不在话下；
牵挂着我的情人，心儿像骏马飞奔。
——六世达赖·仓央嘉措

几乎是一见面，互相还没有完全熟悉，天祝藏族自治县文化馆馆长、藏族画家、诗人奥让智登就对我滔滔不绝地背诵起六世达赖喇嘛仓央嘉措的诗作："经典，简直首首都是经典！"奥让智登背上几首就要对我称赞一番。

"暴雨前的乌云，在天空驰来驰去，没结婚的姑娘，在人前闪来闪去，爱情的话儿藏在心里。"还有更精绝的呢："假如我们没有相识，我们就不会相恋。"这么简单明白，又耐人寻味，我常常想，就是歌德、海涅这些大诗人也不过如此，仓央嘉措的诗完全可以和他们媲美，至少是情诗。在奥让智登怂恿之下，我们在紧张的一天时间里，去了天祝已深入祁连山腹地的天堂寺，"那是一定要去的，六世达赖仓央嘉措为逃避清廷捕捉，就隐藏在天堂寺里，这寺庙不大，可名气很大，就是沾了仓央嘉措的光。"

返回后，我查阅了几种比较可靠的史书，仓央嘉措 1683 年正月十六日出生于西藏南部门隅地区一个偏僻穷困的小山村。两岁被认定为五世达赖的转世灵童，起因便缘于阴谋，败露后牵扯到已成为活佛的仓央嘉措，被取消名号，押送京城，至青海湖畔便辞世。也就是说，他一生并未走出青藏高原，更不可能到甘肃天祝的天堂寺了。有可能到达天堂寺的是十三世达赖喇嘛，据牙含章《达赖喇嘛传》记载，1904 年 7 月，英军第二次入侵西藏，十三世达赖仓皇出逃，经青海、甘肃，赴蒙古，途中有可能在天祝天堂寺小驻。这是上世纪初的事情，达赖小驻，天堂寺扬名，得以修葺扩建，维系至今，比较可靠。而仓央嘉措则是 300 多年前的人物，寺庙不一定维持至今。关键是压根就没有来过这里。

六世达赖仓央嘉措画像

传奇阅历

仓央嘉措是西藏尽人皆知的传奇人物。一方面，他出身于藏南穷乡，世代为奴，贫寒微贱，却戏剧性地被认定为转世灵童，登上宗教领袖宝座；他进入佛门，却痛恨教规，不忘恋人，为情痴迷，写下许多缠绵悱恻，广为传播的情诗；他害怕厌倦权谋斗争，可他能成为六世达赖，起因便缘于一起政界权谋。结果，他屡受打击，历经坎坷，遭遇拘押、流放，乃至过早失去生命，但他的情诗却震动着西藏大大小小的宗教寺院，拨动着蒙藏和各民族男女群众的心弦，乃至飞向大洋彼岸，300 多年过去，仓央嘉措和他的情诗不仅没有被岁月淹没，反而借助时尚先进的互联网广为流传：

自己的意中人儿，若能成终身的伴侣，
犹如从大海底中，得到一件珍宝。

邂逅相遇的情人，是肌肤皆香的女子，
犹如拾了一块白光的松石，却又随手抛弃了。
伟人大官的女儿，若打量伊美丽的面貌，
就如高树的尖儿，有一个熟透的果儿。
野鹅同芦苇发生了感情，虽想少住一会儿，
湖面被冰层盖了以后，自己的心中仍失望。

仓央嘉措“现象”是350年前的西藏政治斗争所产生的悲剧。当时在五世达赖之前，格鲁派两大活佛达赖和班禅仅仅是宗教上比较强势的领袖，并不掌握西藏政权，执掌政治大权的藏巴汗害怕格鲁派势力壮大，另外噶举派也很仇视格鲁派，于是五世达赖为寻找新的靠山，便率领三千随从进京觐见顺治皇帝，当时清王朝刚刚入关，全国大局未稳，迫切需要各种力量来协助稳定政权，双方一拍即合，顺治皇帝赐给五世达赖金印金册。有了中央政府支持，格鲁派自然声威大振，如日中天，正式确立了在西藏宗教界的领袖地位。

五世达赖有出众的才华与能力，也确实是一位杰出的领袖，这从他敢率三千随从进京就可以看出他能够把握大势，在关键时刻展示政治手笔，且出手不凡，取得预期效果，使格鲁派在他手中进入新的历史阶段。另外，他在宗教界也有较大的建树，他严于律己，绝不浪费，用清皇室的赏赐修建了十三座较大的寺庙，制定规章制度来管理寺庙，使格鲁派的寺庙、僧众、资产在这一时期迅猛发展。为下一步政教合一打下了社会基础。

五世达赖，在佛学学术上也堪称一代

藏式茶艺

六世达赖仓央嘉措幽会的茶楼

大家。他精研各类佛教著作，结合当时僧众学习上的疑难，完成了 20 余种著作，涉及宗教和西藏的社会生活，比如《西藏王臣记》为今日留下珍贵的史料，受到西藏各界以及藏学家们的一致肯定。五世达赖生前有很高的威信，深受清王朝的信任和西藏众僧的拥戴。1682 年，五世达赖在布达拉宫圆寂，享年 66 岁。

其时，协助五世达赖处理政教事务的第巴桑结嘉措为维护自己的权力地位，匿丧不报，继续利用五世达赖名义发号施令，长达十五年之久。但他毕竟心虚，做好两手准备，在地处偏僻的藏南门隅小山村寻找转世灵童，好处是不为人知，再是这一带信仰红教，若出现转世灵童，也便于黄教普及，完全出于偶然，在这里出生的仓央嘉措阴差阳错的被认定为六世达赖。但为保密，并没有送进寺庙从小学习佛经，而是与父母生活在一起，藏南海拔较低，植被茂密，泉溪遍布，最宜培养诗情，仓央嘉措从小在这儿长大，倾心自然，无拘无束，犹如在山野长大的牛犊，不习惯圈养。

玛吉阿米因六世达赖光顾备受游客青睐

玛吉阿米茶楼的外国游人

后来，桑结嘉措匿丧不报，为清王朝觉察，桑结嘉措出于无奈，只得把仓央嘉措迎进布达拉宫，扶上达赖喇嘛宝座。但仓央嘉措怎么也过不惯充斥着清规戒律的空门生活，他少年时代曾

经结识过一位清丽的姑娘，互相都很倾心，他把对恋人的思念写成一首首情诗。他还经常微服潜出，在八廓街一带寻芳猎艳，饮酒寻欢，据说拉萨八廓街那座黄色的阿吉玛米茶楼就是仓央嘉措当年与情人幽会的地方。可惜好景不长，桑结嘉措勾结蒙古葛尔丹谋反也被清廷觉察，康熙大怒，不仅严惩了桑结嘉措，也祸及桑结嘉措扶位的六世达赖仓央嘉措，他被以“耽于酒色，不守清规”的罪名废黜，并押送京城，途经青海湖畔圆寂，年仅 24 岁。

不朽诗佛

古今中外，许多有才华的诗人，比如李贺、王勃、普希金、裴多斐……生命都很短暂，但他们的作品却犹如划过暗夜的彗星，留下炫目的光彩，仓央嘉措便属于这样的天才。据军旅作家长篇小说《六世达赖喇嘛仓央嘉措》的作者高平回忆，他 1951 年随军进藏的时候，就发现了多种版本的《仓央嘉措情歌》，1985 年他出访匈牙利时，也在那里看见译成匈牙利文的名诗《仓央嘉措情歌》。可见真正优秀的作品是不分国界和民族，也永远不会被岁月淹没。

清廷虽然取消了仓央嘉措六世达赖的名号，并在理塘另选了一位转世灵童做为六世达赖，但却不为西藏广大僧俗认可，藏区群众认为理塘那位灵童应该是六世达赖仓央嘉措的转世灵童，应该为七世达赖，人们还为这种说法找到了依据，因为仓央嘉措的诗歌中就有这样的一首：不到远处去飞，只到理塘就回。

碍于众情难违，1724 年雍正皇帝顺应民心，正式恢复了仓央嘉措六世达赖的名号。2010 年玉树地震发生后，一个 10 岁的小男孩才仁旦舟到处帮着翻译并抢救伤员，在人民大会堂赈灾演出时，才仁旦舟唱的正是仓央嘉措的诗歌：

洁白的仙鹤，请把双羽借我；
不到远处去飞，只到理塘就回。

繁华街市·艳丽唐卡

一

大昭寺和八廓街的魅力，除了悠久的历史，灿烂的文化，特色鲜明别具一格的藏式建筑，浓得化不开的宗教气氛，还有让人炫目的各种色彩，五颜六色、无处不在飘拂的风马旗，涂抹得看不出本色的门楣和窗棂，满街妇女穿着的鲜艳无比的服饰，每座佛殿，每个家庭抑或说每面墙壁都必须悬挂的色彩无比艳丽的唐卡。唐卡是藏区流传的一种传统绘画，类如内地的年画，但又比年画要普及，因为不分节庆、不分地域、不分城乡、不分贫富，只要有人居住的房子，有空的墙壁就注定悬挂着唐卡。

八廓街藏族民居

所以，当不少进入西藏的朋友告诉我，蓝天和白云，荒原与湖泊以及同时拥有骄人的太阳和凛冽的寒风，是那块神秘的雪域最诱人的地方，我却认为还应该加上艳丽的色彩。山坡突然出现的牧羊女鲜艳的衣裙和

拉萨街景

布达拉宫前虔诚的信徒色彩艳丽

彩巾，布满一座山垭、五颜六色的玛尼堆，更不用说草原聚会时，成千上万藏族同胞身着的多彩服饰构成的洪流霓彩，再是走进任何一座寺院，经堂、佛殿、廊道、门厅、活佛官邸和僧民住地，都绘满五颜六色的壁画，连巨大的殿顶都彩绘得琳琅满目，让人目不暇接。即便普通藏民家庭，若是定居，土院土墙，室内壁画和廊柱的彩绘必不可少。若是游牧，则悬挂有唐卡佛画。

据统计，整个藏区有三千多座寺院，每座寺院都需对众多的建筑进行彩绘和装饰壁画，对画师要求数量很大。清初翻修布达拉宫曾从全藏调集数百名画师，之后由于需求量大，有市场，可以靠绘画生存，在藏区就有了靠绘画为生的职业，一直沿袭至今，他们所绘制的作品主要便是寺院的壁画和唐卡。

二

唐卡是藏区流行的一种传统绘画，类似内地的卷轴绘图。画的内容多与佛教相关，或画各种活佛、菩萨、罗汉金刚，或画与佛教相关的故事。唐卡的特色是工笔细描，画一幅大唐卡历时数月一年，再是色彩艳丽，让人看一眼就难以忘怀，有人说这是传统，我却推测这是对荒原与孤寂的反叛，是对极乐和热烈的追求，是雪域高原诞生的画师对佛教、对生活、对来世认同的倾泄。唐卡尺幅可大可小，材料可纸可布可绢，还有画在羊皮上，有画轴可卷成筒状，便于携带，受到牧民喜爱。我曾见过高度达30米，超过10层楼宇的大幅唐卡和扑克牌大小的袖珍唐卡。唐卡由于材料、质量不同，价格也很悬殊，几百元到几十万元都有。

八廓街上的珠宝交易

唐卡由于绘制的

刻满佛像的墙壁

大多为宗教人物和宗教故事，佛祖、菩萨、观音、法王或是历代达赖与班禅，粗看好像一样，几乎是一个模式，让人怀疑是印刷品。其实不然，所以给人雷同的印象，原因很简单，任何艺术品，一旦进入批量生产，就绝无“创造”可言，流水作业，只讲进度，只顾数量，何谈创新？再是，“创新”又谈何容易？任何艺术领域、任何一点一滴的创新与进步，莫不是艺术家潜心钻研的结果，这样真正的艺术家往往又很少，绝大多数人为着生计，沦为画匠，这就是唐卡千篇一律的根本原因。

但唐卡中也确实有画得出类拔萃的作品，我在布达拉宫和大昭寺中就见到几幅不知出自哪个朝代无名画师的作品，所画人物无论佛祖还是观音皆栩栩如生，让人过目难望。再是布达拉宫法王洞有一组松赞干布和大臣们的塑像，无不逼真平实，性格鲜明，呼之欲出，堪称艺术经典，这些无名工匠，让人敬意无限。

我曾专门去青海同仁，因为这是整个青藏高原的唐卡之乡，也是全国工艺美术大师夏吾才让的故乡，夏吾才让当年曾同张大千去敦煌临摹过唐代壁画，打下坚实的绘画基础，回到同仁带出了大批绘画人才。全县有两千多位藏民专门从事唐卡制作。我们去下吾塘村一户藏民家，全家做画框、浆画布、勾轮廓、画人物、涂油彩、各司其职，画好的唐卡在坑头叠起高高一垛，有专人收购，每幅一千元，但须画两个月，也不算贵。老大是位高明的画师，他告诉我这批画是甘肃河西要的，正忙着赶活呢。

说来也巧，两个月后，我去河西走廊参加肃南裕固族自治县成立五十周年纪念盛典时，我走进一家没有明显标识的餐馆，店主小两口也都着汉装，这个县以裕固族为主，但也还有蒙古、藏、土、撒拉和汉族。尽管裕固、蒙古族都信仰藏传佛教，但我看见与小餐厅相连的卧室悬挂着一张唐卡画，便本能地推测主人是藏族。一问，果然，而且这画也正好购自青海同仁。

三

我以为与唐卡可以媲美，或者说珠联璧合的是酥油花，它们堪称藏族传统工艺美术的两朵奇葩。所不同的是唐卡是工笔细描，酥油灯花是用调入各种颜料的酥油来雕塑人物花卉。两者最大的共同点是同属藏传佛教寺院的产物，题材都与宗教相关，再是都追求一种艳丽的色彩，或者说是用艳丽的色彩来表达画意主题。青海塔尔寺和甘南拉卜楞寺的酥油花灯都以历史悠久工艺精巧闻名于世，两寺都于每年农历正月十五举办盛大的酥油灯花展。各经院、班级的僧侣把自己用酥油做成的寺院、佛祖、人物、山水、花卉等工艺精巧、造型逼真的作品抬到大殿展览，允许信教群众参观，这种展示实际也常鼓励僧人们在工艺上暗中比赛，不断创新，因此，大寺院常常拥有不断涌现的灯花高手。不过酥油花因原料需用酥油，寺庙才会大量拥有，再是需保持低温，否则就会融化，故不易普及。相比绘制唐卡就容易，只要有原料，有兴趣，随时可画。寺院和牧民加上外来旅游者，也有不小的市场需求呢。

拉萨亦有不少回族群众

四

我曾在青海日月山购买过唐卡，原来青藏线从日月山垭口经过，新改造的高速路却从山腰经过，以前的旧路成了风景区，文成公主雕像，日月亭吸引不少游客，也形成一条长长的货摊推销旅游纪念品，各种藏珠、绿松石、佛像、经轮、牛角杯、藏刀、项链、哈达、皮货、编织品应有尽有。这其中便有唐卡画，是一个藏族小伙摆摊销售的，纸、绢、布、牛皮各种材料的都有，内容不限于宗教，有菩萨罗汉，也有高原雪峰，草地风光。我看上一幅画在羊皮上的唐卡壁画，雪山下的草原上，一位藏族姑娘正在挤牛奶，黑色的牦牛映衬在雪峰草地上，加上穿着艳丽藏袍的姑娘，色彩对比鲜明，人物和牛都很生动，很有生活气息，上面有悬挂的横木棍，下端则垂吊着木质牛头。

“这是你画的么?”我一问，藏族小伙倒害羞了，他点点头，露出一口白牙，英俊的脸上有股孩子气。“读过中学么?”他告诉我读过初中，从小喜欢音乐，也爱画画，村里有位画唐卡的老画师，他跟着学了几年，现在摆摊卖别人的画和自己的画。我看上的那幅画，他说别人买500元，你就300元吧，我坚持给了他500元，他又坚持送我一把小藏刀才友好告别。

拉萨药王山上的玛尼堆

返回把画送给在大学任教的女儿，她也很高兴，因为从这小幅的艳丽唐卡，能够感受到拥有蓝天和白云，荒原与阳光的藏族同胞热烈追求美好生活的心愿。

摄影天堂

川藏线上的新都桥，地处南北两线交会处，由于拥有雪山、森林、湖泊、草原，被发烧友们称为“摄影家的天堂”。许多人一待一个星期，满载而归。在我看来，那儿收获的多为风光，若要是想拍人文或是人物，在川藏、滇藏、青藏乃至整个西藏再也找不出比拉萨大昭寺前广场更为理想的摄影“天堂”了。

这里，从曙光初显到夜灯璀璨，任何时候都是人流滚滚，转经、朝圣、经商、观光、旅游、摄影……真不知道如此众多的人是从哪里冒出来的，男女老幼，五湖四海，不同国家，不同民族，不同肤色，朝着一个地方——大昭寺前广场——汇聚，然后又按顺时针方向沿八廓街流淌。那五花八门的鲜艳服饰，那绝不相同的姿势形态，那神色各异的鲜活面孔……不停地激发你的创作热情，不少摄影家都瞅准这儿，占据要津，选取角度，支架起“长枪短炮”，抓拍那些生动的瞬间。记得2004年第一次到拉萨，曾在大昭寺前一个上午拍完了6个胶卷。这两位来自西方的“洋喇嘛”则是第三次来到大昭寺前守候的收获。

雪域圣城拉萨（上篇）

一

一座座现代化高楼拔地而起，一条条街道宽阔平整，路灯明亮，信号闪烁，潮水般的车流，“本田”、“三菱”、“奔驰”，潮水般的人流，西

万众景仰的圣殿

装革履，金发碧眼，俊男美女；街道两边一家挨一家的专卖店，品牌林立，霓彩广告，星级宾馆，歌厅影院……有一瞬间，直让人疑惑：这是拉萨么？与内地省城商埠有何两样？直到汽车沿北京路驶进广场，神圣庄严的布达拉宫高耸眼前，梦想成真时方才见证这就是拉萨。

拉萨是全国建设最快变化也最快的城市，不止一位朋友如是说：近二十年拉萨市由过去3平方公里不足10万人口，已经建设到50多平方公里30多万人，再加汹涌而至的旅游者、建设者和各类商贩，恐怕超过50万人口了。

二

但我感兴趣的仍是拉萨延绵不绝的历史，历尽沧桑的古迹，藏族独特浓郁的风情以及雪域高原蓝得透明的晴空，洁白如棉的白云，强烈灿烂的阳光照耀下的这片神奇土地。这种兴趣在参观布达拉宫时获得极大的满足，且不去叙说这座世界上海拔最高的艺术宝库，仅是居高临下俯瞰拉萨平原，就会深深感叹只能是天造地设鬼斧神工，打造出这么一块神奇地域。一般人对青藏高原的畏惧在于高原缺氧，严寒荒凉。这也是事实，不仅西藏的阿里、藏北，就连川西北理塘、石渠，青海三江源，凡海拔在四五千米的地带，气候恶劣长冬无夏。但你想不到，在青藏高原腹地，西藏首府拉萨海拔仅3650米，一般人来此休息一夜，翌日便可适应，与内地无大区别。我们下榻宾馆的一位重庆女孩说，她来这几年都不想回了，重庆雾多阴冷，这儿四季阳光都好，冬天晒着暖洋洋的挺舒服。湖南衡阳一位女孩说老家夏天能热死，拉萨就中午热一会，早晚凉爽得很，来五六年早适应了。这得益于拉萨的环境，四周是延绵不绝的雪山，雅鲁藏布江的最大支流拉萨河夹带高山雪雨，漫流过来，冲淀出一块五十多平方公里的高山盆地。至今拉萨河还紧挨着拉萨城南流过，最开阔处达300多米，每年四周雪山融化，无数溪流汇聚拉萨河，水量充沛，沿岸芦苇成片、水波荡漾，终年都有黑颈鹤、白天鹅飞落栖息，河水里游弋着高原鱼类，在佛教盛行的西藏，人们视一切生物为神灵，河流没有遭到污染，鸟儿鱼类得到保护，为圣城拉萨提供了绿色环保的生态。据《西藏风物志》载，公元六世纪之前，这儿还是河流纵横、湖泊如镜、水草丰茂的湿地沼泽，各类野生动物栖息出没，一派原始天然牧场景象。当时，从山南崛起的吐蕃部落王子松赞干布踏寻属地来到拉萨，一眼就看上这块山环水绕平旷坦荡的风水宝地，不仅可以放牧牛羊，养育百姓，驻扎军队，更神奇的是平原中心、突兀高耸的延绵三座山峰正好修建宫廷！这无疑是佛祖赐予吐蕃开创基业的圣地。

三

从那时起拉萨揭开划时代的一页。据史学家考证，比较一致的说法是公元七世纪初，年仅13岁已才干毕露的吐蕃王子松赞干布，毅然放弃山南崛起故地，带着吐蕃王室贵族和臣僚及数万战骑，赶着大群牛羊，从山南甲玛起程，浩浩荡荡开进拉萨荒原，在湖畔峰峦之间连营数十里，扎起一座名副其实的帐篷城，这应是拉萨城的起始发端，距今已有1350年的历史。

之后，大规模的土木建筑在拉萨平原开始，一方面大小昭寺的修建，四周王公贵族的官邸构成八廓街，形成最早的拉萨古城雏形。另一方面，在拉萨平原突兀而起的红山修建宫殿，也就是布达拉宫。红山原本就是天然制高点，可俯瞰拉萨平原，修建于红山之巅的布达拉宫有十三层，120米高，所以分外雄伟壮丽，成为拉萨乃至西藏的象征。凡来拉萨者必定游览参观布达拉宫，也注定会为其宏伟的规模，高超的建筑和难以计数的奇珍异宝所震撼。这种震撼首先来自于布达拉宫巍峨雄浑的外观，红山于拉萨平原拔地而起，鬼斧神工又浑然天成，在红山上依据山势，顺势而为修成的这座巨大宫殿与红山又是那样和谐完美，天衣无缝。深信，任是古今中外，再伟大的建筑大师看了，也会认为只应该是这个样子，绝不应该再成为其他任何一种模样，它太完美、太伟大，与人类历史上任何一座伟大的建筑比如古罗马斗兽场、比萨斜塔、古希腊神殿、法国埃菲尔铁塔相比，不但毫不逊色，还有远远超越建筑本身的精神象征意义，布达拉宫应该是拥有悠久历史，灿烂文明，勤劳智慧的藏族同胞创造的一个物质与精神上的制高点，是又一座“珠穆朗玛峰”。

世界上任何一处伟大建筑都需要和这个民族的智慧一起成长，而与“短、

文成公主所建大昭寺前叩者如蚁

小昭寺大殿

平、快”无涉，比萨斜塔修了350年，意大利圣保罗教堂修了500年，把所有遗憾都消灭在完工之前，把所有智慧都发挥得淋漓尽致，最终使整个建筑天衣无缝、浑然天成。布达拉宫便是如此，这座伟大的建筑开始于公元七世纪初松赞干布从山南迁都拉萨，松赞干布回忆道：“昔日我祖拉托托日年赞，乃普贤之化身，曾住在拉萨红山顶上”，于是王又从此“至红山顶修筑宫室居焉”，此为建筑之始，布达拉宫初看像是一座巨大的城堡，其实它最初就是城堡，属于藏族传统的宫堡式建筑。任何民族的建筑都离不开环境，高海拔的地域不可能提供烧制砖瓦的原料与燃料，却有取之不尽的岩石。东南河谷则有延绵不绝的森林，这就为构筑宫殿提供了必要也必需的条件。事实上，布达拉宫的宫墙与白宫全部用巨大白色花岗石砌就，真正千年不朽。宫中的梁柱无一不巨大粗硕，排列密集，宛如一片森林。自松赞干布迁都拉萨，1300年间不曾迁徙，布达拉宫也就不断得到维护和修葺。

公元九世纪，西藏爆发了平民起义，做为王权象征的布达拉宫首当其冲，许多建筑毁于战火，但又为更大规模的修筑带来契机，并在五世达赖手中得到实施，五世达赖是公认的历代达赖最能干、最智慧、贡献也最大的杰出人

拉萨在打阿嘎的歌声中建起

物，他的业绩本书其他章节有叙述，这里只讲他扩建重修布达拉宫，他把清顺治皇帝赏赐的大量金银钱财用于大修格鲁派寺庙，其中重点项目便是布达拉宫。工程在藏历木鸡年（1645）四月初一开工，“在此之前的日子里，狂风不时大作，从当天起，晴空碧霄，连一丝微风都不曾吹起，红光四射，白云萦绕，美不胜收，贵贱人都亲眼目睹花雨飘落，出现了奇异的瑞兆”，这更使拉萨僧俗官民兴奋不已，抓紧施工，用三年时间建成白宫。

四

1682年，五世达赖圆寂，为了安放五世达赖，于藏历铁马年（1690）开始修建灵塔及红宫。史书记载康熙皇帝专门从北京派来汉族宫廷巧匠114人，另有尼泊尔工匠119人，再是云集拉萨的藏族最杰出的石匠、木匠、铜匠、铁匠、画匠、漆匠……以及每天6000名普通工匠，一时间巧匠云集，大师荟萃，人头攒动，歌声（夯土时唱歌）入云，历时三年零两个月，修筑成今日

千万群众建起圣城

世人眼中的布达拉宫，此时距松赞干布首次修宫已整整历时1100年之久。

此次大修，不仅白宫、红宫大功告成，做为宗教建筑，红宫顶上还专做七个金顶，在朝阳与晚霞中熠熠生辉，佛光四射。除主要宫殿红宫、白宫、德阳厦、日光殿、思昔平措大殿之外，还有印经院、僧人学院、仓库、公务房、供水院、骡马圈、藏军司令部、监狱，它成为充分展示政教合一特点的功用完备的综合建筑群落。

此时完工的布达拉宫已不完全是人居住的宫殿，而是神明，是佛祖的象征，是广大信仰藏传佛教群众心目中的普陀山，在藏语中，“普陀”就是“布达拉”，布达拉宫也就从那次维修后矗立在了藏族群众和全国人民心中。一般的游人与普通的信众没有必要，也不可能去仔细了解布达拉宫的前世今生，他们只要在一生中有机会亲眼看一次就十分满足。布达拉宫外表为红白两色，屹立于山头，因色泽对比鲜明，在蓝天白云映衬下，分外庄严肃穆。白为藏族尊崇的圣洁，红则象征藏传佛教。布达拉宫最早为吐蕃皇宫，自五世达赖受清初顺治皇帝册封，成为西藏政教首脑。之后，布达拉宫不仅是政权中心，也是活佛所在地，成了藏族同胞心目中的圣地。

原以为布达拉宫的颜色是红白涂料所致，走到面前才发现若是涂料，历千年风雨早就斑驳不堪了。白色系白色花岗大理石本色，红色则为藏区所产特殊木材，全部切割为筷头粗细，再用藏式传统工艺熏染浸泡后，永不褪色，成簇密集装饰于红宫外墙，仅此工艺便让人叹为观止。布达拉宫集中的正是藏地建筑材料的精华，与藏族群众积累千年的智慧珠连璧合，从各地采集运来最好的石料和金、银矿石，在波密原始森林中挑选上好笔直的木材，就连屋顶阿嘎土都不马虎，这是一种风化石，加水后一层层夯实就比水泥还要坚硬，最上面一层还要加上酥油，打出的地面光滑如镜，永不渗水。最有意思的是打阿嘎土，男女分成两排，随着歌声起落，夯土的工具成为伴奏的乐器，布达拉宫更像是藏族同胞用上千年的时间打造出来的举世无双、精美绝伦的工艺品。

深信，任何一个进入布达拉宫参观的人，上不了几层就感到进入了一个巨大的迷宫。到处都金碧辉煌，廊柱如林，大殿中套着小殿，小殿又突然显露出洞穴，据介绍，截止目前，整个布达拉宫已经统计出2500余处各类殿、堂、厅与房间，但记录仍不时被刷新，因为某个喇嘛在清理杂物时又突然发现了新的佛窟、地窖乃至于仓库，里面完整存放着不知是哪辈达赖的全套法器。许多一生都在布达拉宫念经的喇嘛也并不能说清这座庞大的建筑，连他

国外游客

们也有许多角落乃至殿堂没有去过。因为布达拉宫的许多通道、走廊、楼梯与殿堂并不完全依据建筑常规，而是依据佛家的理念、逻辑思维来进行安排，巧妙搭配，一般人视如迷宫，那些修行到家的高德大僧来到这里，会心领神会含笑点头，因为他们已经洞察到了全部奥妙。

庞大的布达拉宫内佛像、法器、珍宝供奉无数，其中仅是五世达赖圆寂后灵塔所用黄金即达 11 万两，镶嵌珠宝无数，藏民自豪地称这座灵塔为“赞木耶夏”，意思是这塔的价值顶半个世界的财富。再是白宫顶层的东西日光殿，对阳光的利用十分科学合理，屹立于山巅的布达拉宫本来就毫无遮拦地承受着阳光，东西两殿达赖寝宫朝南一面又采用整体落地玻璃，充分采光，从日出到日落都是阳光灿烂。即便冬日，室内也其暖融融。最让人想不到的是登临布达拉宫会发现白宫和红宫之间竟然还有一个 600 平方米的宽广阔广场，叫德阳厦，供藏历节日时僧侣官员与群众举行歌舞和跳神法事活动。每当启用之时，整个布达拉宫灯火通明，规模盛大，夜晚望去，宛如云彩天宫中的歌舞。

我们登上布达拉宫的那天，夜雨刚过，秋日的阳光分外灿烂，大团的白云悬吊在头顶的蓝天上，空气清新如洗，可以看见极远的地方，整个拉萨市区尽收眼底，远处拉萨河蜿蜒如银光闪闪的玉带，缠绕起这高原深处的圣城，又流向远处的天边，流向苍茫的历史深处。

那一瞬间，我突然莫名感动，嗓眼发酸，泪水也盈眶了，也许这正是古城拉萨的魅力，最纯粹最纯净最古朴的东西往往能唤醒人内心深处最柔软最质朴也最纯净的情感。没有想到的是这种感动在拉萨的几天中竟频频发生，在大昭寺，在八廓街，在哲蚌寺和罗布林卡。

五

在拉萨或者说只要进入藏区，感受最深和印象最深的便是一种无处不在无处不有的浓烈宗教气氛，由于从公元七世纪开始佛教传入西藏，其间虽有曲折，但自十五世纪宗喀巴创建格鲁教派，其弟子分别成为达赖转世活佛，班禅转世活佛。清初达赖又经中央皇帝册封，成为政教合一的领袖，藏传佛教便与藏民生活密不可分，从孩提便被母亲带上去寺庙，转经许愿，烧香拜佛，在浓浓的宗教气氛中长大，宗教崇拜成为终身归宿。遍布藏区的大小寺庙，遍及村镇的玛尼堆，到处飘舞的经幡、风马旗，商店出售的法器、法号、经筒、经书构筑出一片佛教天地，为藏族同胞提供方便也使外来者受到感染。最能体现西藏的宗教现象首推寺院。拉萨仅著名的寺庙就有大昭寺、小昭寺、色拉寺、甘丹寺、楚布寺、止贡寺、热振寺、麦如寺、达普寺、聂塘寺等，规模和影响最大的当推哲蚌寺。据说，哲蚌寺也是全世界最大的佛教寺院。

哲蚌寺在拉萨城西约 10 公里处，鳞次栉比布满着白色建筑群体，庙殿参差，佛塔高耸，构成一座美丽洁白的宗教城。哲蚌是藏语，意谓雪白的大米

拉萨街头尼姑

喇嘛也是一个社会

高高堆聚，充满宗教的诱惑。只要走进哲蚌寺，就会被它巨大的规模震撼，到处是巍然耸立的碉楼，密如蜂穴的僧院，辉煌瑰丽的金顶，迎风招展的经幡，长长短短的巷道，宛如迷宫，随山势铺摆，顺河谷延伸，和谐自然之中体现出严谨的结构，整座寺庙完全与四周的山谷峰峦融合在了一起。

据说哲蚌寺最盛时期有一万多名喇嘛，哲蚌寺历史上的正规编制则为7700名，还不算广大藏区包括蒙古信仰藏传佛教区域内的僧人。要考取“格西”一类的学位，就必须到哲蚌寺这样的佛教名寺重镇来求学，回去才为信徒敬重。有点像“北大”“清华”的毕业证书被世俗社会看重一样。寺庙中管理严格，等级森严，吃喝拉撒，衣食住行，各种等级的喇嘛各司其职，均有规范的制度，是特殊的小社会，形成一座名副其实的喇嘛城。

哲蚌寺最宏伟的建筑是措钦大殿，有近两百根巨型大柱支撑，仿佛一片巨木森林支撑起两千平方米的大厅，可容纳万名喇嘛同时诵经，其隆隆声息宛如巨雷掠过山巅，连啃草的牛羊都会惊得抬头张望。哲蚌寺历史悠久，有明清两代帝王赐给的经书、佛像和大量文物、图书，堪称一座宗教博物馆。

不过，仅是供养这座庞大的寺院便需一大笔财力。漫长的岁月中西藏是政教合一的社会，寺院是社会财富汇聚之处，哲蚌寺曾经拥有近200处庄园，300处牧场，5万多亩耕地，4万头牦牛和2万多名农奴。再是往返于内地及印度、尼泊尔的庞大商队，当然还有历届中央政府的大量布施和许多信徒临终赠送的遗产。正是这多种途径汇聚的巨额财富，支持了哲蚌寺这座庞大的喇嘛城。如今，哲蚌寺已成为旅游热点，凡来拉萨的人莫不争相前来。若遇晒佛节、辩经会等宗教节日，拉萨倾城出动，成千上万信徒汇聚于此，盛况空前，当然也会带来丰厚的旅游收入了。

六

拉萨的另一种魅力在于林卡，意即天然花园。目前向游人推荐的景点罗布林卡，曾是历代达赖的夏宫，在拉萨河谷故道风景优美地段，建有亭台楼阁、花园草坪、湖泊游船，是一座官方园林。其实，过去的拉萨城由于城建面积不大，拉萨河谷的沼泽湿地、绿树池塘不少，可以说拉萨遍布林卡，佛、贵族、富商、平民、工匠、艺人乃至乞丐和妓女都有各自固定的林卡，每年夏秋所有的林卡都帐篷密布，全家老少来林卡游玩十天半月，歌舞、游戏、喝酒、野宴、斗牌，富人穷人各有各的玩法，追溯起来，可能是远古游牧民族一种与大自然亲近的遗风。

时至今日，拉萨虽然城区成倍扩大，一些过去的林卡建成了学校或单位，但却开辟了多处广场和林荫大道，可供市民游览散步。在拉萨的几天，我发现几乎每天中午阳光强烈的时候，宾馆下林荫大道两边的草坪都有三五成群的人，有街道两边商店的藏族女老板在草坪上打扑克，有年青藏族小伙躺在草坪上喝啤酒，甚而还有几个年青喇嘛坐在草坪戏耍，这可能也是玩林卡的遗风。

拉萨市民有逛林卡的风气，此为闲散的一家

长头随处可叩

经幡无处不有

在拉萨的日子，我去的最多的地方是大昭寺，因为大昭寺与文成公主的关系最为密切。她从长安带来的释迦牟尼 12 岁等身金像和佛经至今供奉在大昭寺内，已成为价值连城的文物。我一直对 1300 年前这位唐代女子心存敬意，稍加设想，就不难明白当年这位大唐公主面临的抉择何等艰难，何等沉重。众所周知，唐王朝是中国历史上最为鼎盛的时期，它所创造的辉煌与文明，让我们今天都为之骄傲与自豪。做为唐王室公主从小接触的环境、受到的教育，唐王室的文明与开放，宫室女子可以春游，可以逛曲江与大唐西市，“三月三日天气新，长安水边多丽人。”而吐蕃刚刚摆脱蒙昧时期，据《旧唐书·吐蕃传》记载：“寝处污秽，绝不栉沐。接手饭酒，以毡为盘，捻麦为碗，实为羹酪，并而食之。”用现在的话说，卧室肮脏，没有洗澡习惯，用手掌接酒抓饭，以毛毡盛饭，主食为糌粑，这些情况在偏远的牧区至今也没有多少改变。我凭多次深入藏区的体味深以为真实。

所以，在踏访长达三千公里的唐蕃古道途中，在农牧业分水岭，也是唐蕃地界的日月山，在空气稀薄、干燥严寒的古柏海；在风雪弥漫、寸草难生的藏北羌塘；设身处地去为当年一位正当年华的女性着想，在“唐蕃交好，惠泽后世”的这些大道理后面，公主的真实心态，只能去猜测推想了。何况，到达拉萨仅 10 年，松赞干布英年早逝，史书无文成公主再嫁记载，其时她刚 25 岁，之后漫长的 30 年如何度过？也都融进千年的历史烽烟，这正是文成公主让人敬重敬仰的地方。在拉萨，我见到一首据说是文成公主创作的诗歌：

一个柔弱的女子，
嫁到远方。
送来了推测天文的占星学，
送来了宝贵的锦缎。
种起了桑树，
女子养蚕缫丝，
教人们用黏土做陶器。
碾磨谷物的水磨也设置起来了，
还带了芜菁的种子。

公主好佛，心怀慈悲，当然这些善举惠泽当时尚处落后的藏族同胞时，一定也给公主带来莫大的安慰。据说，藏族妇女华丽的服饰，便源于当年文成公主服装的大唐遗风。至今深得其惠的藏族妇女心中有了委屈，仍愿去大昭寺对公主像哭诉请愿。我在大昭寺公主塑像前，没有见着哭诉的妇女，却见着她们虔诚地敬香叩拜。我也特地选购两根红烛，为这 1300 年前的故乡女子点燃一炷心香，表达深深的敬仰。

可惜，在拉萨的日子太短促。尽管，这里是延续千年之久，长达三千公里的唐蕃古道的终点，我自己历时数年，几次成行，才全程走完这条古道，但对拉萨这座古城的认识才刚刚开始，离去时，路经布达拉宫广场，朝阳升起，正把这座巍峨的宫殿照耀得金碧辉煌，呈现出神秘的壮美，仿佛一本书的封面，刚刚打开阅读了第一页……

雪域圣城拉萨（下篇）

一

我一直认为对于一座名城的认识，常常犹如阅读一本名著或了解一个哲人。雪域圣城拉萨便如同这样的名著或哲人，能给我们无穷的智慧和教诲。可以说世界上再也找不出像拉萨这样的城市，因为她实在是雪域高原神秘青藏和充满佛教色彩、宗教氛围的广大藏区一个完整的缩影。

能够独自一人呆在拉萨，用整整十天时间来细细品读这座圣城，得力于考察丝绸之路积累的经验，我曾在边城喀什呆过整整一月，也曾多次在河西四郡武威、张掖、酒泉、敦煌休整疲惫的身体，安静下来，用心灵去阅读这些古老且蕴含深厚的城镇。对于高耸于雪域云端中的圣城拉萨，我更是心存敬畏，不敢马虎，自从上世纪八十年代沿川藏线到达松潘，若尔盖等青藏边缘地带，便萌生去西藏的念头，但真正付诸实践，却是先后沿青藏线、滇藏线、川藏线不下十次地行走在青藏高原的边缘，直到 2004 年，几个朋友结伴进入西藏，到了前藏和后藏，拉萨和日喀则，布达拉宫和拉木错湖，大小昭寺和八廓街，由于结伴而行浮光掠影，不断遗憾，于是萌生念头，一定要独自再来，细细品读拉萨。

机遇在 2009 年 5 月来临，中国作协通知，在汶川地震周年之际，将邀请地震时深入灾区采风创作的作家重返灾区参观。2008 年 5·12 汶川地震，中国作协曾组织三个作家团分赴四川、陕西、甘肃重灾区采访，我因就在灾区汉中，故荣任半月的陕西团副团长（团长为北京作家蒋巍），这次一周年重返灾区，参观为 10 天，5 月 4 日至 13 日。同时又接通知，5 月 14 日在兰州召开全国地震文学研讨会，会议两天，参观八天，来回差费均由中国作协承担。我灵机一动，从兰州去拉萨岂不近便，况且从青藏铁路去拉萨亦是萌生已久的愿望，正好付诸实践。此外，还有一个动因是，我曾经帮助过的一位业余文学青年，去了西藏，在拉萨电视台工作，“藏漂”十年，已经厌倦，决定撤回，其间他多次相邀，缺了机缘，这次正好，可提供方便。一切都顺利得出人意料，在兰州购上 5 月 17 日下午 4 时由北京发往拉萨的卧铺票，18 日下午 6 时，在高原强烈刺激的阳光下，刚迈出拉萨独具一格的藏式风格火车站，我已看见“藏漂”骆志庆的身影。

青藏铁路经过的昆仑山口

青藏铁路跨越网状长江源沱沱河

下榻的红山宾馆，就在布达拉宫旁边，转瞬便购得十天后的返程机票，一切无忧。毕竟到过拉萨，也毕竟阅读过关于这座城市的许多著作，没有陌生感，倒像老熟人，久别重逢，需要单独静静地叙旧。我与朋友约定，十天之内，各自忙碌，互不干扰，除非有事。当晚，打开窗户，近在咫尺的布达拉宫灯火通明，一片璀璨，高原略带凉意的晚风吹来，让人心旷神怡，我对自己说，要好好珍惜这次机会，绝不浪费每一天时间。

二

品读拉萨由了解西藏的前世今生开始，先去书店购回早就想购或刚刚发现的书籍，这也是行走积累的经验，在喀什、在丽江、在河西四郡，购关于这座城市的方志典籍，上午游览下午读书，往往事半功倍，收获多多。

美国人类学家梅·戈尔斯坦的《喇嘛王国的覆灭》，法国神父古柏察的《鞑靼西藏旅行记》都是厚如砖块超过700页的名著，台湾女学者冯明珠的《中英西藏交涉与川藏边情》，曾在西藏生活40年的学者汤惠生所著《青藏高原的古代文明》，西藏学者次仁央宗的《西藏贵族世家》，再是关于西藏地域、文化、生活、人物方面的《素描西藏》《西藏是我家》《六世达赖喇嘛仓央嘉措》《世俗西藏》《青康藏区的冒险生涯》《藏边人家》《最后的驮队》等等，好大一捆，提出书店，突然气喘，这才意识到毕竟是高原。当然，书首先大致翻阅，带回去再细读，主要的精力放在参观。

我把这10天的宝贵时间，精确地做了计划，每天上午七时起床，八时出发，只逛一个地方：布达拉宫、哲蚌寺、色拉寺、甘丹寺、大小昭寺、罗布林卡当然

上世纪初的布达拉宫

还有八廓街，每一处都随心任性地徜徉，都仔细认真地观赏，中午休息读书，并与参观地方结合，尽可能去重大历史事件的发生之地，尽可能感受近百年风云际会的那些去处，这样才能加深印象事半功倍。每天黄昏则汇进去八廓街转经的人群，去感受那些虔诚的脚步，去倾听那些口中呢喃的诵经，晚上，再把白天拍下的照片细细梳理回顾，时间很快流逝，紧张、充实也饶有兴趣。

三

我觉得拉萨最有特色的应该是建筑。拉萨强烈的历史感、地域感、宗教感以及凝重感，很大程度来自于建筑。你会不由自主被这些建筑吸引，去仔细观赏，徘徊不去，百看不厌。比如布达拉宫，无论是从什么方位，在什么时间去看，都是那样雄浑壮观，浑然天成，你绝然想不到在雪山环绕，平坦开阔的拉萨河平原上，又孤零零地平地高耸起一座红山，天然制高，环窥原野，而红白两色的布达拉宫又高耸于红山之巅，竟有十三层高，120米，全部巨

去拉萨朝圣的信徒常露宿野外

美丽女子的朝拜

石砌就，俨然中世纪的古堡，让人望而生畏。让人百看不厌，这次由于下榻的宾馆与布达拉宫近在咫尺，每天起床只要打开窗户，首先看到的便是沐浴在金色朝阳中的布达拉宫。

也可以说，每日清晨，太阳的第一束光芒注定要照到的是布达拉宫，此时的白宫银光闪烁，圣洁无比，红宫则通体红艳，散发着红宝石般的柔光，红顶上的七个佛柱金顶金光灿灿，云蒸霞蔚，意味着拉萨这座圣城一天的开始；傍晚，则是另一番景象，落日往往把西天辉映得彩霞满天一片紫金，此刻的布达拉宫肃穆庄严，太阳落下去的瞬间，天地间猛然一暗，布达拉宫则被一层如烟似雾的暮霭笼罩，似乎在宣告圣城一天的结束。

由于临近布达拉宫，我连续几天早早起床，意在拍摄布达拉宫日出，我以为我一定是最早到达广场的一个，岂料，每次到达广场都已是人影晃动，来自全国各地的摄影发烧友，早早支起脚架，架着各类长枪短炮，耐心等待从布达拉宫东侧升起的第一缕霞光。更多则是来自世界各地的朝圣膜拜者，他们有的来自喜马拉雅山脉南侧的印度、缅甸和尼泊尔；有的来自蒙古和甘南草原；更多是邻近藏区的青海、阿坝、甘孜、玉树、理塘或巴塘；有的乘坐飞机、火车和汽车，有的骑马、赶着牛车或开着拖拉机；最打动人心的则是最古老最虔诚也最艰苦的，即每一步都用叩长头的方式前进，用身体去丈量从家乡到布达拉宫的每一寸土地，不管这个距离是几百或几千公里，也不管沿途是高山、深谷、沼泽或草地，他们一里都不会偷懒或马虎，不管这需要几月或是几年，他们需要了却的是一个宗教信徒一生最重要的功课。

在布达拉宫广场，我见到三个叩长头的少女，她们的年龄不超过二十岁，全都身材修长，娇媚婀娜，从她们穿戴还算干净整齐的衣衫来看，不一定全程跪叩长头，但到拉萨后她们却从布达拉宫广场的一角开始，三个姑娘一起虔诚地叩起长头，引得许多发烧友前后左右奔跑，想拍下她们如舞蹈般的身姿，她们却目不斜视，依然如故，朝着布达拉宫，朝着那万众景仰的圣殿，深深地俯下少女那美丽柔软的身躯……

“这一定是藏东来的，昌都那边姑娘不到拉萨来朝拜都嫁不出去……”

人群中有熟悉情况的人在议论。我心中一愣，再回头看布达拉宫，想不到在神圣、庄严、崇高的背后还牵连着世俗和芸芸众生，牵连着如此美丽姑娘的青春……

四

除了布达拉宫，再是哲蚌寺、色拉寺、大小昭寺，罗布林卡，其规模格局，其恢宏气势，无不让人震撼。也无处不有让人震憾和牵动人心的朝圣者，最让人难忘的是那些孩子，有的刚牙牙学语，有的还在母亲的襁褓之中，大的也不过六七岁、八九岁，她们随着母亲，先去拨动那些长长的几乎望不到尽头的经筒，然后行走在漫长的甬道，小眼睛中的目光是那样洁净和清澈，看一眼就再也忘不了。

哲蚌寺距拉萨 10 公里，原在郊区，现在差不多快连成一片了，我是乘早班公共汽车去的，清晨上班上学，人挤得满满当当，藏族居多，我抓住扶手站着，有人拽我衣服，原来一位藏族小伙给我让座：“大叔坐下”，诚恳的脸上露出洁白的牙齿，让人感动。

舞蹈般的姿势

让我难忘的是第一眼看见哲蚌寺的情景，汽车并不能直接到站，还有一段山坡，我缓缓地步行着刚转过一道山弯，强烈的朝阳从山坡斜射过来，像一道强光，把耸立在整整一条山沟，一面山坡上的建筑群落勾勒得明暗相衬，轮廓分明，以白色为主调的一座座藏式楼宇拔地而起，一条条深红色的门窗门檐，彩绘装饰整整齐齐，宛如飘带整齐划一地缠绕在白色的建筑物体上，红白分明，异常庄严，异常美丽，把人完全带入一种佛家境界，“哲蚌”藏文的意思就是“米堆”，

这么想时，那白色为主体的建筑又像一座座雪白的米袋构成的世界，你不能不佩服藏族群众在宗教建筑中又融入了他们对幸福生活的憧憬与向往。

最能体现藏族建筑特色与生活底蕴的是围绕大昭寺修建的长达3华里的八廓街，以及与八廓街相连，长长短短，宛如织网又叫不出名字的老城区小巷。最初的感觉有点像北京的大栅栏，宽不盈丈，并不规范地一家接着一家的商业门面，一条街巷又能串起另一条街巷，商幡高扬，字号林立，编织氆氇、打制金银、制作毡帽、缝制围裙，再是兜售唐卡、乐器、法号、经筒、藏刀、马鞍、银器，还有奶酪、酥油、糌粑、羊肝、牛肠、风干肉、藏血肠……弥漫着一种浓浓的化不开的藏族生活气息，从早到晚，川流着永不止息的人群，男女老少，喇嘛游僧，乞丐艺人，再加之来自世界各地、各种肤色的男女老幼旅客游人，让人目不暇接，让人激动兴奋，更让人感到没有白来拉萨……

五

在拉萨，与巨大的石块砌就的以灰白为主雄浑古朴的建筑对比鲜明的是色彩，是那种逼人眼目、震人心弦又无处躲避的色彩，是踏进大昭寺就见着

拉萨街头妇女的艳丽服装

祈祷

欣赏

的数万盏黄铜铸就的酥油灯一齐跳跃着的桔红色的火焰，是数万平方米的墙壁绘满的宗教壁画，画得四面墙壁满满当当，没有一丁点儿缝隙，是五颜六色、无处不在飘拂的风马旗，是用深红桔黄涂抹的压根看不出本色的窗棂和门楣。在距布达拉宫不到300米的一座小山丘上，有两座耸立的白塔，每天有无数的游客以它们为前景，拍摄布达拉宫，转过一道山弯，便会让你惊讶得合不拢嘴，整整一面山坡用酱红色的石板刻就的六字真言玛尼石。山坡上面则是用五颜六色的风马旗构成的一个其大无比遮天蔽日，色彩绚丽的玛尼堆，这一瞬间，你会在心里由衷感叹，藏族群众真是把色彩运用到了极致，也许世界上再也找不出这样爱用和善于用色彩的民族。

拉萨是一座宗教意味十分浓烈的城市，那些高大雄奇，色彩斑斓，美轮美奂的建筑无不与宗教相关，布达拉宫、大小昭寺、哲蚌寺、色拉寺、楚布寺、止贡寺、热振寺、麦如寺、达普寺、罗布林卡……这些藏传佛教有名的寺庙差不多都集中在拉萨，这个阳光灿烂的高原城市也就生活着一个特殊的宗教群体——喇嘛。据记载，哲蚌寺僧人编制为7700名，色拉寺5500名，甘丹寺3300名。另外，根据规定，凡信仰藏传佛教的地方，比如内蒙、青海、甘南，川西北等地寺庙的僧人，若想取得“格西”一类的学位，必须到拉萨三大寺来进修，这就造成拉萨街头喇嘛之多，全国罕见，他们常三五结伙，或老或少也像世俗人那样进商场，进饭店，购物或逛街，无不穿着紫红的袈裟，逶迤点缀街头，成为拉萨城中一道独特的风景。

在拉萨你会轻易地发现，几乎所有的藏族妇女，跨越不同的年龄阶段，都无一例外喜欢穿彩色衣裙，而藏族妇女的风采正是由于穿着彩色衣裙而得到充分展示。早有学人发现，少数民族较之汉族更注重衣服的装饰与生活情趣，他们经过研究认为这是因为汉族生活地区人烟稠密，生存竞争压力强，挤压了生活情趣与生活空间，少数民族往往地广人稀，会用生活中的色彩与装饰填充空间，填充人类无与伦比的想象。少数民族妇女几乎都喜欢穿彩色衣裙和佩带金银首饰，典型如苗族、瑶族、侗族等，藏族妇女若逢康巴节一类集会，也常常是以此为展示服装展示美的机会，几乎每位妇女，尤其是待嫁的姑娘都穿得姹紫嫣红，五彩缤纷，全套珠宝、松耳石、金银的首饰竟重几十斤，价值几十万到上百万元。当她们从四面八方汇聚过来时，真像是片片彩云飘落高原。即便在平时，拉萨的妇女在日常上班、工作或上街时，上身是五颜六色的毛衣，下装大多是彩色裙子，打扮得非常时尚。

在拉萨的日子，我不止一个下午去八廓街，到玛吉阿米茶楼，坐在三楼临窗的位置，要一壶藏式甜茶，独自品尝，独自观赏下面转经的人流，这道人流以妇女老人居多，斑斓的彩裙中，夹杂着身着大红大紫袈裟的喇嘛，皆手摇经筒，默诵经文，组成一道彩色的河流，久久地流淌，也久久地吸引着你的目光。

六

当然，我关注的还有拉萨人的生存状态，一方水土养一方人，位于神秘青藏高原腹地的拉萨，又会养育些什么样的人呢？松赞干布、文成公主、禄

拉萨市民一天从转经开始

东赞、宗喀巴、仓央嘉措，一代代的达赖喇嘛、班禅喇嘛和由此派生出来的“亚豁”贵族，都伴随着岁月的流逝逐渐走向历史深处，走进了那些已经变得发黄的史籍……

市场上藏式食品多不胜数

今天的拉萨人生活得怎么样？先去市井，我一直认为市井是了解一方人生存状态最重要的窗口。在拉萨再没有比八廓街更能集中反映这座城市人们的精神面貌、生活情趣和生存状态的了。每天清晨，据说是常年四季风雪无阻，拉萨的大街小巷都汇聚着转经的人流，无论男女老少，手中都摇着各式各样大小不一的经轮，转着摇着，口中呢喃着，开始一天的生活，也可以说早上从转经开始，当你走到八廓街时，转经的人群摩肩接踵，人流滚滚，让你怀疑半城人都集中到这儿来了，八九点钟，当明亮强烈的太阳把大昭寺顶上那几根其大无比的金色钟柱辉映得一片灿烂时，转经的人流开始疏散，家庭主妇们涌向八廓街市场，尤其是蔬菜瓜果市场。

深信，第一次来到这里，你会大吃一惊，这高原上的蔬菜市场与内地几乎没有什么两样：西红柿、黄瓜、豆角、土豆、小红辣椒，紫色茄子、大白菜、小萝卜、青丝瓜、绿豌豆、豆腐豆芽、豆皮豆干，应有尽有，再是各式各样的水果：苹果、梨、西瓜、香蕉、桃子、杏、葡萄，能够展现高原与藏族特色的是牛羊肉市场，刚宰杀的冒着热气的羊肉红白分明，整个儿悬吊起来，望不到尽头的长长一排。若讲气势应是牛肉，高高的架子，悬挂着偌大的牛头、牛腿，掏空了腹腔的牛体，仍是庞然大物，威风依旧。成排成桶叫卖的是新鲜酸奶，大盆盛着黄亮亮的酥油，高高垒起的风干羊肉，各种各式的奶疙瘩，长长短短的藏式香肠，熙熙攘攘的人群，弥漫着浓浓的牛羊肉味，酥油味，酸奶味，让人想起高原上大群缓慢移动啃草的牛羊，想起大草原上飘散着亲切温暖的炊烟……

下午，当洪流般的转经人群再塞满八廓街时，我不禁起了疑问：拉萨人难道在生活中除了转经再不干别的什么吗？接着还发现，不仅八廓街、哲蚌寺、色拉寺边规模不小的藏式茶馆，就连一些不起眼的小街道上，隔不多远就会有一间藏茶馆，里面也是坐满了人。中午，太阳升到当顶，强烈的阳光把这座高原古城照射得分外明亮，只有这时，街道上行人才会稀少，你又会发现，那些开着藏式店铺的老板大多是少妇们，又会聚集在街道的树荫下，或躺或坐聊天或喝饮料，就像在草原上聚会那样。显然，拉萨人生活节奏缓慢，闲适，会享受生活，我对拉萨结识的朋友说到这种感受，得到他们的一致认同：是的，是的，你要在街上看见脚步匆匆的肯定是外地人，也就是像我们这样的“藏漂”……

七

土生土长的拉萨人不多，改革开放初期，拉萨市仅 3 平方公里，人口不足 10 万，如今拉萨市铺展开去，已经拥有 50 多平方公里，市区固定和流动人口也将近 50 万。绝大部分是内地涌来的建设者、淘金者和来自世界各国的旅游者。比如骆志庆，因痴迷文学，放过了前些年闯深圳、下广东、漂上海的机遇，待到醒悟，已经晚了，这些去处都人满为患，偶然机遇，经人介绍，来到拉萨，一晃 10 年，挣钱之余，还完成长篇小说《子午谷》，最让他自豪的是 2006 年他参加了西安几家佛教和文化单位迎接文成公主回长安的活动，伴着在拉萨大昭寺开光的文成公主塑像，全程走完 3000 公里的唐蕃古道，接受了一次文化洗礼。他还结识了不少“藏漂”。不过他结识的“藏漂”依然是文人圈子，有贵州诗人、重庆记者、西安画家、成都音乐人等。整个西藏不到 300 万人口，不及内地一个地市人口稠密，却拥有与内地省区一样众多的各种文化机构，广电局、社科院、报社、电视台、文联所属各种协会，群艺

今日时尚现代的藏族姑娘

馆、杂志社……相比之下，就提供了文人们需要的各种机会。

我下榻的红山宾馆，老板是陕西老乡，他在拉萨当兵，看准了这儿的发展机遇。承包了这座经营不善的宾馆，贷款装修，重新开张，提供了几十个就业机会，人员全部来自内地。据他说，他所在连队的复员战友，除个别回去成家没有再来之外，大都留在了拉萨，开饭店、搞运输、做烟酒代理、承揽工程，差不多都成了老板，他邀我参加他们战友的聚会，在郊区的"藏家乐"，其实也是内地人在租房经营，十几个曾经同一连队的军人聚在一起，互相提供信息，哪有发财机会，怎样打通关节，有何成功经验，把军人的豪爽、商人的精明以及我们这个时代的特色展示得淋漓尽致，也从一个侧面反映出拉萨这座被宗教笼罩了上千年的高原边城正上演着与内地城市大同小异的悲喜剧，但愿经济的高速增长，物质的极大丰富，不是以破坏环境生态恶化为代价，世界不会因人类无休止、无止境、无底线的贪婪而毁灭。

在拉萨，不止一次听到人们抱怨，这儿节奏比内地慢几拍，我倒觉得这应十分庆幸，也许正是因为慢了几拍，人们才会在发展与可持续发展，建设与保护，生态与环境，获取与付出上选择更加合理，更加智慧，更加文明，也使拉萨这座千年古城风貌得以完整、至少是最大限度地保存。

八

一本由西方人在百年前写的《发现西藏》，也许能给我们带来一些启示，这本书用整章介绍了上世纪初，英国狂人荣赫鹏 1904 年率领英军依仗现代武器攻下江孜，又开进了拉萨城。其时，正是号称“日不落大英帝国”兴旺昌盛的巅峰，他们正用坚船利炮向全世界推销工业革命后的成果，这群狂妄的侵略者满以为在他们眼中西藏是蛮荒、落后、贫穷的，当地百姓会无比羡慕他们的文明。会对他们笔挺的西装、绅士的风度和优雅的谈吐顶礼膜拜。结果他们惊奇地发现“拉萨的居民似乎对英国人的到达表现出十足满不在乎……人们从店铺和门槛内向士兵们投去一束束满不在乎的目光，就如同他们的入侵仅仅为一种暂时的麻烦和没有意义一样。侵略者们未遭到愤怒或者敌意的对待，他们仅仅觉得自己在圣域的存在被西藏人认为是一种亵渎宗教的

布达拉宫夜色

行为。”

英国人愤怒了，他们想不透为什么西藏终年四季天蓝云白，阳光灿烂，而英伦三岛终年被浓雾笼罩，视晒太阳为一种享受；布达拉宫为什么如此庄严雄伟、傲视一切，而他们的首相官邸唐宁街 10 号，仅一间门脸，简直上不了台面。结果是每多呆一天，心中的不平衡就增加一分，甚至到了后来，所有来到拉萨的英国人都或多或少地意识到：英国人在战场上胜利了，在精神上却崩溃了，达赖跑了，驻藏大臣拒不签字，他们在拿到了形同空文的《拉萨条约》后，体面地从拉萨撤退了。

那位英国狂人荣赫鹏回到英伦三岛，并没有出现他期待的情况：人们涌上街头，欢迎他这位英雄归来。情况恰恰相反，由于不少英军士兵在英勇的藏族军民抵抗下阵亡，父母兄妹都抗议这种无谓的牺牲。另外，在外交上也为英国当局制造了不少麻烦，最终把矛头都指向荣赫鹏，他被永远地钉在历史的耻辱柱上。

不管何时，身居要冲，腰缠万贯，名满天下，权势、财富、名头都不可能成为在拉萨炫耀的资本。面对着这儿高远的蓝天，晴朗透明的天空，甚至仅仅是荒原和阳光，叩着等身长头的膜拜者，老妈妈和孩子祥和、大真、淡定、从容的目光，一切都显得苍白。在这一瞬间，假如能把我们因飚升的房价、跌落的股票、被名利搅醒的恶梦、被贪婪破坏的心境得到某种程度的修复，重新获得一种淡定、平和、安详……就足够了。

卷五 川藏线风景

漢藏

四水灌川·锦绣天府

一

两个黄鹂鸣翠柳，一行白鹭上青天。
窗含西岭千秋雪，门泊东吴万里船。

天府早春

杜甫的这首七绝，因把四川的山河地貌，柔媚春色表现得淋漓尽致且又气势磅礴，成为千古绝唱。这首诗几乎所有中国人在儿时便牙牙成诵，幼小的心灵，接受过多少美妙的滋润。但估计没有多少人考证窗含的西岭是指哪座雪山？惭愧得很，我也是直到考察唐蕃古道，多次从成都出发，沿川藏线一路向西，过了康定，一道延绵如屏的雪山便紧逼眼帘，这便是号称“蜀山之王”的贡嘎雪山，海拔5000米以上的山峰多达145座，其主峰更是高耸云端，高达7556米，受海洋季风影响，海拔4000米，即为雪线，如此众多伟岸高出雪线的山峰，冰川壮丽，雪峰延绵，终年不化，关键距成都市区直线距离不足300公里，若是雨后晴日，空气净洁，自然临窗便可观赏西岭千秋雪了。

“蜀山之王”距“天府之都”如此相近，若从地理视角看待，不仅观赏雪景，关键从高海拔的地球第三极骤然降至海拔仅500米的成都平原，带来的直接或者说最大好处是水源充足，近万平方公里的贡嘎雪山及青藏高原，冰雪消融，滋润千山万岭，又九曲回肠，汇纳百川，汇流入金沙江、岷江、沱江、嘉陵江四大水系，无一例外地流进四川盆地，形成四水灌川的地理格局。故有地理学家认为：四水灌川，便是四川省名的来历。

二

每每提起四川，便勾起人一种莫名的向往，一种抵御不住的诱惑。我所居住的汉中，历史上曾归四川管辖，至今民间流传：“老不上山，少不入川”。意思四川钟灵毓秀，物产丰饶，风情浓郁，美而惑人，年青人去会沉湎其中忘了父母家乡。

成都锦里

我至今难忘首次入川情景，1979年，新时期文学拉开序幕，陕西作协组织读书会，为期两月，结束时让出去开开眼界，大家不约而同选择了成都。去后果然，尽管改革

天府名吃

开放初期，成都市井已是一派繁荣，商店林立，货物充裕，可谓琳琅满目，让人眼花缭乱。印象至深是饮食业最为发达，至深夜仍灯火通明，炉火蒸汽伴着拖长尾音的川调吆喝声，什么张鸭子、钟水饺、谭豆花、赖汤元、夫妻肺片、麻婆豆腐……林林总总，不下几十种。

那时，农村改革刚刚提上日程，一切工商企业包括旅馆饮食尚属国营。我曾闹出这样笑话，说四川人太胆大，怎么敢把食堂都分下去，直让作协带队的黄桂花 (四川成都人) 笑弯了腰。说，张鸭子、钟水饺都是百年老店，才冠以姓氏云云，这益发让人刮目，小小汤元仅拇指头大小，皮薄馅多，软甜相宜，咬一口糖汁长流。再是，各样菜肴，味多麻辣，却又愈辣愈香，愈香愈辣，过后竟还口舌生津，齿仍留香，且价廉物美。比如我们一行到宝光寺参观完毕，见寺中竟备有素席，冷热荤素俱全，鸡鸭鱼肉全用素品替代，做得惟妙惟肖。另有甜酒，实为醪糟，要得一桌，吃得皆大欢喜，仅仅花币 10 元，如今说起人皆不信了，其实确真。

那年去是冬日，古城西安八百里秦川早已黄叶落尽，北风呼啸，一派萧索，但川西平原仍然满目绿色。清晨，淡淡的晨雾中，晶莹的露珠悬挂于依然青绿的麦苗、胡豆、油菜枝叶尖上，到处水汪汪的湿润，田畴耕种精细，地埂植着桑树。印象最深是一幢幢土墙茅屋构成的农舍全都掩映于一丛丛挺拔婀娜的风尾竹林之中，在晨雾中隐现。个个池塘都有麻鸭浮游，狗吠鸡啼，充满生机，真正天府之国，名不虚传。也是那次，在成都拜访了心仪已久的流浪文豪艾芜和刚刚复出的诗人流沙河，亦留下天府锦绣，地灵人杰的印象。

三

之后，又有多次四川之行。举凡峨嵋、乐山、三星堆、武侯祠、都江堰、九寨沟，乃至阿坝、甘孜、折多雪山、川西高原皆曾游览，方对这天府的历史渊源，山川格局有所了解。

“噫吁嚱，危乎高哉，蜀道之难难于上青天！蚕丛及鱼凫，开国何茫然。”李白名篇《蜀道难》曾提及四川天府的渊源环境，高原与群山包裹着盆地，从开国首领蚕丛、鱼凫以来，文明史可追溯三千余年，三星堆出土的与中原青铜器迥然不同的器物便是明证。战国时，秦灭蜀，蜀从此融入华夏民族大家庭之中。四川四周皆群山耸立，尤其川西北的青藏高原，千年积雪融化为奔腾的江河，其中金沙江、岷江、沱江、嘉陵江四大水系尽在无垠的丘陵与原野流淌。战国时蜀郡太守李冰父子修筑都江堰，堪称世界最早，也最伟大的水利工程。引岷江水自流灌溉，使川西平原成为中国最早的水旱从人、不知饥馑的沃野天府，也成为历代中原王朝最可靠的粮赋基地。

早在汉末，诸葛亮便在著名的《隆中对》中称赞四川：“益州险塞，沃野千里，天府之土，高祖因之以成帝业”。汉高祖刘邦曾被封为“汉王”驻守汉中，管理巴蜀等地方。汉代的益州包括今四川盆地和汉中盆地。诸葛亮的英明论断已被历史所证明，不仅刘备取得三分天下有其一的帝业，蜀国定都成都，也在天府数千年的文明史上留下一段精彩华章。三国故事，脍炙人口，三国遗迹，遍及巴蜀，葭萌关、古阆中、白帝城、张飞庙，更有坐落成都南郊的鼎鼎大名的武侯祠。杜甫有名句：“丞相祠堂何处寻，锦官城外柏森森”。可见早在唐代，武侯祠便成为一处供人凭吊游览的胜地。在诸葛亮殿前悬挂有一幅对联：“能攻心则反侧自消，从古知兵非好战；不审势即宽严

都江堰宝瓶口

诗仙李白与四川有不解之缘

皆误，后来治蜀要深思。”此联为清代文人赵藩撰书，赞扬诸葛亮做为军事大家，深知“攻心”为上，比如南征时对其首领孟获七擒七纵，使其心悦诚服，永不反叛。在和平时期，则需宽严相宜，张弛并举，使人民群众能够安居乐业，不无事生非，政府与群众相宽相济，为后来治理四川提供了范例。这幅对联对诸葛亮这位贤相做了客观公正准确的评价，成为广为传播的名联。千年积淀，成都市区的杜甫草堂、薛涛井、青羊宫，加之相距不远的宝光寺、三星堆、都江堰、青城山，均使成都生辉，增添不少让人向往，增人游兴的魅力。

地灵注定人杰，早在汉时，蜀都才子司马相如一篇《子虚赋》名播天下，竟引起失宠的皇后陈阿娇赏识，为重新引起汉武帝关注恩宠，不惜花费千金请司马相如作《长门赋》，真正一字千金，留下千古佳话。

唐时，李白、杜甫这两位中国诗坛高峰的代表人物均与天府有不解之缘。李白故乡在蜀中江油，杜甫曾居成都草堂，诗仙诗圣，双子星座光耀千秋。宋代出生于四川眉山的苏洵、苏轼、苏澈父子，三人都以文章名世，进入唐宋八大家行列，一门三杰，传为美谈。尤其苏轼一篇《赤壁怀古》真正浪淘尽千古风流人物。近代四川更是各类人才辈出，朱德、邓小平、刘伯承、陈毅、张澜、郭沫若、李劼人、沙汀、艾芜……多不胜数，他们的伟业风范、道德文章为巴山蜀水增添了不朽的光彩。

当然，历史并不全由大人物创造，倒常是处于草根基层的最广大的群众靠勤劳的双手，打下坚实的基础。四川人素以吃苦耐劳、顽强生存闻名。偌大四川、成都平原如同崇山峻岭包裹的一团蜜桔，纵是富饶，并不能养活一川人口，绝大部分群众依然生存在四周山岭之中，尤其川西部高原。早年曾建西康省，足见面积之大，人口之众，这一带山岭高峻，河谷深切，土地贫瘠，生存不易。但川民不管在多么艰苦的地方都能打拼，都能垦荒养殖，拉扯一家老小，宛如巴山蜀水间常见的毛竹，任是贫瘠的悬崖石缝，扎下根去，便蓬勃生长。若逢天灾人祸，不能生存时，便也能四处闯荡。

在我记忆中，从上世纪五十年代，宝成铁路开通，在去新疆的数百万“盲流”中，川人要居“半壁江山”，曾任四川省作协党组书记、著名诗人杨牧便是其中一员，他日后在长篇纪实文学《第一百万零一个盲流》中曾详细描述了川人闯荡西域的阅历，真切惨烈，让人扼腕。再是那些貌似柔弱娇小的川妹子，实则坚韧顽强，她们往往牵群结伙，挎上一个小包袱仅凭着朋友或亲友的口信，怀着对未来的希冀和梦想便挤上火车，穿越秦巴大山那些长长短短的隧道，到大西北任何一个艰苦偏僻的矿山或小镇，便安顿下来，遍及西北的“川妹子饭店”，大多都由她们柔韧的肩膀，灵巧的双手支持下来，给了大西北的建设者们多少切实的温暖和支撑。

勤劳的川人，此为被称为“棒棒军”的农民工

改革开放以来，四川更是全国闻名的劳务输出大省。每年春节刚过，几百万男女便如潮水般四溢，大大小小的车站，莫不人头攒动，奔赴经济蓬勃，势头强劲的珠三角、长三角、北上广，不管地方多么显赫，他们大多数身影出现的去处多是建筑工地，城市下水道，煤窑砖厂，纵是脏苦累差，也全然任劳任怨，我们谈及改革成就，无管新辟多少空港，路建多少高速，高楼如何林立，城市如何美丽，离开千百万勤劳质朴，富于牺牲精神的农民工，这一切辉煌都无从谈起。

四

四川气候温暖，雨量充沛，加之灌溉便利，物产南北兼有，各类谷物、薯类、豆类皆备，鸡、鹅、鸭、鱼都产，生猪存栏富为全国之首，故而腊肉历来出名。蔬菜、水果更是种类繁多。“一骑红尘妃子笑，无人知是荔枝来”，当年杨贵妃所食荔枝即是四川涪陵所产，沿蜀道远驰长安。四川蜜桔则更是名闻遐迩。众多的物产为酿制美酒和烹调佳肴打好基础。四川酿酒业可追溯至李白名诗《蜀道难》中提及的古蜀国蚕丛、鱼凫时期。在三星堆古蜀都遗址中，发现有大量的陶制和青铜酒器，另外还出土有双手过顶捧着酒樽做供奉状的青铜人像。酒器品种之繁多，样式之精美，让人叹为观止。其中不仅有能开怀畅饮的畅口酒杯，还有一种束颈的瓶形杯，这就表明当年蜀人饮酒的方式已是小口啜饮，所饮之酒已是一种无渣的清酒，比中原地区同时期的“连糟”酒更加先进。之后，历经秦汉，唐时酒业已十分发达繁盛，诗人雍陶便曾咏赞：

蜀门去国三千里，巴路登山八十盘。
自到成都烧酒熟，不思身更入长安。

川酒之美，连京城长安也不在话下。张籍也在《成都曲》中说：

新雨山头荔枝熟，万里桥边多酒家。

至今四川名酒荟萃：五粮液、泸州老窖、剑南春、全兴大曲、郎酒和沱牌酒，占据全国酒业半壁江山绝非妄语。

名酒则需名菜，成都除了各类小吃驰名，川菜亦为八大国菜之一，川菜植根于天府盆地丰富的物产和讲究饮食好吃会吃的历代川民的不懈努力，已成了满园名花看不尽的大气候。天府四塞险要，山川阻隔，在漫长的岁月中，川民无法走到京都中原去谋求富贵，彻悟之后，索性挣钱不挣钱，混个肚儿圆，富贵不富贵，哪如天天醉，在饮食文化上下足功夫，用够脑筋。连文人雅士，达官贵人也参加进来，文豪苏东坡首创东坡肘子，肥而不腻，老少皆宜；川督丁宝桢贡献了宫保鸡丁，脆软皆有，最逗食欲；画家张大千亦烧制出大千鸡，原汁原味，鲜香养颜；林林总总不一而足，使川菜既满足食欲口福又具备了人文内涵。

除了美酒佳肴，还有茶楼茶馆亦素为成都特色，蜀地多竹，竹编藤编美而精致，细雨深巷，竹椅茶馆，盖碗茶水，烫热毛巾，再加龙门阵每天一折，真正把天府的阴柔之美推向极致。若与西安相比，更能看出成都特色，西安自古帝王都，黄河流域黄土高原，周秦汉唐千年积淀，史书最早所载天府之国，原指关中，城市建筑饮食民风都流露着纯朴厚重，古风犹存。而成都却如丛山包裹的一团蜜桔。岷江清澈、峨嵋钟秀；男人精悍，女人婀娜。至于自贡灯市、成都小吃，加之众多少数民族，生活多样，物产多样，服饰多样，民俗多样，均给成都抹上艳丽色彩，浪漫情调。此时，把西安与成都相比，如果前者能说汉唐长安，那么后者可称锦绣成都了。

锦锈天府

成都宽窄巷子

中西合璧

一律青色麻石铺就的街道，一律两边木格门窗古色古香的店铺，覆顶飞檐、红灯高悬、川剧脸谱、泥人雕塑、传统陶艺、竹藤编织、蜀锦蜀绣、竹椅茶座……深信，不管来自哪个国家或是哪个民族，一脚踏进成都的宽窄巷子，心都醉了。成都历史上便是个休闲宜居城市，把阴柔之美推向巅峰极致，曾有一张照片展示府南河畔，数百张麻将桌子几千人同时娱乐的情景。这没有什么不好，事实上在人类历史长河中，没有多少人能够或愿意参加改朝换代、居产纳贡那样大事。倒是寻常普通的光阴中有更多的乐趣。和平年代，文武之道更需要张弛并存。过去的“大跃进”，目下的“强拆迁”，教训都很惨痛。确实需按中央提倡科学规划，可持续发展，别把应该留给儿孙们干的事情，开发的资源都干完整净。应好好提倡适度休闲，不仅国人欢迎，连老外都会来凑热闹，这幅成都宽窄巷子的情景不正给我们些启示吗。

旅·途·小·憩

改土归流·川边藏情

川边山水

在人们印象中，西藏属雪域高原，喜玛拉雅，高耸云端，大江大河，起始发源，是一个气势磅礴充满神奇的世界。而四川盆地钟灵毓秀，物产丰饶，风情浓郁，素称天府，这是两片风马牛不相及的天地，没有多少人会把它们联想在一起，更没有多少人会想到在雪域高原与天府盆地之间，还有偌大一片山水，北抵青海、南至云南，纵 4000 里，东起康定，西至丹达，横 3000

川边雪山

里，面积倍于四川省。历史上称为川边、炉边或西康。实为四川盆地向青藏高原迈进攀登的过渡地段。就地理上来说，川边位于青藏高原东南边域，几条构成地貌的骨架山脉，巴颜喀拉山脉，茫康山脉、噶拉山脉三大山脉尽皆由西北延伸至东南，无数的冰山雪峰铺陈其间，构成金沙江、澜沧江、怒江三大水系，形成雪山高耸，三江并流的奇特景观，地理上称作横断山脉，迫使三条大江尽皆一江春水向东流。也造成西藏与内地亘古交通不易，若要进入藏区，则必须跨越这些大江巨河，雪山峻岭。

时至今日，若沿川藏线进藏，则需翻 14 座海拔超过 3000 米的雪山，道路之高峻，之盘旋，之险要，均创世界交通史之最。历史上，茶马古道，从雅安起程抵达拉萨，行程半年，其中 4 个月均在大山激流间跋涉。今日之川藏公路，成都至拉萨，若顺利，无雪崩激流，无道路堵塞，亦需 10 天或半月，其中大部分穿越的便是被称为川边的这片地域。

由于河谷深切，雪山耸立，垂直落差往往 2500 米以上，其最东南的雅鲁藏布江大峡谷长近 500 公里，深达 5000 米以上，堪称领世界之先的峡谷奇观。若乘飞机鸟瞰，只见机翼下，岭峰相连，苍山如海，峰巅雪光晶莹，一汪汪蔚蓝色的湖泊点缀其间，那暗绿滴翠如带缠绕的注定是峡谷半山腰的原始森林，遮天蔽日。那些显得浑圆的漫坡，则覆盖着高山杜鹃与耐寒草甸，细微之处有无数黑白相间的小点在缓慢移动，那一定是黑色牦牛与白色的羊群，海拔 3500 米以上绝无树木生长，只有牧草相连，那就是真正的“苍穹为室兮毡为墙，以肉为食兮酪为浆”的纯牧区了。

你突然间会惊喜，因为如大海波涛般汹涌的雪峰峻岭间，闪出偌大的高山平原，若如带状，那是巴塘；若如葫芦，那注定是西昌了。因为在这苍山如海的世界里，这是两片极为难得的高山盆地。尤其巴塘，地处金沙江东、川藏交界，雪山环围，绿野中开，巴河积淀出带状平原竟达 30 余里，600 余平方公里，海拔仅 2600 米，土地肥沃，阳光朗耀，水源充足，最宜屯垦。亘古疲惫万分的马帮商旅、往返官吏经此无不惊喜，无怪晚清先后两位驻藏大臣凤全、赵尔丰均在巴塘开府建衙，募夫屯垦，最盛时期，竟在两河交汇的盆地中心，构筑土城一座，环周八里，官衙、兵署、庙宇、街市、商会、学校、医院、一应俱全，人口几达 5 万，俨然繁华商埠。然乐极生悲，汉蕃冲突，凤全被杀，酿就川边近代史一桩著名公案，后文详叙。

至于西昌，坦荡绿野，湖泊点缀，极早开发，田畴相望，人烟辐辏，亘古是西康重镇，但位偏东南，故本文从略。

川边藏情

川边绝大部分县治，举凡泸定、康定、小金、丹巴、理化、石渠、德格、色达、稻城、定乡、盐井、得荣、甘孜、瞻化、泸霍、道浮等却无此幸运，大都处于两山夹一谷的狭仄地段，即便曾为西康省会的康定亦是如此，官衙、庙宇、街市、民居、机关、学校无不沿河缘山修筑，蜂巢般密集，蛛网样勾连，远处看去，一片灰蒙蒙的房舍建筑密不透风，唯有宏大的喇嘛庙黄色瓦顶在树丛中隐现。这也就提醒往来客人，此亦标明进入藏区，当然还不能和真的藏族核心，比如卫藏相比。这一带难免汉藏杂居，回羌混住，服饰驳杂，饮食各异，但无论藏汉回羌又莫不需要柴米油盐，婚丧娶嫁，生儿育女，支差纳税，把人生的功课或甜或苦的进行到底。这片泥墙瓦顶之下，火塘吊罐之畔，也如同外部世界，不乏复杂与纷扰，丰富和多彩，尤其清末民初以来，百十年间，世纪更迭，新旧交替，演绎出多少恩怨情仇，人生活剧。单说只要进入川边康区，饮食便骤然生变，四川天府，稻麦两熟，一日三餐，大米白面，花样翻新，各类蔬菜，必不可少，家境富庶者自然鸡鸭鱼肉。隔三差

川边多为藏民

五，打顿牙祭。康区却主产青稞、包谷、土豆、荞麦、杂豆。主食则为糌粑，是把青稞麦炒熟，磨细并不去皮，类如汉地炒面。藏人外出，羊皮袋中必装糌粑，怀中则有木碗，黄昏扎营，煮沸开水，抓糌粑于碗中，添进沸水，用手指捏团，即可食用。讲究者再放进酥油和奶渣。隔三差五，食牛羊肉，牧区则有鲜奶，随时可饮。古语“腥肉之食非茶莫消，青稞之热非茶不解”。故茶叶早在秦汉便传入牧区，牧民以马易茶，形成始于隋唐，盛于两宋，延续至明清的“茶马互市”，牧区则将茶在实际生活中推演为酥油茶。原料并非今日都市考究之名茶，其实名茶营养元素并不丰富，而要等茶叶长老，茶味浓郁，再加工压缩为便于运输、储藏，亦方便使用的砖茶。牧民使用时敲下小块茶砖，用水熬成浓汁，滤掉茶叶，倒入细长的木桶，再添进酥油、牛奶、食盐，还可放进芝麻、核桃提味，使之成为消渴、解腻、营养、充饥，堪称经典的牧区饮料酥油茶。只要进入藏区，酥油茶便是男女老幼、须臾不可或缺的食品，需求量十分惊人。

康定地处要冲，作为康藏门户，仅是做茶马生意便多达 48 家锅庄，运进雅安川南一带所产砖茶，动辄万引，每引 30 包，每包 30 斤。用骡马驮了，沿古老的山道运往广阔藏区，运出则为康藏土产，大宗为羊毛畜皮，次为药材、大黄、贝母、虫草、秦艽、羌活、泡参、知母；再是当年并无动物保护一说，故麝香、鹿茸、鹿筋、熊掌、兽皮亦有相当数量。单说 48 家锅庄，这家有骡 300 头，那家注定有骗马 500 匹，占据最大份额的八大锅庄，骡马均以千计，每年马帮起动之时酒宴需摆三日，到处张灯结彩，鞭炮炸响之际往往头骡上了 40 里外的折多山顶，尾骡方从院落起身，无论东去雅州，西出拉萨，在长达数月乃至半年的旅途中，马帮管理，货物照应，人畜食用，夜晚宿营，还难免遭遇暴风雪骤至，严寒冻伤；道路突然崩塌，人畜伤亡，还免不了遭遇骡马惊散走失、土匪打劫等等。稍加细想，便会深感组织马帮驼队所需经验智慧，素养耐力，绝不亚于组织一次大规模的战争。但藏族同胞硬是凭着与生俱来的坚韧、吃苦、勤勉，加之马帮驮队千百年积累的经验、智慧和行之有效的各种行帮规矩，把这桩惠泽藏胞的茶马买卖推演了千年之久。

改土归流

中华亘古为多民族国家，早在汉时，班超担任西域都护府长史，负责管理西域36国长达30年之久。公元100年班超离任时，继任者尚任请教管理要务，班超只讲了两个字“羁縻”。羁为马缰绳，縻为牛笼嘴，意思对少数民族应尊重安抚，让其自治，不生事端即可。事实是班超管理西域30年间，“西域诸国，莫不向化，大小欣欣，贡奉不绝”，呈现一派繁荣安定。其间汉章帝调班超回中原时，于阗国王竟跪拦班超马头，说“汉使如父母，诚不可去！”说明班超在西域采取的“羁縻”政策十分成功。

之后，“羁縻”为历代王朝所采用。对西南一带少数民族头人设置安抚司、宣抚司、宣慰司等，让其自治，并采取子孙相袭的世袭制，让其对所在地方的人口、土地、赋税、差役等进行管理。这也是史书上说的“羁縻州”。这种土司制度一直沿袭到清代。好处是让少数民族充分自治，起到稳定大局、安抚边陲的作用。但天长日久，其落后性日益显著，土司祖辈相承，子孙无意进取，荒唐无度，如同土皇，赋役无名，刑杀随意，有土司为儿子婚娶，所辖百姓三年不得婚娶。更为荒淫、野蛮、无耻的是有的偏远地域还实行所谓“初夜权”，即所辖百姓无论谁家迎娶新娘，均需送往土司官寨，供其淫乐，之后才正式承认为其属民。土司之间又常互相攻杀，实际祸害一方百姓。土司之地，暗无天日，许多土民祖祖辈辈，只知土司，不知国家。土司制度还易导致地方割据，不利中央对地方的管理。

西康一位土司

清雍正时，广西巡抚鄂尔泰上书改土归流，意思是废除世代相袭的土司制度，改由朝廷派遣的官员。清时官员，一般三年即需调动，流动性强，也称流官，正如俗语“铁打的衙门流水的官”。改土归流应该是一项顺应历史潮流的进步举措，但由于触动了世代相袭的土司利益，一些占地广大，人多势众的土司便联合起来，以武力相抗。清王朝亦派兵镇压，用武力在云贵、广西一带强制推行改土归流。

四川西北，即今日阿坝、甘孜两个藏族自治州及凉山彝族自治州也系世代相袭的土司制度，但由于与西藏相连，按照藏族传统地理概念，把藏民居住的地区分为卫藏、康区和安多三大区域，卫藏即以拉萨、日喀则为中心的前后藏区，为核心区；安多则包括藏北那曲、青海全部和甘南藏区；康区又称康巴藏区，主要指川西北甘孜、阿坝、滇边迪庆、中甸、藏边昌都等。为避免藏区动荡一直没有进行"改土归流"，直到清末，由于英帝插手，挑拨西藏独立，屡生事端。迫于形势，清政府加快了康巴地区的改土归流，其要务是"改造康地、广兴教化、开发实业、内固蜀省，外附西藏，迨势达拉萨，藏卫尽入掌握，然后移川督于巴塘，而于四川、拉萨各设巡抚，仿东三省之例，设置西三省总督，借以杜英人之觊觎，并兼制达赖之外附"，按说这是一个系统经营西康（省）的计划，亦可概括为：改土归流，西康建省，卫川、图藏、御英。

这个计划由于能够针对时弊，联系实际，且有操作的可能，受到清政府重视，改土归流随后在西康开始推行。

名将风采

晚清知兵帅，岑袁最有名。岂如赵将军，川边扬英声。

这是国学大师章士钊称赞赵尔丰的诗作，意谓晚清岑春煊因慈禧西逃，率兵勤王，袁世凯因小站练兵名声大噪，其实都远不如赵尔丰经营川边，改土归流，率兵入藏，屡败叛军，巩固西南边陲，维护国家统一，才真正有功勋于国家。的确，提起晚清改土归流，川边新政与西藏近代史，赵尔丰几乎是绕不开的一个人物。

赵尔丰（1845—1911），祖籍山东蓬莱，生于辽宁铁岭，官宦世家，其兄尔震、尔巽、尔萃皆中进士，赵尔巽官至湖广总督，兄弟均为晚清重臣，赵尔丰尤为干练。晚清政府在川边推行改土归流，并非一帆风顺，受到当地土司、西藏当局乃至英印政府的重重阻挠，甚而酿成杀害驻藏大臣凤全的"巴塘之变"。

1904年英军入侵西藏，达赖出逃，西藏局势一片混乱，危及川边。清政府一方面派外交大臣唐绍仪与英交涉，一方面派驻藏大臣凤全赴藏善后。所谓善后，清廷的意图是彻底解决川藏之间土司、头人割据，实施改土归流，收回治理权，这样退可确保全川，进则加强对西藏控制，表明清政府对藏政策进入实施阶段。

清末川滇边务大臣赵尔丰

1904 年底，凤全一行抵达箭炉，即今康定，招募士兵，因凤全深知，英军已进入西藏，若无武力做后盾，“善后”即是空话。后当凤全率兵勇到达巴塘后，如前所述，发现巴塘绿野开阔，光照充分，土地肥沃，宜于屯垦，思谋若无可靠的后勤保障，仓促进藏，难以立足，莫若在巴塘驻军屯垦，训练军队，积蓄力量，稳扎稳打，再进西藏，要说此亦为不失良策。凤全驻巴塘后，一方面继续招募士兵农工，实施农垦、操练士兵。一方面改土归流，收回土司治权，限制教权和喇嘛数量，且二十年内不许剃度。因当地大寺僧人多达四五千人，藏区原本地广人稀，如此众多青壮男子不事生产、坐享供奉，严重制约社会发展。这就触动了土司与喇嘛的利益，他们煽动七沟村民，聚众闹事，抢劫农场，凤全率兵镇压，更加激化矛盾，当地土司勾结串通三千蕃民，烧毁天主教堂，杀法国传教士。凤全寡不抵众，退守土司寨中，又遭围攻，后经调解，凤全率随员离开巴塘，行至险途遭遇伏击，凤全等五十人全部遇难。有清一代，驻藏大臣凡 172 位（含未到任者），凤全是唯一在任中被杀的。消息传开，朝野震惊，大清帝国，平定三藩，收复新疆，余威尚存。凤全遇难，反而刺激和加速了清廷治理川边的决心。正是在这个大背景下，清王朝选派了素以清狱治盗闻名的鹰派人物赵尔丰，就任督办川滇边务大臣，会同四川提督马维骐统兵进剿。巴塘一带土司喇嘛闻讯后也广泛联络昌都、理塘、瞻对、三岩等处藏民及寺僧筹划抵抗，并扬言：川兵若敢压境，必将誓死相抗。

赵尔丰、马维骐不为所扰，1905 年 7 月发兵五营，分道进剿，川兵素来强悍，适宜山地作战，此次配备新式火炮，加之晓以大义，故士气高昂，一路横扫，直抵巴塘。寺僧、土司纠结的毕竟乌合之众，在川军凌厉攻势之下，接连败溃，据守寺庙的喇嘛见大势已去，放火自焚寺庙，之后四散潜

勤劳的藏族妇女

逃。赵尔丰进驻巴塘后，首先擒拿“巴塘事变”的首犯，正副土司，凡参与的喇嘛及杀害凤全一行的骨干凶犯全部正法。为防后患，把土司家属子女一律移置成都，正式收回土司管辖权，建立官署，委派官员，安抚在事变中蒙难的商旅及外国传教士。为除恶务尽，赵尔丰发兵进剿七条沟，擒拿主凶，又进军乡城、稻城、得荣、理塘，兵锋所至全告肃清。

之后，从 1905 年至 1911 的六七年中，赵尔丰率领川军，几乎席卷川边康区，东起康定折多山顶，西至金沙江以西的丹达山，南与云南维西、中缅接壤，北逾俄洛、色达、野番与青海、甘肃交界，幅员广阔，南北约 4000 里，东西 3000 里，共约 45 万平方公里，相当于 4 个浙江省。过去共有大小土司 119 员，统治着这片广阔领地，交通不便，生产落后，土司形同土皇，百姓如同农奴，不知国家、唯晓土司。赵尔丰凭借武力，抗拒者征讨，归顺者招抚，彻底废除土司制度，按“地足以养民，民足以养官”为原则重新划定边界，采取同内地相同的秦汉沿袭下来的郡县制，奏请清廷批准，建立两道、五府、二十一州县，为日后西康建省打下坚实基础。

对于新任官员，赵尔丰必亲自训导：“知县是知一县之事，即知民事也。故勤政爱民者，因爱民而勤政。非勤政为一事，爱民又为一事也。凡民有疾苦，不能救之，是戮民害民者也。”

由此不难看出赵尔丰勤政爱民思想，凡改土归流的地方，赵尔丰倡导推行新政：修筑大道，改善交通，招民垦荒，兴修水利，引进良种，改进耕作。同时，还开矿建厂，组织边贸，修建学校，培养人才，利用当地药材资源，设立药局医院，预防医治群众疾病。新政最受番民称道的是“乌拉革新”，乌拉即差役，藏区不通公路，物资全凭牛马驮运，土司以各种名义摊派番民，凡驮马食宿一律由番民承担，且无报酬。乌拉差役又几乎由妇女承担，如康定至雅安300里路，崎岖山道，需走4日，其中两日露宿山野，冰雪天气亦不能幸免，给藏区群众带来沉重的负担与痛苦。赵尔丰的“乌拉新政”则为无论男女，均需服役；无论马牛均付运费；且详细规定日行路程和驮马载重数量，不得超载，亦不得欠费。确实解除番民负担。因而，川康藏区，凡改土归流推行新政之地，莫不气象一新。

在此期间，赵尔丰打出威风的川军还于1909年越过金沙江，击溃英人扶持的藏军，推进到工部，即今西藏林芝一带，并在这一带推行改土归流，招抚土司头人，建立查木多、江达（工部）等十余县县级政府。赵尔丰部下管带（营长）程凤翔率兵进入藏东南与印度交界的查隅，当地头人纷纷表示愿归顺中央，恰巧英印政府派员在这一带名为考察实做侦探，见到中国军队后迅速隐退。有力阻止、挫败了英人入侵西藏边界的意图。民国藏学专家任乃强在其著作《西康图经》中收有当年程凤翔向赵尔丰上呈《呈报杂隅形势文》，为中印边界划定提供了有力证据。另据《近代康藏重大史料选编》（西藏藏文古籍出版社2001年）中记载：1910年，已成为英国殖民地的缅甸与中国云南勘划国界，英国人坚持要从已在云南境内高黎贡山脉划分国界。赵尔丰派人详查高黎贡山上游为西藏境内的冬拉岗里岭，关乎着曲宗、波密、白马岗乃至工布江达大片土地，倘若划归于英，与缅甸连成一片，危及全藏，麻烦可就大了。当时，西藏混乱，无力顾及。赵尔丰立即派边军管带程凤翔带兵先行占据桑昂宗曲，击溃余匪，进驻杂瑜。其时，英国人也怂恿缅甸北上，在这一带插旗为界，幸程凤翔兵至，将缅人插旗全部拔掉，并把桑昂曲宗改为科麦县，杂瑜改为察隅县，先定宾主，延续至今。程凤翔原为赵尔丰厨师，随赵多年，知兵善战，因战功升至管带（营长）后又升为参将，成为赵尔丰得力助手。进驻察隅后，程凤翔仿效赵尔丰兴修水利，发展生产，并为当地群众建造水磨，推广内地先进技术，方便当地群众，广播中

赵尔丰署衙遗址在今四川巴塘

赵尔丰军使用过的火炮

川边西昌曾为西康省会

央恩威，使得英帝入侵阴谋破产，始终未能得逞，为巩固国家边防做出了不可磨灭的贡献。

当年，做为管带（营长）随军入藏，日后成为“湘西王”的陈渠珍在其著作《艽野尘梦》中描写了他目睹赵尔丰的情景。

赵尔丰知藏兵已抵思达，乃亲率边军五营由更庆至昌都。我军齐集四川桥东岸迎迓。边军虽为旧式军队，然随尔丰转战入边极久，勇敢善战，其军官体力甚强，日行百二十里以为常。是日，予随队出迎，候甚久，始见大队由对河高山疾驰而下。有指最后一乘马者，衣得胜褂，系紫战裙者即是赵尔丰。即过桥，全军敬礼，尔丰飞驰而过，略不瞻顾。详视之，状貌与余在成都见时迥殊。盖尔丰署川督时，须发间白，视之仅五十许人也。今则霜雪盈头，须发皆白矣。官兵守候久，朔风凛冽，犹战栗不可支，尔丰年已七旬，戎装坐马上，寒风吹衣，肌肉毕现，略无缩瑟之状。潞国精神，恐无此矍铄也。

这就活脱脱为我们描摹出一代安国定边的名将风采。

垂范后世

不过，赵尔丰的人生结局却十分惨烈，1911年春，四川保路运动爆发，是为辛亥革命之先声。四川前辈作家李劼人在其巨著《死水微澜》中，对其始末有真切生动的描述。清廷慌乱之间，任命赵尔丰为四川总督，对付遍及全川的保路运动，赵尔丰在川既久，深知民意，一再奏请清廷，对保路运动需要委婉妥善应对，但经历过太平天国之祸的清王朝此时已是惊弓之鸟，担心川省之火成燎原之势，故要求赵尔丰全力镇压，不可使其蔓延。

赵尔丰作为清廷重臣，封疆大吏，关键时刻，服从了清廷。对群众运动采用镇压：屠杀请愿民众，拘捕各界人士。一时间，“赵屠夫”恶名雀起，川人皆曰该杀。正由于四川闹得不可开交，清政府从湖北调兵镇压，造成武昌空虚，也使得武昌首义成功，各省宣告独立。赵尔丰也被迫交出政权，但仍手握精兵三千，库银600万两，让新任独立后的四川都督尹昌衡坐立不安。于是设下骗局，声言只要赵尔丰交出兵权，即可保其平安，赵尔丰不知是计，加之尹昌衡曾为其兄赵尔巽部下，深受其提拔重用的恩惠，也是迫于当时改朝易代自身在川名声狼藉的形势，没有察觉到其中阴谋，于是轻信了尹昌衡，当即写了交出兵权的手令。

不想，尹昌衡随即派兵包围了赵尔丰下榻的成都贡院，时值深夜，赵尔丰已脱衣入睡，被众多士兵堵在卧室，出人意料的是赵尔丰从康区带回的贴身婢女，系身体强健的藏族女子，危急关头，巾帼不让须眉，面对赳赳武士毫不畏惧，奋不顾身拔刀护赵，被当场击杀，倒在血泊之中。尹昌衡怕再生意外，当天即将赵尔丰捆绑游街砍头示众，一代名将就此丧命，赵尔丰也是在整个辛亥革命中失去生命的清廷最高官员。

但事情并未结束，赵尔丰带兵宽严相济，恩威并用，其部下傅华封从川边带兵回川救赵，被保路会所阻挡。其卫队长深得其惠，以追杀尹昌衡为赵复仇为己任，直到尹昌衡被袁世凯捕捉下狱。也是因其兄赵尔巽向大总统袁世凯上《为赵尔丰辩冤书》，袁下令褒扬赵尔丰，并捕捉尹昌衡，整整百年过去，尘埃落定，许多治清史学者均给赵尔丰公正客观评价。

尚秉和在其《辛王春秋》中说：“尔丰勘定康地，驰驱劳瘁，至是凡七年，共用款六十余万，部拨经费尚余三分之一而西康全局皆定”。贺觉非说“赵本人亦明敏廉洁，办事公正，犯法者虽近亲不稍恕，康人多信服”。近代著名学者李思纯也说：“金沙江以西十九县，尚能归附（指改土归流），皆清

今日川边依旧汉藏杂处

季赵尔丰之余威，于民国以来诸边将无预也”。藏学家任乃强亦称赞：“赵尔丰雄才大略，刻苦奋进，精诚所至，成绩炳然。虽鄂尔泰之改流，左宗棠之开疆，与之相较，应无愧色。”

中国当代藏学家罗广武、何宗英也在《西藏地方史通述》中对赵尔丰做出中肯评价：应当说，赵尔丰主持的川边改土归流，是清王朝灭亡之前经略边疆地区的最后一次努力，也是清廷极端衰落、腐败之末期仅能称道的最光彩的一页。

历史是公正的，人心亦是公正的。百年尘埃落定，赵公自应安息。

米拉山口

米拉山口，海拔5030米，是沿川藏线到拉萨必须翻越的最后一个制高点。几乎任何一座高山都是天然分水岭，都会朝相反的方向孕育出两条河流。广阔的青藏高原，高耸云端的雪峰比比皆是，孕育的溪流多达3000多条，但米拉山孕育的这两条河流却非同小可。

向西流淌的河流是鼎鼎大名的拉萨河，在米拉山上还是条微不足道却清澈湍急的溪流，一路朝西汇纳百川，形成一条浩荡奔腾的大河。经年累月冲刷积淀出一道开阔平坦的河谷，最宽处达80多平方公里，安顿下拉萨这座高原圣城。至少从1300年前的吐蕃王朝开创至今，拉萨河流域都是西藏政治、经济、文化及宗教的中心。

向东流淌的尼洋河也不马虎，由于受从印度洋刮来强烈季风影响，尼洋河谷空气湿润，雨量充沛，植被茂密，海拔也大多为3000米以下，林芝便坐落于尼洋河谷，素有“雪域江南”的美誉。核桃、银杏、山桃、杏子布满山谷，甚至几面山坡长着绿莹莹的茶树，还有一株树龄已达千年的茶树王呢。

不过，拉萨河和尼洋河这两条发源于米拉山的姐妹河，在完成了各自的历史使命之后，却殊途同归，先后汇入了西藏人民的母亲河——雅鲁藏布江。

旅·途·小·憩

奇人·奇事·奇书（上篇）

乱世进藏

晚清末年，时局动荡，康乾雄风不再，皇权难以为继，川边康藏虽有赵尔丰改土归流，力挽狂澜，仍于大局无补。1909年，即辛亥革命清廷覆灭的前两年，赵尔丰在川滇边区改土归流，政绩显著，为扩大成果，稳定藏局，清王朝索性让赵尔丰在川滇边务大臣任上再任驻藏大臣。但因赵尔丰作风强硬，影响所及，遭到掌控西藏政教大权的十三世达赖和西藏地方政府以及三大寺僧人的忌恨和反对，联名上书清廷，反对赵尔丰出任驻藏大臣。

清廷转而采纳现任驻藏大臣联豫意见：在西藏驻兵三千，以资震慑。因联豫系满清皇族，心胸狭窄，与达赖交恶，久生怨恨。历史已经证明，此时出兵西藏，实非明智之举，因前两次英军入侵西藏，十三世达赖率领西藏民众抗英，曾向清廷请求出兵支援，但被八国联军入侵吓破了胆的清政府只怕引火烧身，拒绝出兵，生死由之，恶化了与西藏地方关系。

此次进藏由出生于皇室，年仅22岁，“纨绔无军事知识”的钟颖任统领，率新练川军1700人，编为步兵三营，骑兵一营，工程兵、炮兵、军乐队各一队，法式大炮16门，机枪24挺，并有长途电话，过河船舶等先进装备，堪称当时最精良之武装。这支部队进藏后，士兵、统帅与驻藏大臣之间缺乏协调，进驻拉萨当天就误毙一名喇嘛。达赖惊恐逃往印度，被清廷革去名号。

时隔不久，辛亥革命爆发，驻军哗变，钟颖和驻藏大臣联豫张皇失措，纵兵在拉萨抢劫，引起西藏民众强烈反抗，英印趁势送达赖返藏，掀起驱汉浪潮。钟颖带去的川兵被全部缴械，由印度遣返回内地，脸面丢尽，国威尽失，使得西藏局势变得更加复杂和难以控制。

百年过去，尘埃落定，藏学家们一致认为清政府在错误的时间，派错误的统帅进兵西藏是清末治藏的一大失误。梁启超也对清廷革去达赖名号，忽视藏众心理有精辟论述，认为：“是一大失策”，这也是造成西藏在清末民初动荡不安的原因之一。

出人意外的是此次入藏川军中有一位年青军官，时任管带（营长）全程参与进出西藏惊心动魄的生死历程，并在藏地婚恋，娶一女子，陷入绝境后不弃不离，万里相随，演绎了一出缠绵悱恻，叩人心弦的千古绝恋。

陈渠珍所著《艽野尘梦》

进入民国，带兵统帅钟颖以“乱藏”罪名被民国政府处死。这位青年军官却官运亨通，成为大名鼎鼎的“湘西王”，一代文豪沈从文曾为其文书，开国元帅贺龙曾为其部下，晚年“湘西王”回顾出入西藏的生死经历，写下一部《艽野尘梦》，曾以手抄本流传七十年之久。因为描写了一个非常的时代，一个残酷且真实的故事，一段震撼古今的汉藏婚恋，被誉为“西藏奇书”，谁读了它都会铭记终生。此书被贺龙元帅指定为18军进藏参考读物，不止一位藏学家说：如果只带一本书去西藏，一定是《艽野尘梦》。因为岁月已经证明这本奇书记载的是百年前西藏绝对真实的奇人、奇事、奇婚……

偶娶藏女

假如我们不曾相识，
我们就不会相恋。
——仓央嘉措

湘西王陈渠珍

事情要追溯到整整100年前。

湖南凤凰，虽号边城，却钟灵毓秀，人才辈出，先后出过民国总理熊希龄，作家沈从文，画家黄永玉，还有一位鼎鼎大名的“湘西王”陈渠珍。但百年前，除了熊希龄出道较早之外，其余都还属鲜为人知的凡尘晚辈。

陈渠珍（1882—1952），原籍江西，后迁入湘西凤凰，祖辈耕读传家，虽不十分富裕，却注重子弟教育。陈渠珍幼入私塾，16岁进芷江明山学院勤苦好学，17岁一举考取秀才。按说应举人、进

陈渠珍故乡湖南凤凰

士一路攀登，却恰逢甲午战败，国人愤慨，陈渠珍痛心国事，索性投笔从戎，弃文经武。24 岁毕业于湖南武备学堂，曾加入同盟会。1907 年投奔湖广总督赵尔巽，被转荐至正需用兵的川边大臣赵尔丰处，任相当于连长的新军队官，守备川藏要塞百丈驿，其地在雅安名山县境内，此已进入青藏高原边缘，系茶马古道必经之地，往来藏地的马帮客商，官吏边兵十分频繁。陈渠珍毕业于军校，素怀大志，对湘湖前辈曾国藩、左宗棠十分仰慕，知大事需从小事做起，十分留心藏地藏事。恰逢皇亲钟颖奉旨援藏，于是就把自己了解和洞察的藏地要情给钟颖送上一份《征藏计划书》，深得钟颖赏识，委他相当于副营长的督队官，并厚赠经费安抚家属，于 1909 年 7 月进藏。

当时进藏，并无现代公路及汽车可资利用，全系险峻的茶马古道，其艰辛险阻不亲身经历实难体会万一。实录一段文字：

我军由泸（康定）出发之日，适雨雪交作，寒风刺骨，军队与乌拉（藏民用牛马驮用军粮叫乌拉）恒混淆杂而行。此路名虽驿站，半为山径，砂砾遍地，雪风眯目，时登时降，军行甚苦，沿途绝少居民，抵折多塘宿营，已

陈渠珍所走摩天川藏线

七时矣。天黑路滑，部队零落而至。士兵喧呼声与牛马嘶鸣声直至夜半止。官兵咸缩瑟战栗，不胜凄楚焉。

原本，陈渠珍所随进藏部队，由雅安出发，经泸定、康定、道孚、炉霍，在甘孜过雅砻江，在岗拖过金沙江，到达昌都便可沿入藏大道，经八宿、波密、工布江达，直驱拉萨。但因十三世达赖组织藏兵沿大道抵抗布防，钟颖闻讯胆怯，上书清廷，清廷即让赵尔丰带兵掩护新军入藏，其时赵尔丰刚平定了乡城、德格、威名远震，即带五营士兵驰援至昌都，在正面驱赶藏兵，而让钟颖所率新军绕道类乌齐、39族、洛隆进入西藏腹地。一路虽无藏兵骚扰，但迂回藏地，直到1910年元月才到达工布江达驻防。陈渠珍此时已因战功取代林修梅（革命元老林伯渠堂哥）升任管带（营长），成为江达驻军最高长官。

这一带属藏南，在林芝与拉萨之间，海拔较低，河谷开阔，植被葱茏，人烟密集。江达也是藏南大镇，庙宇雄伟，街市繁华，但藏兵往返蹂躏，十分萧条。藏军可谓世界上军纪最坏的部队，每到一地，乌拉随意支派，粮物随意提取，看上谁家女人，只需在门上悬挂马鞭，妇女当晚便需前往，谓支“人役”。藏兵过后如同遭遇抢劫，十室九空。相比之下，清军纪律则要好许多，许多专家认为，赵尔丰在康区改流成功，很大程度是与得到各族人民包括藏族群众支持相关。陈渠珍驻工布，主要从事安抚。每至一处，召集僧俗，晓以汉藏一家，并访问疾苦，如需供应柴草夫役，则合理付费，藏民逐渐安定。

传统藏族女子

一天，当地第巴（村长）带着舅舅彭错来见陈渠珍，彭错在藏地方政府任官员，相貌伟岸，举止得体，见过世面，邀请陈渠珍去家中做客。陈处处留细心，也想了解藏地风俗民情，隔日欣然前往，离驻地约十余里，皆开阔谷地，草地树木，十分清幽。过一条湍急清澈的小河，船系巨树掏空，古朴有趣。他们没有想到彭错家十分壮阔华丽，藏式楼房高达数层，皆巨石巨木造就，院落亦宽敞，彭错还邀约了十几个藏族姑娘，着华丽衣衫，跳起锅庄欢迎客人。

之后又比赛射箭，皆粗笨古弓，引得陈渠珍一行兴致盎然。最使他们不能忘怀的是彭错又引他们至河边，开阔数里，细草如毡，刚才跳锅庄的藏族女子去掉华丽服饰，一身短打，各牵良马一匹，十分精干。彭指河边平地，间隔插有尺许竹竿，介绍说这些姑娘皆可飞马拔竿，以多少定输赢。言毕，众女子皆翻身上马，驱马飞驰，其中一位年仅十五六岁，相貌端庄，不似其余娇丽却身手矫健，连拔五竿，获得第一。

陈渠珍一行看得眼热心跳，尽皆鼓掌称赞。彭错介绍说，这是他的侄女西原，村长马上接言："长官如喜爱，可奉送。"围观者一齐鼓掌，都说：好哇。藏族少女的矫健身姿，颇让陈心动，同时也以为是玩笑，便顺口应允。

不想，过了几天，陈渠珍外出办事，遇上正笑嘻嘻赶来的村长，说，彭错夫妇今日已送侄女西原来完婚了。说罢遥指村口，果真，一大群人皆衣衫新鲜华丽，牵彩马，抬嫁妆，逶迤进村，看来生米已成熟饭，要阻止反悔都来不及了。

这太出人意料，陈渠珍已娶亲成家，妻室寄寓成都，但当时无重婚说，长官纳妾为寻常事情。况且，已有先例，驻军进村不久，村长有女儿，年仅

西原家乡风光

十五，豆蔻初开，亭亭玉立，陈渠珍手下一位排长见了十分喜爱，当即求婚，村长竟一口答应。成亲那天，全村老少咸集，驻军也全部参与，大块吃肉，大碗喝酒，鸣鼓乐、跳锅庄，军民同乐，闹至深夜。给陈渠珍留下的至深印象是藏人质朴、豪爽、讲信用，但也自尊不可轻慢。此事也只能将错就错，顺其自然了。

这天，驻军最高长官成亲，西原又系当地富家女子，规模气势自然远胜排长，不仅全村男女，附近村落尽皆赶来，几乎所有男女参与，垒大灶，杀牛羊，操办酒宴，酒席间成百男女坐满院落，军人豪爽，藏民亦善饮，猜拳酒令，此起彼伏，新娘子西原身着藏族华丽服饰，长发乌黑，眸子黑亮，落落大方，顾盼生辉，别具风采。陈渠珍暗自庆幸，没想到乱世入藏，还能收获这段奇缘。

波密兵变

陈渠珍驻防工布江达期间，属地觉拉沟群众遭到波密人抢劫，这是当地一大隐患，盖因波密一带山高林密，民性剽悍，常至富饶的工布一带抢劫，

陈渠珍率军曾到达的雅鲁藏布江峡谷

来去无常，犹如秦汉匈奴犯中原边境，百姓恨且无奈。新军此次入藏，兼有剿抚任务。再是大清律，纵是国戚皇亲，亦得靠功晋爵，故朝廷常把边功让予皇亲，比如乾隆朝远征廓尔喀，便命至亲的福安康带兵，再让名将海兰察协助，以求全功且万无一失。此次钟颖进藏，亦有建功边陲之念，故接到陈渠珍报告，即请准驻藏大臣联豫，进击波密，陈渠珍率部为先，本欲留下新婚西原在家，西原不肯，撒娇亦要同行，陈念及西原飞马拔竿的矫健身姿，推测不至为拖累，便允西原戎装同行，没想危急之中，竟几次救夫君性命。

此次进剿并不顺利，尽管钟颖亲率装备精良的新军，无奈波密山势巍峨险峻，气候炎热，古树参天，夹道草深没人，加之遍生蚂蟥，进程极为缓慢，陈渠珍率部为先，为渡雅鲁藏布江一条支流，无桥无船，靠飞绳系树，人悬空而过，全营人马装备竟耗时三日。而蕃兵身体强健，熟悉地形，攀登如猴，集结迅速，以至几次弄险，为蕃兵所围。一日双方激战，几个蕃兵绕巨石后偷袭，幸为西原发现，惊呼陈渠珍方得幸免；一次遇丈高石崖，西原竟能纵身跳下，再接陈渠珍而下，真乃藏中女杰。

首次进剿失利退兵，迫不得已，驻藏大臣联豫报奏清廷请赵尔丰边军支援，幸亏其时已通电报，赵尔丰刚好接调令回川任总督，接会攻电报，立即派边军悍将彭日升、程凤翔带四营士兵，分两路参战。这四营边军精悍善战，久习边事，进入番地，势如破竹。入藏新军这面，接替钟颖任统帅的罗长绮亦组织反攻，两军夹击，最终击败蕃兵，其首领白马清翁与林噶先后被击杀，波密全境平定。

但恰在这时，辛亥革命武昌首义成功，清廷轰然倒下，各省纷纷宣告独立，消息迅速传入军中，士兵大哗，提出要反叛清廷，要革命。领兵统帅罗长绮竟被乱兵杀死，罗长绮系湘军著名统帅罗泽南嫡孙，工书善文，好谈兵事，渴望建立边功，入藏后任参赞大臣，深得联豫赏识，攻波密失败后替钟颖，万没有想到惨死于乱兵之手。其时，部队哗变情势危急，统帅被杀，失去掌控，乱兵皆有枪支，不知又要危及何人。

幸而陈渠珍带兵宽厚，征讨波密战功卓著，在士兵中有威信，加之身边还有一百多位湘黔子弟护卫，才得以保全性命。所带士兵一度还公推陈渠珍为兵变首领。但面对变局，何去何从？陈渠珍反复思考：兵变多为川人，又多为哥老会成员，情况复杂，不敢贸然介入；新军此次入藏与达赖交恶，藏地亦不敢久留。唯有率湖湘子弟返回内地，然川藏线为赵尔丰控制，赵忠于清廷，已视哗变新军为叛军，命边兵堵截，新军绝非边军对手，亦难以解释明白。反复权衡，唯一选择只有沿青海一途可返回内地。

生死相依

事实证明，陈渠珍对时局判断十分准确，此后各路士兵齐聚拉萨，向商会索重金言称返内地，商会不敢得罪。岂料士兵得金后大肆挥霍，吃喝嫖赌，无所不为，钱用光后又抢劫寺庙商铺。驻藏大臣联豫与钟颖均系满族，鉴于罗长绮被杀，不敢约束士兵，终激藏人反抗，乱兵统被缴械，逐出藏境，不但个人受辱，亦为民国藏局动荡埋下祸因。

陈渠珍查点湘籍士兵尚有115人，皆有乘马，尚有驮牛百余头，可驮每人两月口粮，秘密集结，不露声色，唯与西原一年相处，已结深情，一则不忍割舍，二则恐达赖返藏报复，必须带走西原。西原全家皆通情理，赶来送行，西原母亲以珊瑚山一座相赠，高约八寸，玲珑可爱。后来得知，达赖返藏后把凡与汉族官兵往来者全部杀害，包括西原父母及伯父彭错。

时局之乱，从陈渠珍所集麝香先被卫兵盗走，复被蕃藏抢劫，又遭乱兵夺回，惨死多人的一段亲身阅历可知。西藏多林麝，也叫香獐，是种似鹿却无鹿角的动物，春夏之交，喜卧丛林，肚脐开张，虫蚁钻入，则吸收猛闭合，久之脐满，则成麝香。性凉且奇香，消炎止痛最佳。笔者务农时，曾去秦岭割竹受伤，伤口红肿，所宿农户即取麝香，是用封存于麝鹿长牙之中，为白色膏状，涂于伤口，隔日即消红肿，十分神奇，系名贵中药，亦入多种香料，也是藏民馈赠亲友的贵重礼品。陈渠珍入藏后沿途藏民馈赠，加之个人收购，总计有藏麝二百余枚，若带回内地亦是一笔财富，从此事亦可看出当时入藏军官与士兵之心理。

但谁能想到，这些藏麝竟然使几十个人白白丢掉生命，据陈渠珍回忆录中记载：

入藏两年，薪俸所入，积有藏币（每枚值银三钱三分）六千余元。皆分给士兵携之，乃虑多财贾祸也。有麝香一百七十两，满装一背囊，令护兵刘金声负之，随行。金声，成都人，年十六岁，在川即相随，又不愿入藏，故可信其无他也。殊余出江达之初日，宿凝多，竟未至。亦不知其何时窃身而逃矣。后张子青回家，言此子死也，初为乌拉番人所知，追金声，杀而取之。黑夜过江达，为士兵管带谢营兵士所知，派兵一排追及，夺回，杀十余人。最后谢兵败，复落藏人之手。因争夺此物，互相杀戮，至数十人之多。黄雀螳螂，同归于尽，亦可叹矣。

这仅是其中一例，至于陈渠珍一行百余人，被喇嘛误导入茫茫羌塘，此系海拔高达4500公尺以上，面积达40余万平方公里之无人区，相当于4个浙江省大。导致原本两个月的路途，竟因多次迷途行走达七个月之久，茫茫大雪，天寒地冻，遭遇断粮、断炊、断医、断水、狼群、暴雪、严寒，一百余人或因冻饿、或因病故、或因残杀、或因失踪，最后仅七人生还。唯西原与陈渠珍在惨绝人寰的绝地中凭藉青藏高原天生赋予女性的顽强坚韧，不离不弃，生死相依，多次挽生命于末路，于寒夜见曙光，用心血溶铸出人类情爱史上一出千古绝恋。其情其景，非亲身阅历，不可描述，仅照录几节：

初入大漠时，均携有火柴。因沿途消耗甚多。及粮尽，杀牛马时，火柴仅存20余枝矣，众大惧，交余妥为保存之。每发火时先取干骡粪，搓揉成细末，再撕贴身衣上之布，卷成小条。八九人顺风向，排列成两行而立，相去一二尺，头相交，衣相接，不使透风。一人居中兢兢然括火柴，燃布条，然后开其当风一面，使微风吹入，以助火势。布条着火后，置地上，覆以骡粪细末，须臾，火燃烟起，人渐离开。风愈大，火愈炽，急堆砌牛粪，高至三

陈渠珍误入的雪域荒原

四尺，遂大燃，不可向迩矣。于是众乃围火坐，煮冰以代茶，燔肉以为食。

读这段描写，几乎是回到人类原始社会，有巢氏钻木取火之年代，下段描写则为缺乘马，缺医药的惨情：

牛马杀以供粮，无可代步。途中无医药，众各寻路逃命，无法携之俱行，则视其僵卧地上，辗转呻吟而死，亦无可如何矣。余过雪沟时，稍不慎右足亦沾雪肿矣。西原恒以牛油烘热熨之，数日后，竟完好如初。计焚装杀马后，又病死十三人，足痛死者十五人。经病随军跛行者，尚有六七人。

这期间，他们也曾有及早走出绝境的可能，在漫天风雪或漫天黄沙的羌塘大草原上，无路标、无指南，在踏冰过一条河时见到一块石碑，高约三尺，为青海西藏界碑。后据藏学家任乃强先生考证，此刻陈渠珍一行是在荒无人烟的高原顶部行走，若是顺河谷往下走，就有可能进入玉树二十五族牧区，能够及早获救。可惜的是他们过河后一直向北朝青海方向走了，错过了这次机会。终于用尽了最后的存粮和最后一根火柴，幸而还有枪械和子弹。当年藏北高原生活着不少野生动物，他们曾和数千头野牛遭遇："尘沙蔽天，远远而至，众颇惊然，停止不敢进。群牛奔驶而过，相距仅二里许，行十余分钟始尽。"

为了活命，他们猎杀过野牛、野骡、黄羊、狐狸、兔子、旱獭……没有火柴，也没有食盐，只能生吃，只能感叹人类求生的本能。有时生肉也难以为续："断食已两日，饿甚。所储干肉，仅余一小块。以其半分西原食之。西原坚不肯食。"途中几次分食肉时，西原都舍不得吃完，偷藏起来，在绝食之日，拿出让陈保命。

一次，为取猎物，众人走散，仅剩陈渠珍与西原两人，天色昏暮，狂风怒吼，无数野狼逼近，两人饥饿无力，只能与西原同坐雪地，一人握枪，一人持刀与狼对峙，相距不过丈余，这时，倘若有一只狼敢于挑头，群狼便会蜂拥而上，把他们撕得粉碎，惊险至极。

最让人难忘的是绝境中人性之恶彻底暴露，他们曾偶遇一队去西藏朝佛归来的喇嘛，与之结伴同行几日，人家还赠送食物和骆驼给陈渠珍一行救命。岂料引发士兵杀人夺粮的念头，陈渠珍此时已无力约束士兵，却被早有防备的喇嘛洞察，双方交火，互有伤亡，赠送的骆驼及食品却飞奔原主；另一次，部下竟要杀随行藏人吃肉，幸被陈渠珍和西原力阻。联想玄奘西行亦险被抢、

陈渠珍一行数月以猎杀野物生肉为食

被杀，历代边疆史之沉重可见一斑。

相比之下，藏族女子西原之勇敢高尚确如雪域莲花，无一丝污染，无一丝杂念，亦如黑夜之灯火，时时照亮人性的光彩。

直到后来，在柴达木盆地，他们遇到了游牧的藏民，用携带的藏币购到食品，雇了乘马，又行月余，经青海湖，过日月山，到丹噶尔厅，即青海湟源县，才算彻底走出困境，使生命得以保全延续。

陈渠珍掐指算来："由江达出发，为冬月十一日，至丹噶尔厅，已六月二十日矣。长途征行，已历二百二十三日之久。"

简直是创造了人类绝地生存史上一个奇迹。

千古绝恋

陈渠珍一行至青海丹噶尔厅，由江达出发时的 115 人，仅存 7 人。其中两人绝地逢生，看透世事，去了寺庙安度余生。其余数人经陈渠珍推荐至青海军队谋生。唯余陈渠珍与西原，盘缠用尽，幸而西藏新军失败遭到达赖围攻的消息已传内地，一路官员闻听其入藏的生死经历，颇起敬意，资助经费，甚而还遇见一位早年随左宗棠征西的湘籍老兵，流落河湟乡村半个世纪，已是儿孙满堂却乡音未改。再还有当年湖南武备学堂同学在甘青为官者也多帮助，辗转由兰州至西安已是深秋时节，经朋友介绍入住洪铺街一处空宅，不收费用。陈渠珍与西原暂且入住，一方面致函湘西老家索要盘缠，一方面将养身体。

两人相依为命，转瞬钱又用尽，唯一可供换钱之物是西原母亲赠送的珊瑚山，可惜途中压碎一块，仅售银得 12 两，购薪炭米面，紧缩度日。陈若外出，西原必倚门等候。一日回来稍晚，见西原面呈红色，用手抚之，滚热烫手，即走询医生，却道无妨，服药仍不见效，陈渠珍亦无可奈何。

一日清晨，西原突然哭醒，告诉陈渠珍："我可能活不长了。"陈大惊，西原告知昨晚梦回故里，母亲让她吃糖、饮酒，藏俗若得此梦，必不长久。陈渠珍忽见西原浑身起了红痘，知这是天花。顿时想起早先住成都，许多来内地的藏人多得天花病故，包括七世班禅在内几位活佛，久居高原，适应寒冷，去京城晋见皇帝，来内地炎热不适，必患天花。限于当时医术，凡得必死。

陈渠珍进出西藏路线

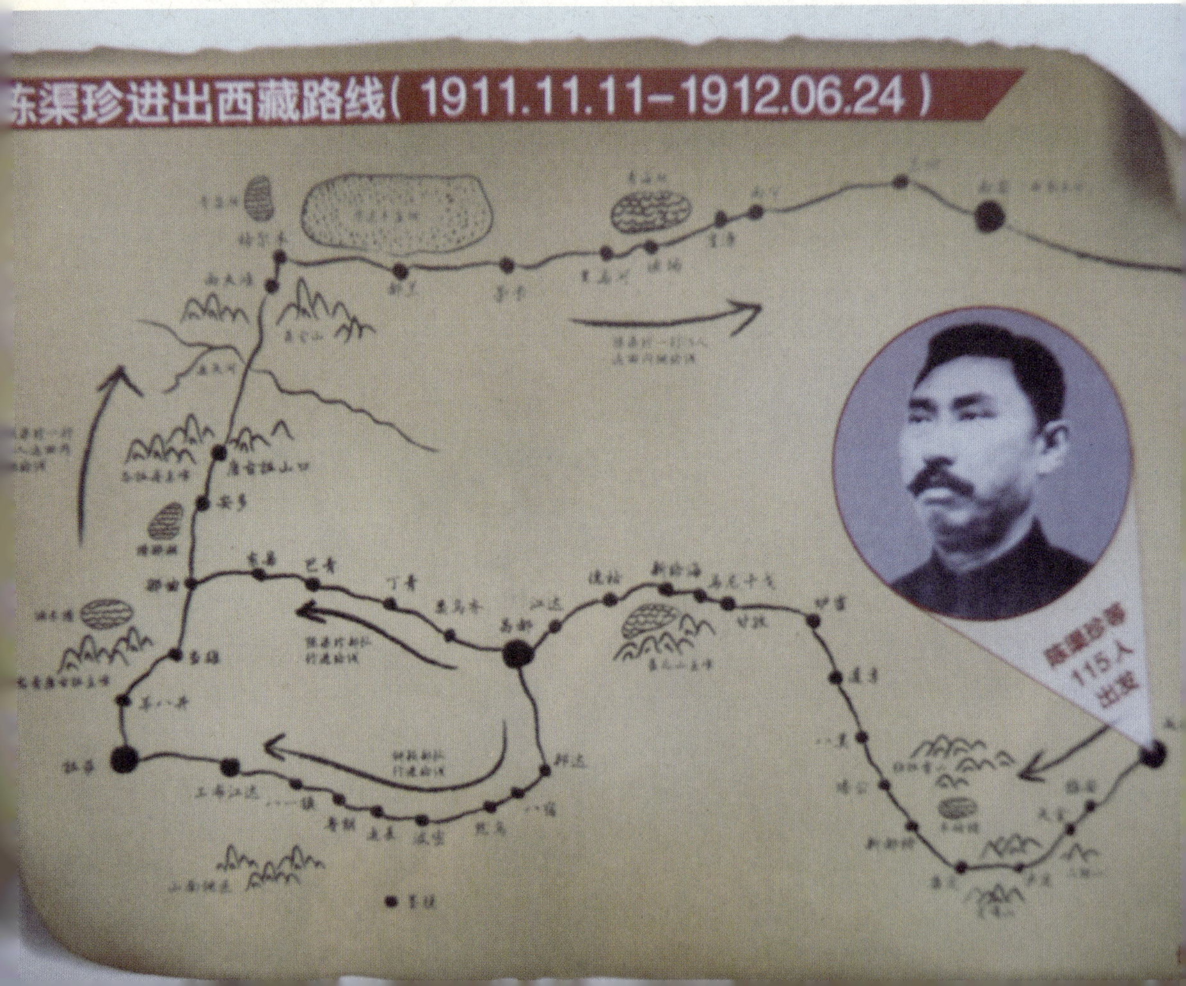

陈知不可救，回想与西原自结识以来，几次舍身救己，纵身陷绝境无怨无悔，不离不弃。自古言湘女多情，岂料藏女也情重如山，堪与历代烈女相比，纵比虞姬自刎，孟姜女哭倒长城，亦不为过。当晚夜半，西原惊醒，哽咽不已：“万里从君，谁想生此重病，也是命里注定，幸君无恙，我亦瞑目，我去后望君保重……”

言罢气绝，陈渠珍抱着西原号啕大哭。天明，检点余资仅 1500 文，后寻得湘籍友人资助，安葬西原于西安大雁塔下。归来，室冷帷空，又不禁仰天长号，泪尽声嘶也。“余述至此，肝肠寸断矣，余书亦从此辍笔矣。”陈渠珍回忆笔记至此结束，犹如一支正昂扬弹奏至高潮的琴弦戛然而止，然而陈渠珍的故事并未结束。

人生余音

陈渠珍主政湘西发行的纸币

陈渠珍返回家乡，因其毕业军校，加之入藏阅历，亦算资深军人，旋即出任湘西镇守使中校参谋，再任团长，第一路军司令，成为经营湘西达三十年的“湘西王”。其间励精图治，保靖息民，办学兴教，整军经武，建厂促商，使古老封闭的湘西出现勃勃生机。有记载湘西的文章论：两省按壤处，十余年来主持地方军事的，注重在安辑保守，斛还得法，并无变故发生。水陆商务既不至于多战争停顿，也不至于为土匪影响，一切莫不有秩序，人民也莫不安分乐生。若要论起历史意义，则与中国现代史上两位显赫人物又恰为一文一武相关，一是湘西桑植人贺龙，湘西自古多匪，多贫苦无奈而入绿林。贺龙早年为其一支，陈渠珍主政后提出“湘西人不打湘西人”的口号，收编多支散兵，其中包括贺龙的部队。贺龙被任命为支队司令，两人颇投缘。贺龙参加革命后，陈渠珍“剿共不剿贺”还曾为贺龙率领的红军提供方便，支援物资。两人的交情一直保持到解放后，陈渠珍作为全国政协委员进京开会，听说贺龙将率军进藏，还送上《艽野尘梦》以为参考。

另一位则是文学大师沈从文，曾在陈渠珍身边做过文书，他回忆陈渠珍：“平时极爱读书，以曾国藩、王守仁自许，看书与治事的时间几乎各占一半。在他的军部会议室里放置了五大楠木橱柜，柜里藏有百来幅自宋及明清绘画，几十件铜器古瓷，十来箱书籍，一大批碑帖和一套《四部丛刊》。”在封闭的湘西，对正渴望读书的沈从文来说，这些深深蕴含着中国传统文化的古书、字画、碑帖及文物，对沈从文的影响，尤其是解放后成为文物专家的沈从文所起作用怎样估价都不过分。沈从文在其名篇《从文自传》用整整一章《学历史的地方》讲了对陈渠珍印象，并感叹陈渠珍“由于他那份稀奇精力，筸军在湘西二十年来博取了最好的名誉，内部团结得如一片坚硬的铁，一束不可分离的丝。每天天不亮即起床，深夜还不睡觉，年近 40 也不讨姨太太”。

我以为陈渠珍不娶姨太太是心里装着西原。1935 年，陈渠珍的部队被改编，他以“湖南省政府委员”的空衔移居长沙，这是他第一次赋闲，正是在这段时间里，他把积淀心中二十余年出入西藏的生死阅历写出一本回忆录《艽野尘梦》。“艽野”出自《诗经·小雅》“我征西，至于艽野”。“艽野”意谓荒原。有一种植物叫“秦艽”，生长于三千米以上的高原，暗指青藏高原。全书十二章，六万余字。用半文言文写成，字虽六万，若论思想内容涵量却堪称一部大书、奇书。陈渠珍在自序中说，赴藏之前“搜求前人所著西藏游记七种读之，由藏归来，复购近人所著西藏政教及游记八种读之”。可见动笔之前做了充分准备。

陈渠珍虽系军人，但幼年读过私塾，中过秀才深受传统文化熏陶，且读书刻苦，留心民俗，有极高的文字功夫，不少专家认为陈渠珍文笔不在沈从文之下，实非过誉。七十多年岁月过去，《艽野尘梦》价值益发凸现，堪称一本珍贵的清末民初川边西藏要情备忘录，百年前西藏民俗及青藏高原人文地理考察报告，还真实记录了辛亥革命对川军和藏局的重大影响。至于涉及藏女西原，可谓字字感人；描写绝域求生，则处处惊心。

无怪，我国近代藏学奠基人任乃强读后，说：“余一夜读之竟，寝已鸡鸣，不觉其晏，但觉其人奇、事奇、文奇，既奇且实，实而复娓娓道来动人，一切为康藏诸游记之最。”另一位专栏作家三七亦评述：“在我国的群籍中，死里逃生于绝地者的追忆，又足以惊心动魄的，此书第一。”

陈渠珍晚年还是有些可圈可点之事。首先，陈渠珍主政湘西后，对西原念念不忘，委派心腹把远在西安的西原灵柩，不顾山川阻隔、千里迢迢、耗时数月、运回湘西。陈渠珍寻访墓地、选择坐北朝南、背山面水，开阔向阳之处，为西原建墓，郑重立碑。想想，青藏高原一位村姑，竟然在湘水流域名城凤凰长眠，也算汉藏联姻佳话，千载不朽。再是，陈渠珍写出了《艽野尘梦》，心中一块石头落地，对西原二十余载思念也该画个句号，了却心愿。之后，陈渠珍娶过多房姨太太，因为风气使然，也可视为西原情愫已了，缅怀二十余载，书已在其心中画了句号。毕竟出入藏地三年，历经生死绝地，对生命之轻飘与珍贵有了比常人更深层面的解读。

1949 年，陈渠珍受老友陈潜规劝率部起义，成为湖南省人民政府委员。1950 年，受邀参加首届全国政治协商会议，谒见毛泽东、周恩来。湘西自古多匪，有股匪龙云飞曾为陈渠珍部下，解放后占山为匪，陈渠珍受到牵连，险乎被杀。幸而毛泽东亲笔致信湖南省政府：慎重。日后查清与陈渠珍无涉，方得善终，1952 年病逝长沙，享年 71 岁。

今日“西原”

深信，但凡读过《艽野尘梦》者，都无不为藏女西原对爱情的忠贞、无私、坦诚、无畏感动。在拉萨与著名藏学家何宗英谈及此书，“真是奇绝”，何先生感叹，又提醒我：“你去林芝，路过工布江达，那就是当年陈渠珍驻军之地，也是西原家乡，你留意一下，那儿的女孩还真不一样。”

首先不一样的是山形地貌，林芝在拉萨以东，需沿川藏线向回走，一过米拉山口，海拔降低，满山青绿，渐次感受到“雪域江南”的景象。

一道山弯，古雕林立，停车参观，当地一位小导游，豆寇年华，玲珑小巧，信口指古雕为格萨尔王遗址，怎么看也少了王者之气。游客质疑，小导游并不搭言，却纵身攀上道边桃树，转瞬摘下大捧毛桃，嘴里含蜜似的叫着：“叔叔、阿姨请吃桃哎！”一场诘问，烟消云散，皆大欢喜。

下榻林芝，刚领房牌，三四位姑娘就一下拥上来，帮提手袋，代拖皮箱，十分热情，让人不好意思。原以为是宾馆服务员，领班告知，这些藏族姑娘皆西藏大学的学生，暑期为当地旅游服务，来当志愿者的。看着她们灿烂的笑容，无论大学生、小导游可比百年前西原幸福多了。

旅·途·小·憩

奇人·奇事·奇书（下篇）

川中奇人

事情要返述到整整60年前。

1950年早春，春寒袭人，但刚解放的川西大地却暖意洋洋，一派喜气，欢迎解放军进城的各种彩旗标语尚未撕去，彻底解除战争阴影让人们感到前所未有的轻松。但共和国的缔造者们却不轻松，进驻成都的西南军区司令部还在没黑没白地开会：撤退至西南的胡宗南部尚未完全歼灭；西南自古土匪如毛，需要加紧肃清；更重要的是中央军委刚把解放西藏的任务压给了西南军区。青藏高原，高耸云端，自古神秘，大军开进道路如何选择？后勤如何保障？加之进入藏区，语言隔膜、信仰不同，稍加细想便会感到情况复杂、疑虑丛生。平日开会争相发言、热火朝天，今天却显得有些冷场。

这时，只见军区副参谋长李夫克匆匆走进会场，对主持会议的西南军区司令员贺龙小声说：“人来了。”贺龙大手一挥：“会先不开了，我带你们去见个奇人！”说完快步跨出会场，30多位与会者都好奇地紧随其后，到了军区会客厅，发现是位穿着旧长袍、破毡鞋，戴着瓜皮帽的五十多岁老者，与普通的四川人没有什么两样，但和善的面孔，不大的眼睛流露着深沉和智慧。

“这便是任教授！”李参谋长给贺龙介绍，同时也给老者介绍了贺老总。其实，当时在场的还有当时西南军区许多重要领导：李井泉、廖志高、胡耀邦、张国华、李大章等人。

事情的原委是这样的，解放西藏的任务中央原定由西北军区承担主攻，西南军区辅助。时任西北军区司令员彭德怀经过调查，认为青藏线总体海拔高，沿途无补给，气候恶劣不利于大军行动。权衡利弊，中央才把主攻任务交给了西南军区。在做前期准备工作时，贺老总了解到四川大学有位教授任乃强年青时就迷恋康藏，多次实地调查，还娶了藏族妻子，著有《西康图经》、《康藏史地大纲》等多种著作。当年刘文辉创建西康省时就曾聘用任乃强为省政府委员，如今在川大讲授史地，有“川中奇人”的美誉。贺老总立即让人从川大图书室借走了任乃强所有关于康藏的著述，越看越有意思，便动了当面请教的念头。当时四川大学仍正常上课，任乃强刚从讲台上下来，穿着一身带着粉笔沫的便装，就被西南军区副参谋长李夫克用车接到了军区招待所。

这天，贺老总就进入西藏的道路状况，如何选择金沙江渡口，大军进入高原后勤如何保障诸多问题咨询了任乃强。贺老总态度和蔼、平易近人、爽朗诚恳使任乃强深受感动，他没有想到自己这样一个历经晚清、民国的旧知识分子，又在刘文辉省政府中担任过委员，人家说你是敌伪人员也不为过。临近解放，心中颇忐忑不安，没想到贺老总地位如此高的首长却不拿架子，礼贤下士。于是丢掉顾虑，放下心来，索性就自己进入康藏积累的各种经验提出了多条建议。比如，大军从海拔仅600米的成都平原猛然进入三四千米的地区，应提前体检，逐步推进，让战士逐渐适应；再是康藏语言不通，可多吸收藏族青年入伍，让其他战士尽快掌握藏语；尤其是进入藏区寺院遍布，要尊重藏民的信仰和习俗；再是任乃强又从历代王朝治理边疆的得失经验中总结出以“攻心为上”，当年诸葛亮远征西南，对其首领孟获七擒七纵，便是成功例子。建议大军攻下昌都即可采取不战以屈人之兵，以打促和，进行谈判，争取和平解放西藏。

真可谓英雄所见略同。其实，中央与西南军区正是这样构想，历史也证明这个方案的正确。解放军进军西藏，唯一的一仗便是昌都战役，攻占昌都歼灭大部藏军之后，也把西藏当局打到了谈判桌上，奠定了签定和平解放西藏的十七条协议的基础，这是后话。那天，贺老总等首长也为任乃强的博学和多条诚恳建议所打动。尤其听说任乃强绘有当时唯一的全套康藏地图，贺老总大喜过望，兴奋地说：“我接收了胡宗南的测量队和四川测量局的人员，正好无用武之地，这下派上用场了，全部拨你指挥，赶绘地图！”

后来，由任乃强负责，经过20昼夜的辛苦，先把清末测绘的自巴塘至拉萨、日喀则的十万分之一的地图缩绘为二十万分之一的地形图，再分幅添加详细说明交上去。贺老总让立即付印，分发进藏部队。作为一个知识分子，再没有比能够为解放西藏添言献策更让人高兴的事了。事隔 30 年的 1981 年，年近九旬的任乃强回顾往事，写下《回忆贺老总召谈解放西藏》的文章，见证了这段历史。

独辟蹊径

任乃强（1894—1989），清末光绪三十年（1894）出生于川北南充县一个耕读世家，家中薄有资产，家道中等。曾见到一张先生故居的老照片，依山傍水，为丁字形，尚不及今日乡村普通农舍。南充有嘉陵江蜿蜒滋润，山青水明，自古多出贤俊。《三国志》作者陈寿、近代民主志士张澜、刘伯承元帅、罗瑞卿大将均为南充人氏，故有催人奋进之乡风。任乃强从小刻苦，善于读书，最喜涉猎各类闲杂书籍，心胸眼界及早得以启迪。任乃强出生农家，有较多感受自然、接触农耕的机会。中国自古以农为本，他认为富国务从农业抓起，否则就是空话，故 1915 年考进北京高等农业学堂本科（今北京农业大学前身）。在北京求学期间，他眼界大开，思想活跃，又恰逢“五四运动”爆发，任乃强作为学界领袖曾被捕入狱，后得社会声援获释。

我国藏学奠基人任乃强先生

任乃强先生藏学文集

1920年，他毕业返乡，协助张澜先生创办四川第一所新型学校——南充中学，任教务主任兼史地教员。当时，现代教育在全国尚属启蒙阶段，没有多少教材可资利用，需要教师自行编写，正是在编写史地教材的过程中积砖成塔，历时数年，任乃强完成了近代第一部系统阐述巴蜀历史、地理的专著《四川史地》。

这部专著给学生讲授时叫《乡土史讲义》，这也体现了任乃强的思想：要了解世界，首先了解家乡。《四川史地》1928年正式出版，开巴蜀讲授现代史地文气之先，引起各界关注。其实，大多数人的关注是对家乡这片土地的关注，惟有一个人的关注非同小可，因为他的关注几乎改变了任乃强的人生道路，这个人便是大名鼎鼎的胡子昂。

胡子昂（1897—1991），四川重庆人，实业家、银行家，曾任重庆市副市长，四川省建设厅长，中国民主建国会创始人及多任会长，解放后则为多届全国政协副主席。不管胡子昂名气多大，地位多高，对任乃强来说却是位师弟，此并非妄语。胡子昂与任乃强同为四川人，且同为北京农大同学，又同为“五四运动”学生领袖，胡子昂比任乃强小，低一级，只能退居学弟。此时胡子昂任四川省川康边防总指挥部边务处长，急于了解川康情况，苦于没有资料，今见任乃强大著，喜出望外，遂用川康边防指挥部名义发来邀请信，请任乃强以“边务视察员”名义赴西康考察。这也和当时四川政治格局紧密相关。

清末整肃藏务，改土归流，川滇边务大臣赵尔丰功勋卓著，收复金沙江两岸被藏军占领的领土，把川边扩展至30余县，随着辛亥革命兴起，赵尔丰被杀。进入民国，军阀割据，藏军乘机东进，占据金沙江以西19县，川康仅剩11县地盘。且交通不便，信息阻隔，尚无完整的历史沿革、境域界线、人口分布、经济状况、城乡交通等资料。许多经改土归流的县份土司又卷土重来。其吏治、税收、民族、宗教等社情民意急需一位懂行且热爱的行家里手深入调查，以便开发建设。

当时，四川省主席、二十四军军长刘文辉接管了川康地区，便选任胡子昂为边务处长，主管此事。胡子昂意在实业，对边务虽有兴趣却无精力，恰在这时，见到学兄任乃强的大著《四川史地》，阅读之后，拍案叫绝，他熟知任乃强认真执著，博学多才，且又留心边事，为康藏考察的最佳不二人选。此刻，任乃强自己也没有想到《四川史地》的出版，能够引起如此大的社会反响，更没想到能得到老同学的青睐。本来，在多年讲授史地著述中，已引发了他对周边康区历史沿革、地理格局的浓厚兴趣，可惜无用武之地，这次赴康藏考察，正好天遂人愿，双方一拍即合。这是 1929 年春天的事情，这一年任乃强 35 岁，年富力强，正是干事情的绝好时光。

汉藏奇婚

任乃强首次赴康藏考察时间为 1929 年至 1930 年，历时一年。距今已整整 80 年。其时，除成都至雅安有大车道可资利用，能够乘坐马车之外，其余各县均为前清遗留下来的茶马古道，需穿越二郎山、折多山等多座海拔超过 3000 米的雪山峻岭，跨越大渡河、岷江等多条水流湍急的险河巨江，沿途食宿无着，土司与驻军骄横。进入藏区，语言阻隔，风俗迥异，稍加细想，便让人头皮发麻、顾虑重重，这与今日有现代交通与设备武装的科考队完全是两回事情。

为考察方便，胡子昂特地为任乃强办了“边务视察员”的头衔，这种官方色彩能够对下面驻军及土司起某种震慑作用，亦能让地方提供方便。再是派了两名科员助手，因为有绘制地图任务，还雇用骡马驮运器材及行李。这一年的酸甜苦辣不必细述，仅一年的时间，任乃强便考察了泸定、康定、丹巴、德格、巴塘、理塘、霍尔、瞻对、天芦等 9 县，写出各县报告及专题报告 10 篇，手绘各县地图 14 幅。首次对各县县情做了全面调查研究，内容不仅对政治、经济、地域、历史、文化有准确全面的表述，还大量涉及整个康藏地区的人种、职业、民居、饮食、服饰、性格、礼俗、岁时、娱乐、移民、客民等众多问题，且能不囿成说，探幽发微，见解独到，言之有据，在《四川日报》连载时，让人耳目一新，引起整个社会对康区关注。

任乃强与夫人罗哲情措

任乃强首入康藏，收获的不仅是

任乃强总结藏族人民有四种美德

科考成果，还有一桩满意的婚姻。其时，任乃强已在南充老家娶妻生子，当时无重婚之说，男子纳妾为寻常事情，但对经过“五四”运动洗礼，受过高等教育的任乃强来说，娶藏族女子还有另层深意：“余娶此妇，非为色也。当时决心研究边事，欲籍此妇力，详知蕃中风俗语言及其他一切实况。”我认为任乃强娶藏女理由较为符合实情，任乃强关注热爱边事表面上看出于兴趣，若细究则出于一种责任。

任乃强出生于清末民初，国家处于被众多列强觊觎的年代。早年参加“五四”运动，并为学生领袖，足证其有强烈的爱国激情和忧患意识。四川本处中国内陆，但自英人入侵西藏，挑拨藏军东侵四川，危险已在家门口，由于山川阻隔，信息不灵，国人对康藏边情了解甚少，现存资料多有谬误，被外人利用国人尚且不知。自己若能深入康藏，从历史沿革、文化源流、地理格局、民族聚兴梳理清晰，纠正谬误，唤起国人关注，维护国家完整，既彰显学人的志气，也不枉为华夏子孙。这从任乃强的代表作《西康图经》《康藏史地大纲》《羌族源流探索》的篇目就不难窥其视野开阔，胸襟博大，高屋建瓴的雄心壮志。只有这样理解任乃强何以再娶藏女，才能比较接近事实。

事实是，任乃强由于与藏妇联姻，有较多机会从生活各个侧面观察了解藏族，曾著专文介绍藏族群众，其中关于藏族的四种美德曾经报载广为传播，摘要如下：

西番有四种美德，为内地汉人所不能及，即仁爱、节俭、从容、有礼是也。

仁爱：番人受佛教影响，深戒杀业。偶尔误杀虫蚁，常为之数刻不安。珍禽异兽，布满山林，千百队游，侧人而过，无伤之者；战争抢劫，不尚杀人；待遇俘虏，亦甚宽厚。汉人流落番地，随处可得食宿；虽其深恶洋人，而教士在康被杀者，除叛乱大变之特殊期间外，竟无所闻。民元之役，番人奉达赖檄，驱剿汉人；然在康汉人，除抗战者或被杀外，其余无论官吏商人垦夫，以及被俘战士，莫不沿途受人资给，平安生还。此其仁爱慈悲之性，不惟非任何民族之所无，即汉人亦深愧之。

节俭：凡社会经济在尚幼稚时期之民族，莫不具有俭德。番人之能撙节俭用，若无足多。然其所积，不以遗之子孙，而能布施于佛事与贫民，则非他民族所能及矣。平日节俭所蓄，随时散去，不为盖藏。

从容：番人社会交际，活泼可喜。心有不悦，绝无疾言厉色，怒目切齿等表现。遇任何艰难困阻之事，在他族所必废寝忘食，绕室而走者，番人皆宴如无事，徐为应付，载言载笑，丝毫不觉烦恼。至于哭泣哀号，跳踯奔突等着急表现，竟未曾于番中见之。余觉其泱泱大风，超于人群。

有礼：番人应对进退，恭逊非常，决无倨傲粗率之举。仇怨之家，偶然聚首，在拔刀相砍以前，几难识其有仇怨也。至于骂人之语，番中甚少；有之，语气亦甚轻微，不似汉人之尖酸刻毒也。

笔者偶见文章说任乃强是校注陈渠珍《艽野尘梦》受其娶藏女影响而娶藏妇。此说不确，固然任乃强为校注《艽野尘梦》最仔细者，亦是推荐此书最有力者。但其时为 1941 年，此时任乃强与罗哲情措结婚已整整 10 载。男子纳妾，大多为色，但任乃强娶罗哲情措之前两人并未见面，对此，任乃强在《西康图经·风俗篇》曾用专文《余之蕃妇》中有详细描述：余之蕃妇，娶

任乃强进行田野调查的康区藏地

自西康中心，未染汉俗之瞻对地方。为上瞻土司夺吉郎加之甥，得雍头人甲屋村披之女。生于牛厂（牧区），长于土司，土司为养女，盖贫民而贵族，牛厂娃而亦庄房娃也。（农区）其生世恰足以代表康蕃之一般生活，其性情亦足以代表康蕃之一般性情，余尝戏呼这为“蕃人之标本”。妇之婚姻，完全由土司代主，事前未曾与余谋面，土司亦未与之商议。

说明两人婚前并未见面，促成任乃强与罗哲情措婚姻的原因，除了任乃强前面所说，为深入研究康藏之外，还有一个直接原因，任乃强性情刚直，遇事不知迂回。这次深入康区，因有“边务视察员”身份，曾严惩过几个欺压百姓的土豪劣绅。瞻对民风素来剽悍，一般豪绅皆养家丁，在这蛮荒之地，抛尸荒野并非没有可能。晚清驻藏大臣凤全在巴塘被杀，也才不过20年，人们记忆犹新。担心遭到报复，任乃强反复思考，求婚于土司家，远则完成夙愿，近则藉以自卫。上瞻土司见汉族官员主动求婚，十分高兴。这也因康藏临近内地，对汉族文明向往，常以与汉人联姻为荣，故康区多有汉人娶藏妇，却少有汉女嫁藏男。

可惜上瞻土司的两个女儿均已出嫁，于是以养女罗哲情措许配。婚礼十分隆重，一切由土司操办，垒大灶、宰牛羊、跳锅庄，最吸引人的是任乃强发现许多藏民一连几天从几十上百里外赶来，就是为了听说唱《格萨尔》，尽管他还听不懂藏语，却为众多如痴如醉的面孔表情所打动，所吸引。于是开始研究《格萨尔》，后又专门赴“格萨尔王”诞生地德格考察，搜集相关文献与资料，并在罗哲情措协助下，把《格萨尔》翻译成汉语，首次介绍到全国。任乃强也成为日后我国“格学”开创者和奠基人。

珠联璧合

不仅“格学”，任乃强后来在藏学的多个领域都开风气之先。比如，他多次赴康藏实地考察，共出版专著25部，“开康藏研究之先河”，被公认为我国现代藏学的先驱者和奠基人。仅是他的《西康图经》就曾产生过巨大的社会影响。罗广斌、何宗英编著的《西藏地方史通述》（西藏人民出版社，2007年10月）对此书产生前后的时代背景及所起的作用，作了准确清晰的介绍与肯定：

任乃强著作为西康建省提供理论依据

民国元年（1912年），民国政府设立了川边经略使，积极筹划西康建省。当时西藏局势动荡，1917年，十三世达赖又受英国人怂恿，派军攻入康区西部，占领了康区甘孜、瞻对以西的地区。民国政府无暇顾及，后经英国人台克满“调停”，将康区的邓柯、德格、昌都、类乌齐等13县划西藏暂管，西康建省一事遂告停顿。1930年，十三世达赖下令藏军向康区大举进攻，企图将整个康区收归西藏治下，实现其建立“大西藏国”的梦想，但遭到彻底的失败。刘文辉率军将金沙江以东地区全部收复，西康建省问题正式提上了议事日程。

恰在此时，任乃强先生的代表作《西康图经》分三册于1933、1934、1935年出版。其第一册《西康图经·境域篇》主要针对当时康藏界务纠纷及国内对西康有无建省的条件和必要之争论、阐明康藏境域的界分及其历史变迁，以及西康建省的理论依据、实践途径。故此书一出版，即引起国内强烈反响，不仅学术界给予广泛好评，而且在政治上得到高度的重视，时任新亚细亚学会会长戴传贤特为作序，赞誉此书为“边地最良之新志”。待西康建省委员会成立时，书中论点成为建省的主要依据，任乃强也因此被任命为西康省建省委员会委员。由此可见此书的影响。

任乃强先生还是我国现代康藏全图的第一位绘制者，他采用圆锥投影、经纬度定点，汉英藏三种文字对照的《康藏标准地图》填补国家空白。他是川藏公路线路的最初选定者。早在1931年，他就受四川省政府委托勘探路线，任乃强办事认真，他为寻找最佳路线，多次攀葛登险，实地考察，反复比较，绘制出实用、节俭、科学且又便于实际施工的川藏线路图。为川康当局采纳，并完成雅安至康定的公路。解放后川藏线亦在此基础上修建。他还是最早用现代农业经济理论提出藏区农业的规划者，任乃强求学于我国最早开办的北京农业大学，学农原本就是他的专业。可以说任乃强属我国最早用科学眼光、科学方法研究农业现状及其发展的一批学人，他们注重理论与实际结合，知道如何借鉴西方国家发达的农业科技。他撰写的《川、康、藏农业区划意见》至今闪烁着真知灼见……

让人欣慰的是，任乃强的业绩都有其夫人的襄赞与协助，罗哲情措功不可没。罗哲情措生长于藏区，婚前本来不会汉话、不写汉字的罗哲情措竟在与任乃强结婚一年内学会汉语并开始记账目、回信札、写收据，成为任乃强学藏语、藏文，深入研究藏学的得力助手。后来，任乃强发起并组织了我国第一个专门研究藏学的民间团社——康藏研究社。创办了《康藏研究月刊》，为节省经费，罗哲情措除了带孩子、干家务，还承担了研究会和杂志社所有杂事和内务。她热情好客，诚恳接待每一位来客，认真做好每一件事情，她的能干博得了所有人的赞赏，甚而还得到了一个公民最高荣誉——担任了四川省的国大代表，这是整个社会对这位无私的藏族妇女最好的褒扬。

当年在西康教会医院工作的外国医生

可惜的是，由于积劳成疾，罗哲情措于1949年病逝，其时刚40岁。让人惊叹的是任乃强先生生命却似长青树般的顽强，尽管日后由于阅历，更由于性格曾被打成“右派”，下放农村劳动改造，并在一处石穴蜗居三年，但得益于早年的磨炼与传奇经历，身处逆境亦心胸坦荡、笔耕不辍。

在监督劳动改造的日子里，他在乡村昏暗的油灯下，没有多少资料可供查询，硬是凭着多年田野调查与博学强记打下的坚实基础，相继完成

《川康藏农业区划》《四川州县沿革图说》等多部著作。尤其是1961年撰成近150万字的鸿篇巨制《华阳国志校补图注》，更是积40年研究之心得，对晋代常璩所撰的中国第一部方志《华阳国志》进行了全面整理、研究，系统地考证和论述了大西南地区上古至东晋时期的历史、地理、民族、社会、政治、经济、文化与交通，解析了西南众多民族的内在联系及其派分。纠正了前人许多谬说，提出了大量新颖独到的见解。1987年出版后，受到国内外学术界高度评价，获国家首届图书奖等多项殊荣，至今仍被学术界津津乐道。

上世纪九十年代初我开始涉足人文史地，在成都送仙桥购到任老这本《华阳国志校补图注》，如获至宝，反复阅读，可以说，任老的著作对我半路出家，由文学到文史的写作起到指灯引路的作用。尤其在我心中引起共鸣的是，他开阔的视野，大胆的设想，仔细的推理，论据严谨又诙谐幽默，不囿成说，痛斥谬误则态度鲜明。整本巨著可谓逻辑严密，文采灿然。作为四川人，叙述之中，难免有地方方言，文风愈加活泼，三皇五帝信手拈来；草民村妇俚语民俗，郑重入史；开史学著作雅俗共赏之先河。

我所居住的汉中，邻近四川，语言接近，每读至此会心一笑，领会愈深。但凡任乃强先生的著作，每见必购，常读常新。可以说，若无任乃强著作的指引，我断然不敢涉足西藏这个气势磅礴的世界。让我高兴，也让许多藏学家或热爱藏学的人庆幸的是任乃强先生日后平反，获得多项殊荣。

多种著述出版并获好评乃至国家大奖，重新当选四川省政协委员，并被多座大学聘为名誉教授，使老人度过了一个心情愉悦的晚年。1989年春，先生以96岁高龄仙逝。值得告慰的是任乃强在藏学方面取得的巨大成就，罗哲情措生前就十分清楚，并共享荣光。而且她和任乃强的孩子任新建日后也成为四川省社会科学院的研究员，著名藏学家。我手边这套中国藏学出版社出版厚厚三卷170万字的《任乃强藏学文集》，便是由任新建整理出版，书中至

任乃强穴居三载并长眠于此的石屋

任乃强学术研讨会

今闪烁着智慧与光彩。书中的文章与照片，是对任乃强与罗哲情措这对汉藏联姻并携手为建设康藏做出卓越贡献的夫妇最好的纪念，历史不会忘记他们，人民更不会忘记她们，他们尽可安息。

森林隧道

车内突然光线一暗，我以为进入了隧道，却又不像，仔细一看，哈，原来大巴车驶进的是一条森林隧道。川藏线为两车道，不足10米，这会儿道路两边的大树，枝杈树叶交错起来，恰似为公路搭起绿色的凉篷，且延绵不绝，竟达几十公里，让人在享受绿色带来的愉悦中又满含惊喜。这段森林隧道位于川藏线林芝与工布江达之间的尼洋河谷，这儿受印度洋季风影响，雨量充沛，植被茂密，并不乏千年古树，无怪沿途见有巨树掏空以做渡船。有一段公路直接在森林中穿行，漫山漫岭都是合抱粗的古松，沿尼洋河畔牵连不断，树杆粗壮，树冠却不高，蓬勃开来，也正好为川藏公路搭起荫凉。

陈渠珍在《艽野尘梦》中记载，有巨藤两边延伸过雅鲁藏布江，四周皆为巨藤枝叶，中间中空可走马帮，形成一座古藤巨桥，读时将信将疑，以为神话。岂料，在拉萨书店见到北大先期校友曾在西藏多年的廖东凡著作《我的西藏故事》，就有这座“藤桥”的照片。

只能感叹：西藏太过神奇了。

旅·途·小·憩

红原·绿水·青山

一

从读小学始，接受革命传统教育就是每周政治课的重要内容，红军长征爬雪山、过草地，也就成为人尽皆知的故事。我记得上小学时，学校还曾请过一位曾经参加过长征的老红军来学校作报告，这位老红军是四川人，身材不高，长征时是一位将军的马夫，他讲的让人最难忘的事是在最饥饿的时候，曾把战马粪中没有消化尽的青稞用水淘过煮了再吃。

这样，草地就与恐怖、严寒、饥饿和深不可测的泥淖沼泽连在一起，至于草地在哪？什么状况？今日情景如何？却不甚了解。几十年过去，当那些壮举已淡化为遥远的剪影，我却两次穿越了红军当年走过的草地。1935 年，遵义会议之后，红军四渡赤水，甩掉强敌，夺取泸定桥，翻越夹金山 (即雪山)，下来就是过草地了。这片草地与青海、甘肃接壤，现属四川省阿坝藏族羌族自治州。由于红军有一、四两个方面军曾过草地，红四方面军还曾几进

壮美的雪山

几出，所经路线不同，前后曾从毛尔盖、迭部、若尔盖等处经过。1960年为纪念红军过草地这一壮举，特地划出一片草地设立了红原县。

二

现在这片草原再不是茫茫草地无路无人烟的状况，红原县经阿坝可通青海，经若尔盖可去甘肃，经理县可达成都，且路面多为黑色油路，交通的便捷，从根本上改变了面貌。与七十年前红军经过时期完全不是一回事了。

过去这里亘古就是藏族群众生存的游牧去处，并没有固定的村落，只是季节性的有牧民帐篷，当年红军经过时还十分荒凉，完全是一片沼泽遍布的死亡之地，即便当地生长的藏民，放牧时也小心翼翼，也只是靠近草原边缘的高地或山坡，整个沼泽区自古没有人烟，更不要说通过一支人马数万，携带武器、行李、转战经年的疲惫之师。据一些回忆录讲：茫茫草原，无边无际，走兽不行，飞鸟不见，黑色的泥沼地被积年的腐草覆盖着，在腐草上面又长着青草，掩盖着深达数尺乃至数丈的深坑。可以说是一种半流体的“酱缸”，没有任何承载能力，且又深不可测，人马一旦陷进，几乎无生还可能，即是近在咫尺也无法援救，因为陷阱是无底洞。红军之间出于友爱，开始都奋力抢救，但为救一个红军，会搭进几个红军，为避免无谓牺牲，只能眼睁睁看着战友牺牲。

草地上根本没有路，后来吸取教训，选择有经验的战士组织探路。为过这片草地，许多红军都献出年轻宝贵的生命。草原上没有吃的，也没有可喝的水，沼泽中的水布满蚊虫，喝了轻则闹肚子重则中毒毙命。更严重的是草地海拔高，天气变化多端，风雨无常，一会儿烈日炎炎，一会儿风雪冰雹，夜晚则寒气袭人。衣不蔽体的数万大军在此种

今日藏族少妇

绝境中团结奋争，靠杀军马牦牛充饥，夜间点篝火驱寒，硬是走出草地沼泽，完成了一次军事史上罕见的绝境逢生的行军，一次人与残酷环境的殊死搏斗。一些老红军的文章回忆，茫茫草原上若出现一两顶飘着炊烟的牧民帐篷，便会给他们带来希望、带来战胜死神的信心。

三

今日红原草原已远非昔比，当年红军浴血奋斗的地方都开辟纪念馆，接待游人进行革命传统教育。红军八七会议遗址、俄界会议遗址、著名战场腊子口、玛曲黄河第一曲、黑河旅游村等，每年都有大量游客前往参观，为红原带来人气也增加收入。

划为红原县的这片草原总面积达 7000 多平方公里，正好坐落于川西北阿坝、红原、若尔盖三大草原中心，地处通往青海、甘肃、四川几省的要冲。经过将近半个世纪的建设，县城已初具规模，纵横几条大街，政府机关、银行、邮局、商店、学校、宾馆、饭店一应俱全，尽管地处高寒，沼泽湿地较多，无法种植粮食，但宜于放牧牛羊，是个纯牧业县，牦牛养殖居四川全省

红原为纯牧业县

首位。牛毛、奶制品、牛肉的加工日渐繁盛。更重要的是当地政府利用大草原天然资源开展旅游业，在每年“七一”举办红原赛马会。届时广阔的草原，方圆百里的牧民搭成了帐篷城，炊烟彩旗，人喊马嘶，赛马时，只待哨声一响，数百匹骏马箭般射出，引得欢声如雷，每年都吸引大批游客来红原旅游。我们没有看见赛马，却看见了一片真正的红原、绿水、青山。草原上有一种红茎草，喜在沼泽中生长，牵连成片，在阳光照耀之下，直映得天也红了，地也红了；白龙江一条叫白河的支流清澈见底，在草原划出无数“S”形，蜿蜒而来，河水中倒映着蓝天与白云，倒映着青山与羊群，一阵阵微风徐来，吹起绿水中的涟漪，吹动红茎草阵阵摇摆，也吹动草原上滚动的羊群与蓝天上的白云，让这大草原益发如梦如诗、美丽如画……

红原沼泽溪流遍布

天然盆景

若沿川藏线进入西藏，沿途雪峰高耸，激流湖泊，垂直分布着亚热带森林，杂灌木丛与高山草甸，也构成了农业与牧业的不同景观。尤其秋天，几百公里层林尽染，红叶欲燃，蔚然成观，是旅游者与摄影家的天堂。

这幅被我称为《天然盆景》的照片拍于2007年4月，我从成都出发，经雅安、天全、泸定、康定，翻越折多雪山，经新都桥又折向川藏北线去丹巴看碉楼，之后，再越海拔4300米的巴朗雪山，沿途雪峰连绵，寸草不生，但下至2000余米的山沟时，却又森林茂密，遮天蔽日，行驶之间我被溪水对岸奇观吸引，一株大树杈桠矗立，一块巨石挡在前面，隔河看去宛如盆景，惟妙惟肖，天然浑成。可惜，隔年便是汶川地震，那些日子，天天看电视，真切看到我们经历的那条沟路垮坡塌，已面目全非了。

旅·途·小·憩

嘉陵新源藏区考

一

我国地域广大，江河众多，早在春秋时期古人对江河地理便十分关注，产生了《尚书·禹贡》，北魏则有《水经注》等巨著，历代史书也多辟有《地理志》，对大江大河的始源、流域、归海都有描述和认定。对嘉陵江源的认定，便可追溯至《尚书·禹贡》。但古人的活动范围和考察手段毕竟有限，随着今天科学水平的提高，对江源认定理论的系统、科学、完善，再加之对实地考察结果的公布，使不少典籍对江河源头的认定都受到挑战。比如我国著名的地理学家李旭旦先生通过对嘉陵江上游几大支流西汉水、白龙江、嘉陵谷实地考察后提出，发源于川甘交界的青藏高原边缘地带的白龙江才是嘉陵江的正源。

传统嘉陵江源在秦岭南麓

根据当代地理学对江河源头认定的四条科学依据：河源为远，河流最长的支流为其正源；河源为广，流域面积最广的支流为其正源；河源为丰，河水流量最大者为其正源；再是

河源为直，在河流水系图上，上中下游较为顺直者为其正源。实际考察的结果表明：白龙江在以上四个方面都远远优于传统意义的嘉陵江正源即秦岭南麓嘉陵谷流出的溪水。

二

为了弄清这条被称为嘉陵江真正源流的白龙江风貌，我曾两次前往川甘交界的白龙江源头探访，获得许多难忘的印象和意外的惊喜，因为那儿已进入青藏高原的边缘，聚集藏、羌、回等少数民族，有着浓郁的民族风情，还有一座跨越川甘两省，规模和名气都很大的郎木寺，是藏传佛教的重镇，弥漫着浓厚的宗教气氛，几乎等于去了一趟“小西藏”。第一次探访白龙江为2001年8月，我们一行数人乘车从汉中进入四川广元。嘉陵江经陕西略阳、宁强，穿行于秦岭和大巴山的崇山峻岭之间，最让人感叹的是，犹如鬼斧神工，浩荡的江水硬是在拱围天府盆地的剑门山脉之间，深深切开一道峡谷，形成清风峡和明月峡，其瑰丽壮观有“嘉陵小三峡”的美誉。流至广元，两山退远，河谷顿显开阔，自古形成一处水旱连运的商埠码头，为川北重要门

嘉陵江畔古道遗迹

户。三国时期为葭萌关，流传过张飞夜战马超的佳话。宋代曾设利州路，管理过陕南川北等偌大地区，眼下嘉陵江从广元市区流过。近年，广元把荒芜的河滩扩建为新区，造成一江两岸的繁荣市景。

白龙江与嘉陵江交汇之处在距广元南不远的昭化，有著名的桔柏古渡口，陆游曾有诗作："乱山落日葭萌驿，古渡悲风桔柏江"。此处还曾是三国后期曹魏与蜀汉最后厮杀的古战场。如今江山虽改，流水依旧，让人顿生沧桑之感。

从广元经文县至九寨沟，有简易公路，一直伴着白龙江，这也是历史上曹魏名将邓艾为避剑门天险而利用过的阴平古道，文县就曾称阴平县。由于白龙江从海拔 3000 余米的青藏高原奔腾而下，水量充沛，河谷深切，具备建设大型电站的条件，由国家在宝珠寺修建了蓄水达百亿立方的大型水库。汉水上游最大支脉褒河也曾建石门水库，蓄水仅 1 亿立方，白龙江水库却多达百亿，由此也可见白龙江水势非凡了。白龙江库区回水近百公里，我们也就有幸饱览了库区风光。尤其下午，落日彩霞在水面形成大片霓彩，峰回路转，霓彩变幻，十分壮观。

当晚，歇宿文县，回顾一路白龙江水，由于落差大，水势汹涌，造成河谷幽深，两岸多为立陡石山，很少植被。河谷两岸但凡开阔处皆被利用，垒石为坎，耕种庄稼，房舍也多利用河谷片石，有粗犷苍凉之感。文县县城附近，河谷才略显开阔，勉强安置了一座县城。

三

两天之后，顺道探访了泯江河谷的松潘古城，当年红军三大主力会师的川西北重镇川主寺。白龙江则于碧口镇上溯绕流至甘肃武都，甘南碌曲。我们经若尔盖草原正好可以到达白龙江源头的郎木寺镇。

那天，细雨纷飞，我们单车独行，闯进若尔盖大草原，这也是红军越过的草地。当年水草丰茂，沼泽遍地，可惜近年过度放牧，水泽干涸，但还不失草原风采，一路饱览了牛羊布野，帐篷炊烟，藏民放牧、挤奶、转场的种种场景。中午时分，到达一条河边，道边路标分明指着郎木寺，再一打问，眼前哗哗奔窜的河水正是从碧口分手后一直牵挂寻找的白龙江。

我们按路标所指，伴着一路欢歌的白龙江水，驶上一道山梁，刚转过山

郎木寺镇上的藏族妇女

弯，一大片金碧辉煌的建筑便出现在前方山坡，这便是鼎鼎大名的郎木寺。

我们沿着白龙江进入郎木寺镇，湍急清亮泛着浪花的溪水就从小镇流出，不仅把小镇一分为二，还是四川省与甘肃省的天然省界。一溪之隔，小镇居民却分属西北、西南的两个不同省份，一边属甘肃省甘南藏族自治州碌曲县管辖，一边属四川阿坝藏族羌族自治州的若尔盖县领导。好在同属藏区，同饮一溪白龙江水，风俗习惯也都相同，小镇上的藏、羌、回、汉居民也世代友好和睦地相处。

有趣的是白龙江还把郎木寺庙分为两片，甘肃这边的寺院叫“达仓郎木赛赤寺”，四川这边叫“达仓郎木格尔底寺”。两座寺庙都属藏传佛教格鲁教派，都始建于清代中期，距今200余年。也许寺院分属两省，有了比较也就有了竞争，两边都修得规模宏大，金碧辉煌，气势不凡，在濛濛细雨中飘升着缕缕轻烟，传出朗朗的诵经声。

四

那天，我们正好赶上郎木寺举办藏历七月的辩经法会。寺庙的活动也常是藏区草原的盛会，因为牧民全都信奉藏传佛教，庙会期间，常从方圆几十上百公里的地方赶来朝拜，同时也会举办赛马、叼羊、跳锅庄及篝火晚会。

无怪，我们一路都看见藏民三五成群，骑着骏马、披红挂彩，从四面八方涌向郎木寺，青年牧民则大都骑着摩托，带着穿戴一新的妻子或女友，结伙一溜烟地在公路上炫耀奔驰。

由于两座郎木寺源远流长，养有众多僧侣，吃穿用度皆要消费，所以沿着白龙江，准确地说是一条溪水形成一条长长的街市，开着各类客栈、货栈、茶馆、商店，足以保障小镇居民僧侣的日常生活。据说两座郎木寺有 400 多喇嘛，形成一种独特的供养关系。就是每个喇嘛都由草原上固定的牧民来供养，这些牧民肯定都是佛教徒，通过供养喇嘛来表示对佛的虔诚。而每当寺院有重大活动，这户牧民来参加时，则由被供养的喇嘛负责安排食宿，有点类似走亲戚，这种“承包制”在郎木寺源远流长，已被僧侣和牧民普遍接受。

我们那天看见的情况是，由于下雨，无法举办游艺活动，来的牧民和僧侣挤满街道两边屋檐下面，也分不清哪位喇嘛由哪家牧民搭伙。最引人注目的是三五成群的藏族姑娘都穿着簇新的鲜艳衣裙，佩戴着各种五颜六色的项链、手镯。据说藏族姑娘一套完整佩饰有几十斤、上百斤重，最昂贵的价值上百万元。我们不懂，只觉得好看。再有一点，我们发现这儿的藏族姑娘不像我们曾见过的甘南和康巴一带的藏族姑娘那么修长高大，大都十分秀气，这也许是四川境内，也就如同川妹子那么小巧玲珑。

小镇羌族妇女

五

由于街道人多，路面泥泞，我们的车小心翼翼驶过街道，天又下雨，无法拍照，让人感到遗憾。

购门票可以参观郎木寺，寺庙尽管宏大，但同大多数藏传佛教寺庙大同小异，由佛堂、大殿、经堂、经院、僧舍及一些配套的走廊、穿堂、佛塔组成。较有特色的是寺院围墙由长长的转经筒长廊构成，信徒进香可换着转动。按藏传佛教的说法，每转动一个经筒就等于念了一遍经，这同他们手中拿的不断摇转的法轮和在屋顶随风飘荡的经幡道理一样，只要转动就等于念经。再是佛堂有用酥油雕塑的各种花卉和图案，叫酥油花，十分艳丽，可供观赏。

我们的目的是探访嘉陵江源头，从寺庙出来，向讲解的喇嘛询问，这位能讲普通话、也能讲英语的喇嘛告诉我们，他接待过来探访白龙江源头的游客。他带我们走到寺庙背后的山坡，指着一排连峰排列，宛如城垛的山峦说白龙江水就发源于郎木寺后面的郎木大峡谷，谷里山崖上有两眼泉水，被称为“圣泉”，一眼叫“达仓郎木”洞，意思是“虎穴仙女”，传说是天女华尔旦郎木降虎之处，这便是郎木寺的来历，又因两眼泉水颇似一条白龙的眼睛，这也就成为白龙江得名的原因。

因雨太大，地上已经起了流水，山谷中草木茂盛，皆为荆茅小道，无法

白龙江源小溪

行走，我们没有前去探视泉眼，很是遗憾。

2004 年 7 月，再访郎木寺，这次我们是从兰州经甘南大草原，到玛曲探访了黄河第一曲，返回若尔盖时，顺路前往郎木寺的。与上次不同，这天万里晴空，高原白炽的阳光照耀着大地，热气灼人。时值中午，郎木寺小镇静悄悄的，除了一群外国旅游者，鲜有行人。这次，我尽情地拍完两个胶卷，在一次按动快门时，发现镜头中藏传佛教的寺庙怎么顶着高高一弯新月，这不是清真寺的标志吗，仔细一看，果真在溪水两边，即甘肃和四川各有一座不大的清真寺耸立在小镇，哦，小镇的回族兄弟也在坚守着自己的信仰。这让人顿生感叹：多少年了，藏、羌、回、汉的民众就这么和谐地生活在这小镇上，伴着高原的烈日秋风，伴着郎木寺永远转动的经筒，也伴着日夜奔流的白龙江水。

两次川甘之行，让我亲眼目睹白龙江无论源流之长，水量之大都不容忽视。无论专家们是否认定它为嘉陵江正源，白龙江长长的河谷早被古人利用，比如阴平古道，作为嘉陵古道中不可分离的组成部分，在沟通中原与大西南发挥过重要作用，应该是明白无误的事实，而这就足够了。

桥边藏妇

这条奔腾湍急的大河，曾因太平天国骁将石达开全军覆没广为人知；这座横跨激流的铁索大桥，曾因被红军夺取久负盛名。提起泸定桥，可谓大名鼎鼎，国人尽知，且无不想目睹其风采。我是2007年4月走访川藏线才了却这桩心愿。暮春时节，雨过天晴，冷热宜人，空气清新。踏上铁桥，首先看到的不是咆哮的大渡河水，也不是如巨蟒沟通两岸的铁索，却是一位背着自己孩子的美貌少妇，从服饰看，她显然是藏族，穿着藏族人喜爱的彩条筒裙。

泸定本身便是汉藏聚居之处，但又受内地影响，比如把孩子背在背上，显然是四川妇女带孩子的方式。她可能就住在附近，做完家务，背着孩子，像串门一般就上了泸定桥。不定她把摇晃的大桥当成了孩子的摇篮呢。我提出给她孩子拍幅图片，她十分高兴，随意摆出姿势，十分自然，也许平常就是这种神态：平和、安详、淡定，这不正是苍生百姓的终极目的么。

旅·途·小·憩

康定情歌泸定桥

康定情歌

跑马溜溜的山上，一朵溜溜的云哟，
端端溜溜的照在，康定溜溜的城哟，
月亮弯弯，康定溜溜的城哟。
李家溜溜的大姐，人才溜溜的好哟，
张家溜溜的大哥，看上溜溜的她哟，
……

在中国，大约没有人不知道康定情歌的。那如诗如画诙谐幽默的歌词，那优美动听轻快明丽的旋律，只要听上一遍，便再难忘记。喜欢音乐的会对这首情歌寻根问底，何人创作？何时传播？一度时期，人们把创作康定情歌的桂冠送给西部歌王王洛宾。但遭到质疑，因为王洛宾一生并不曾到过康定，此事曾在音乐界引起过争论。

1996年，《甘孜日报》刊登消息，悬赏万元寻找《康定情歌》作者。一时间，全国媒体争相转载，后来《四川日报》几位记者深入调查，认为《康定情歌》系李依若创作，这其中还有段故事。李依若系四川宣汉人，酷爱音乐。上世纪30年代在成都读大学时，与一位姓李的女同学谈恋爱，李是康定人，两人暑期去康定玩时，登上跑马山，李依若触景生情，依据当地流传的“溜溜调”编了一首跑马歌，唱给“李家溜溜的大姐”听，这首本来是一对恋人之间的即兴游戏之作，日后成为流传开来的《康定情歌》。

据说，最初的唱法是：“跑马溜溜的山上，一朵溜溜的云，端端溜溜的照在朵洛大姐的门，朵洛溜溜的大姐人才溜溜的好哟，会当溜溜的家来会为溜溜的人”。至于“李家大姐”何以成为“朵洛大姐”，我倒觉得这恰恰反映了康定特色。凡去过康定的人都知道，在历史上作为一种地理分界，从泸定跨越大渡河，便算进入了康区（藏区）。康定恰处于大渡河与折多雪山之间，已属典型的藏区，藏族群众骤然增加成为主体民族，不仅历史上如此，时至今日，康定也依然是甘孜藏族自治州的首府。但康定又毕竟是康区最靠近内地的地方，深受汉文化的影响，尤其是经商的锅庄（商家）。当年康定城有48家锅庄，其中实力雄厚的有8家，号称八大锅庄。经商多为藏族人，经营的马帮也多雇适应当地环境、气候的康巴藏人，也称康巴汉子，以体形强悍，吃苦耐劳著称。这些锅庄商人走南闯北，多通汉语。为经商方便，大都有汉藏两个名字，到雅安、成都进货用汉名，把货物运往昌都、拉萨用藏名。这个习惯也用在子女身上。

当年能够送孩子去成都读书没钱不行，而家道富裕者多为锅庄商人，以此康定的“李家大姐”定是藏族锅庄商家。到成都读大学，用汉语取名也很正常。李依若与恋人一到康定，知道了“李家大姐”的藏族名字“朵洛”，出于戏谑，编进歌词，亦合常情。2007年，我在康定认识了一位藏族小学教师

全城皆唱《康定情歌》

听歌的康巴汉子

呷让拉姆，汉名郑景莲。她告诉我在康定读师范时，同班藏族同学都有汉名。她身穿牛仔裤、羽绒服，满口普通话，不说根本不知是藏族。

当年，李依若并没有因为这首《康定情歌》成就婚姻，因为家庭反对作罢，并因此与父母闹翻得不到资助，最终是义父石体元（时任四川省财政厅长）资助才读完大学。后曾在《新蜀报》任诗歌编辑，发表过诗歌。解放后回到故乡宣汉，曾做教师和文化馆长，担任过川北民歌委员会委员，搜集了大量民歌，可惜不到 50 岁便去世了。

《四川日报》记者曾找到李依若的生前好友和遗孀赵氏老人，她们都讲多次听李依若唱《康定情歌》和因此歌产生的故事，并坚信《康定情歌》的作者就是李依若。

至于《康定情歌》的传播则要归功于民国时期的当红歌手喻宜萱。李依若创作的《康定情歌》，在逐渐流传的过程中被当时就读于重庆国立音乐学校的福建学生吴文季搜集，请作曲的江定仙老师正式配曲演唱，江定仙又把配好曲的这首歌推荐给了当时走红的歌唱家喻宜萱。当年，喻宜萱在南京举办的个人演唱会上演唱了此歌大获成功，《康定情歌》也不胫而走，传播开来。

如今，《康定情歌》已唱红大江南北，还是我国第一首飞向太空的歌曲，成为世界十首经典名曲之一，还曾为此歌举办过艺术节——中国西部康定情歌节。《康定情歌》已成康定一张名副其实的名片，让古城康定走出折多雪山，走出四川盆地，也风风光光地走出国门。

认识康定

据我所知，对宣传康定做出贡献的还不止是一首《康定情歌》。我国现代藏学的开拓者与奠基人任乃强先生，在上世纪30年代深入康藏，在完成《西康图经》、《康藏史地大纲》这些鸿篇巨制之外，还专门写了一本《西康札记》，对以康定为中心的康藏地区的沿革、物产、民居、建筑、服饰、饮食、婚俗、人情、岁时、节庆等广泛调查，旁征博引，分节叙述，当时在《四川日报》连载，使康定广为人知。任乃强的代表作《西康图经》诚如专家评价：为西康建省提供了历史沿革与地理格局上的依据。1939年元旦，西康省政府正式成立，刘文辉为省主席。省会设在康定，康定于是成为西康地区政治、经济、文化中心。

上世纪30年代走进藏区的庄学本与孙明经

时值抗战，国家众多机关、高校内迁四川，相邻新设的西康省一时也成为人们关注光顾的热点。不仅官员、商旅、军需采购络绎不绝，一些科考人员、新闻记者也接踵而来。1940年，西北大学地理系主任、著名地理学家黄国璋组织川康科学考察团到康定，其中有位摄影师孙明经，上个世纪初毕业于金陵大学，是中国电影纪录片的开创者之一。他曾经独立创作摄制各种题材的纪录片49部，组织和参与拍摄92部，现在的人几乎没有人知道孙明经。可民国时期，一提起纪录片《苏州名胜》、《青岛风光》及抗战科教片《防空》、《防毒》，便没有不知道孙明经的，他曾经参加过四次万里以上的科学考察，并用胶片纪录下了科考成果和沿途风光。当年深入西康，孙明经主要是拍电影，还顺便拍了许多照片，山东画报出版社出版了一本《1939：走进西康》，翻开书页就让人一震：那西康省政府的旗帜下，万众宣誓抗战的坚毅面孔，崇山峻岭之间，逶迤不绝支援抗战的马帮，妇女加紧纺织的场景，战时保育院儿童依然天真的笑容，还有那负重的挑夫，收割的老人，捐资的喇嘛……这些黑白图片无一不见证了中华儿女在抗战时的英勇与顽强、坚韧与坚持，让人肃然起敬。也由此知道，康定在民族危难时期所发挥的作用。

还有一位与康定相关的摄影家庄学本经历也十分传奇，庄学本上世纪初出生于上海浦东，是我国最早的摄影家和“户外驴友”，20 岁时曾发起组织“全国步行团”，后又以上海《申报》和《良友》画报社特派记者身份被国民政府护送班禅大师回藏专使行署聘为摄影师。此行由西安、兰州、西宁、果洛草原到玉树，庄学本沿途拍摄了大量图片，首次向全国介绍了这些地方回、土、撒拉、藏等各民族生活实况。

抗战爆发后，班禅大师在玉树圆寂，庄学本经甘孜、炉霍、道孚到康定。其时西康建省之初，急需各类人才，庄学本被聘为西康省政府参议顾问，从事民族考察和摄影。之后，庄学本以康定为中心或徒步或骑马深入到西康的各个“死角”，先后到丹巴“女儿国”，彝族奴隶社会中心的昭觉，有“喇嘛王国”之称的木里，“母系社会”遗风盛行的泸沽湖等地考察摄影，出版多本摄影集。有史以来，首次用现代摄影真实记录了这些偏僻、遥远，几乎不为人知的藏、彝、苗、傈僳、纳西等民族真实生活情景。

作者在康定认识的藏族教师

1941 年，庄学本精选了反映这些地方的图片数百幅，在重庆、成都、雅安举办《西康影展》，吸引观众十余万人，于右任、孙科、孔祥熙、陈立夫等民国高官和郭沫若、田汉、黄炎培等

文化名人均前往观看，也是因为这些地方历史上第一次被用图片逼真生动展示出来，产生了很大的影响，康定也因为庄学本的摄影广为人知。我在任乃强、马鹤天的著作中都见着他们提到庄学本和他的摄影，还引用他的图片为证明。

近年，这些最早深入康藏地区的史学家、教育家、摄影家们的作品包括陈渠珍的《艽野尘梦》，任乃强的《西康札记》、《泸定考察记》，马鹤天的《甘青藏边区考察记》，孙明经的《1939：走进西康》，庄学本的《羌戎考察记》等都重新出版，引起人们对西康广泛的关注。我就是读到这些作品，分别于2001年、2004年、2007年、2009年、2010年5次自带车辆沿不同线路进入原属西康或相邻的康藏地区，先后到达雅安、天全、芦山、宝兴、泸定、俄洛、雅江、丹巴、小金、金川、马尔康、阿坝、红原、黑水、松潘、若尔盖、玛曲、碌曲、茂县、北川、汶川、理县、汉源、石棉、冕宁、西昌、盐源、宁蒗等县市，携带先贤的著作，沿着先贤走过的足迹，每每事半功倍，收获良多。

泸定看桥

泸定桥由于毛泽东的长征名句“金沙水拍云崖暖，大渡桥横铁索寒”而广为人知，作为中国工农红军在长征途中夺取的事关生死存亡的重要通道，1961年，泸定桥被国务院公布为全国第一批重点文物保护单位。泸定桥愈加出名，凡来泸定的人没有不看泸定桥的。这也为泸定桥所处地理位置所决定，不然当年也不会成为太平天国骁将石达开全军覆没之地。由于西康地区处于四川盆地向青藏高原过渡地段，从海拔600米逐渐升高至3000米以上，这些高山巨河基本上是由北向南，也就是横断山系，这也就决定了由四川进入西藏要跨越多道大江巨流。其中著名的河流便有大渡河、金沙江、雅砻江、澜沧江等。大渡河正好处于著名的二郎山和折多雪山之间，是由四川盆地向青藏高原行进，也是汉藏之间进行商贸交流马帮商队必须穿越的第一道河流。

任乃强在《泸定视察报告》中称“大渡河水量不亚于岷、沱，而激流如矢，横渡皆难，更无沿溯之利”。即便今日，乘车由雅安出发，沿川藏公路盘旋多圈，才能攀登上海拔近3000米的二郎山隧道。穿越山岭，眼前豁然开朗，正好在下山公路转弯处设了一处观景台，让来往旅客饱览雪山激流的壮美，只见无数的山峦如大海波涛般铺展开去，眼前的河谷深切千米，一道宛如白色飘带的河流深沉谷底，望之眩目，这便是鼎鼎大名的大渡河。而河谷

街边小摊

泸定桥边

的对面远方是延绵的山岭白雪皑皑，在日光下闪耀，那便是比二郎山还要高出千米的折多雪山，大渡河便是这两道雪山之间冰雪消融汇纳百川，形成的一道激流了，无怪水量如此充沛，水流如此汹涌。车下到山半腰便能听到大渡河如雷的吼声，愈近愈响，待到谷底，只见一河绿汪汪的大水泛着浪花白沫，从两山夹峙的峡谷咆哮涌出，奔腾而来，吼声如雷，惊涛裂岸，那横跨河面的巍然铁索大桥也直逼眼目了。

伫立河边，细观山形水势，真正感到这是一处咽喉要道，非控此桥不足以连通两岸，汉藏交流也就无从谈起。早在西汉，中央政府就在泸定设县，西控康藏，东接巴蜀。建桥之前，常用木船渡河，水大浪急，事故频发，还曾用铁索连接两岸，人马悬溜索而过，慢且费事。历代都有建桥之议，均因地形险恶、工程浩大而作罢。直到清康熙年间，西康叛乱，驻在康定的宣抚使被围困，因大渡河阻隔驰援不及被杀。此次叛乱平息后，清廷痛定思痛，决心造桥，毕竟正处在康乾盛世，国力强盛，此桥于 1705 年开工，仅用一年便大功告成，鉴于水大浪急，无法安柱，桥工利用河面狭窄，锻造铁索悬桥。大桥两端各建 20 米高的桥台以固定铁柱，用 13 根铁索链连接两端，其中 9 根为底链，铺设木板，其余 4 根分设两边做扶手。整个铁链由 12164 个铁环相扣，全桥铁件重达 40 余吨。据说当年为把每根长达百米的铁链钩连起来，穿越波涛汹涌的大渡河，还颇费周折，后来想出的办法是，选用藤编的链条沟通跨越河面，再把环环相扣的铁链用滑动竹节筒用藤链拉过去，简单实用，充分显示了古人的智慧。

此桥建成，康藏与内地天堑顿通。上报朝廷，康熙帝十分高兴，御笔亲题“泸定桥”高悬桥首，并立巨碑一通《御制泸定桥碑记》，详载建桥起因、过程及大桥维修等，至今匾碑俱存，见证着300年前的壮举。如今，300多年的风雨霜雪过去，泸定桥经历战火、地震、雷击等各种劫难，但依然悬空，沟通两岸，其桥身坚如磐石，其铁环光可鉴人。修建此桥，即使现代科技发达的今天也非易事。细观此桥，无论规模、气势、工艺，都堪称大气一流，绝不简单也不平凡。正是此桥，保障了300年来汉藏同胞的频繁交流，保障了祖国西南边陲的安宁与统一。

泸定挢

康定听歌

康定给人留下最深印象的是歌声，一到下午，几乎半城人都涌到广场，随着大喇叭播出的一首首藏歌，男女老少都跳起欢快的锅庄，就是绕圈子边唱边跳，整个广场挤满了人，不跳的可以听歌。广场四周楼房前，大桥河沿都站满了人，待到播放《康定情歌》时，几乎所有的人都应声呼应，加入合唱，那奔放的热情，澎湃的气势，把康定特色活脱脱地表现出来。

不经意间，我被一对青年的表情所吸引，他们的穿戴、体形和肤色告诉我，这是一对康巴藏族年青夫妻，不一定是康定县城的人，外来打工族居多，他们为广场歌声吸引，满脸是笑，这种笑发自内心，毫无遮掩，无拘无束，像孩童般天真，让我深受感染，也更为康定的歌声所吸引。

旅·途·小·憩

折多风雪雅安雨

地理边界

在川西高原多条南北延绵的山系中，最为出名的是贡嘎雪山，因为它以海拔 7556 米不可挑战的高度，高居群山之巅，享有“蜀山之王”的美誉。再就是二郎山了，二郎山的出名是因为上世纪五十年代，修筑川藏公路时，音乐家时乐蒙一首歌唱二郎山的歌，红遍大江南北，国人都知道“二呀嘛二郎山呀，高呀高万丈……”

但在历史地理学家们的眼中，他们更看中的是折多雪山，因为它是一道名副其实的地理分界线。折多雪山位于四川省甘孜州康定县境，准确地说，鼎鼎大名的康定城就坐落在折多山与跑马山之间，由折多河水冲刷出的一道长长的峡谷之中，属典型的两山夹一水。河谷平坦温暖，且有取水舟楫之

川藏线上的县城格局

利，开阔的地方还开垦出来种植，逐步引进的青稞、胡豆、玉米和土豆，再是生长期短的蔬菜，有了这些也就可以安排下千把户人家。一道短短的街市，若再有一座座院子来安顿县署、警局、机关、牢狱和一所学校，差不多也就形成一座相当规模的县城了。

那么，折多山何以受到史地学家们的器重，必须身临其境才能恍然大悟。乘了汽车离开成都，一路向西行驶 140 公里便可到达雅安，这儿是山水环绕，满目青翠，进入了横断山脉，或者说是青藏高原的边缘，所以人们把雅安归为川藏公路的起点，也是延续千年茶马古道的起点。沿川藏公路继续向西，行驶 160 公里，翻越川藏线上第一座海拔超过 3000 米的二郎山，再下到谷地便是泸定县了。细心的旅客会发现，泸定河谷的县城与内地并无太大区别，河谷开阔，温暖向阳，田亩相望，村庄多为汉族群众，因为泸定河海拔仅仅 1500 多米，自古适应农耕。越过大渡河，再往西去，到达康定县城，毕竟做过西康省会，气势规模远超泸定，但县城海拔已超过 2600 米，河谷很少有田亩庄稼。不管城乡，藏族群众已成为主体，历史上康定 48 家锅庄（商家）几乎垄断了整个藏区的砖茶和生活用品。康定城区商号林立，人烟辐辏，自古繁华。

地理分界折多雪山

故从川藏线进藏，离开成都，第一天必宿康定，次日继续前行，离开县城便登山，这山便是川藏公路也就是国道 318 通往西藏必须翻越的折多山，几乎要整整两个多小时，才能到山垭，海拔 4300 米。在此环顾，前方重峦叠嶂，无边无涯，白雪皑皑，银光闪耀，骤然产生步入另一个世界的感觉，回首探望，康定县城坠入谷底，自己已有站在青藏高原边沿的感觉，这感觉是对的。因为翻越折多山后，向西下到谷底新都桥，海拔也在 3500 米，这儿是川藏南线与北线的交会处，也就是说，无论南北线，再往前行都是藏区和牧区了。

这时会真正体会到折多山才是农牧汉藏真正的分界线。“折多”在藏语中是转弯的意思，此山以西便是纯粹藏区，所以折多山也是汉藏文化的分界。历史上那些有作为的政治家和军事家、史学家，比如赵尔丰、任乃强等都主张西康省的划界应该东起打箭炉（康定），西至今西藏境内的宁静山，直达工布江达，距拉萨仅 200 公里，把金沙江、澜沧江、怒江整个横断山脉、三江并流地区完全隶属于西康（省），以达到固川、保藏、御英的目的，这固然已是历史。但时至今日，站在折多山顶回顾多年前，清末民初，英俄插手，西藏游离的险恶风云，不能不深感先贤们的眼光何等远大，气度何等开阔，利用山形水势抗击列强的环窥觊觎又是何等智慧。再看近在咫尺的折多山雪峰，冰晶雪莹，寒光闪闪，宛如一把利剑直插天际，拱围着这广袤的疆土。

感受风雪

2007 年暮春，再次走访川藏线，一驰进川西平原，莺飞草长，桃红柳绿，正午艳阳透过薄薄的云层照射下来已很有热力。素来温暖暖昧的锦官城里，春熙路上已有着短袖长裙的帅哥川妹。到雅安时，恰逢这“雨城”又细雨飘飞，毕竟春日，那雨落到脸上，凉凉的舒服，火锅中翻滚的雅鱼也格外鲜美，完了再来一壶蒙顶贡茶，这都属踏访川藏线的经典享受。赶到泸定，日光正午，大渡河水翻滚着激浪泡沫，两岸花白的岩石在日光下刺目，炎热得能穿单衫了，路边有一长溜卖樱桃的农妇。河谷两岸的油菜花金黄耀眼，像是给大渡河镶上了灿灿的金边。下午到达康定，天气骤然变化，本来就不开阔的山沟，被大团的乌云覆盖更显得憋屈，一阵风吹过，转眼便下雨，这雨水与雅雨迥然不同，冷冰冰的仿佛回到了冬季。查看海拔，康定城比雅安

作者携夫人在海拔 4300 米的折多山口

整整高出 2000 米，无怪又是一层天了。

次日继续前行，阳光迸出云层，转瞬朗耀，照得山川一片明丽，公路盘旋而上，短短 40 公里，需上升 2000 米，其盘旋陡峭可以想见，将近山顶时，四周山峰皆有未化雪迹，牵连成片，宛如银龙。然而，路上竟有骑自行车的人穿越川藏线。近了，发现是两个外国小伙子，冒险却让人钦佩。临近山顶，四周豁然开朗，已到翻越折多雪山的垭口，索性停车观景，只见路边牌匾赫然标明海拔 4298 米，再看四周，全部银妆素裹，为积雪包围，尤其顶部一座白色佛塔为藏传佛教标志，塔身四周牵满五颜六色风马旗，时近暮春，如此壮美雪景确为平生仅见，年青的同行们欢呼着索性在雪地上打起了滚。积雪盈尺，洁白松软，余与妻年近六旬亦深受感染，携手在塔下合影。

遥看四周，所有山峰皆披银妆，尤其远处号称“蜀山之王”的贡嘎雪山，高耸云际，薄雾缠绕宛如纱巾，十分壮观。唯山风极大，呼啸着掠过山垭，吹在身上似能穿透所有衣衫直达肌肤，透心彻骨，若是迎风，几乎喘不过气来，此等地面无法也不敢久停。除了我们，所有来往车辆都匆匆而过，不作停留，我们便上车告别折多山口，但这里的风雪却铭记在心，再难忘记了。

雅安赏雨

雅安是座小城，是个让人难以忘记的地方。首先是由于雅安有特色，“雅雨”、“雅鱼”、“雅女”并称雅安三绝，我觉得雅安的特色来自它所处的地理位置。雅安距成都以西140公里，这儿已是川西平原的边沿，是四川盆地向青藏高原的过渡地段，整个雅安都分布在邛崃山脉的河谷与盆地，笼罩于浓绿滴翠的山峦之中，这里是通往西藏的川藏公路和通往云南的川滇公路的起点，也是已经逝去的茶马古道的起点。

正是由于雅安是四川人走西藏去云南的必经之地，与阿坝、甘孜、凉山三个少数民族地区紧密相连，也成为一块民族交汇之地，有民族走廊之称。至今这片土地上还有彝、藏、羌、苗、蒙古、傈僳、纳西、布依等20多个少数民族和平相处，共同生活。造成雅安地形多样、物产多样、民族多样、生活多样的鲜明特色。几次去雅安，留下至深印象的是雨。几乎每次去都下雨，且各有不同。有次去是初夏，成都平原已是夏日炎炎，酷热难耐，一到雅安，满眼青绿，心里便清凉许多。刚选定青衣江畔的宾馆下榻，就见山头起了乌云，转瞬铺扯开来，气势汹汹，一派不干好事的模样。接着便是一阵疾风，吹得窗户叽叽乱响，院里晾晒的被单、衣衫像风帆般鼓起，只听服务员一片喊声：“雨来了，快些收衣服。”话没落点，只听“咔嚓嚓!”一声惊雷仿佛就在楼顶炸响，一道闪电把黑云撕开，紧接着大雨如同江河倒悬，铺天盖地而来，眼睁睁地看着闪电处厚厚的云层裂开一道缝，那白哗哗的雨

雅安也是川藏线起点

水便瀑布般跌落，形成一道奇观，仿佛谁把天河戳开一道口子，整个河水都倾泄下来，四周哗哗一片。天空被乌云罩得严严实实，只有雨帘闪着白光，弥漫着浓浓的雨腥味。啥叫大雨暴雨，与眼前雅安这雨相比，都不是了，这才真正叫大雨、暴雨，雅安的雨！好在时间不长，个把钟头，风停雨住，云散天开，复又日光朗耀，把水淋淋的雅安城照耀得无比清新。

这时，突然呐喊声四起："荒水来啰！"荒水是四川土语，就是洪水，刚才雨猛且急，四面山峦涧谷的雨水全都涌向青衣江，只见墙潮头，从上游直扑下来，第一波浪花便铺满河道，刚来见着的纤弱河水顿时丰满，待到几个浪潮下来，已是满满当当的一河大水，吼声如雷，惊涛裂岸，满城的雅安人全都黑压压镶嵌在一河两岸，看水看河也看人了，据说这是雅安城每年会有的风景。

雅安年降雨 1800 毫米，最高可达 2400 毫米，是全国降雨最多的城市，有"雨城"美誉，是同纬度城市降雨量的几倍。雅安的雨多是有"根"的，

雅江河谷植被茂盛

雅安多雨亦多桥

灵秀俏丽的雅女

这“根”植于青藏高原，每年春夏，冰雪融化，冷空气从高原扑下，却偏偏四川盆地聚存的热量也需要消散，冷热两股气流交汇在盆地边沿，遭遇于雅安境内，冷热空气相互作用而生成雨，随遇而落，就出息成了这么一座雨城。雅安多雨，故而植被茂盛，密密麻麻地挤满山峦峡谷，无一丝黄土裸出，无一块岩石显露，连空气都是湿漉漉、绿茵茵的。一方水土养一方人。在滴哒着檐水的街巷和毛竹环绕的农舍里走出来的川妹子，大多都灵秀细柔，恰像木桶里泡出的豆芽菜，细纤纤的娇嫩，这就是“雅女”了。隔日在雅安古镇拍到一组图片，果真如此。

卷六 滇藏线风情

三江并流·藏羌走廊

三江并流

三江是指怒江、澜沧江与金沙江，这三条驰名中外的大江皆发源于青藏高原，与我们耳熟能详的“三江源”多少有些区别，“三江源”也在青藏高原，多了条黄河，少了条怒江。黄河发源于巴颜喀拉山脉，在鄂陵湖与扎陵湖积蓄了最初的力量，经玛多、玛沁，经玛曲时受到阿尼玛卿雪山阻挡，流向了中国的北方，对华夏民族的孕育成长起到举足轻重的作用，黄河也就成为中国北方的一条大河，不再与中国的东南纠缠。怒江、澜沧江、金沙江流经的地域则为藏东南、滇西北与川西南。按照地理学家的说法，由于印度板块东北边缘与欧亚板块边缘的冲撞挤压，在滇西北和藏东南产生了一系列南北走向的山脉，也就是地理书上所说的横断山脉。这些山脉大多高耸入云，是世界屋脊青藏高原的组成部分，终年积雪，冰川遍布，蕴涵着巨大的水源。冰雪消融，汇纳百川，形成怒江、澜沧江、金沙江三条水量充沛的巨江。

这三条江的共同点是都受到横断山脉的限制，只能顺着由北向南的河谷流淌，也就形成了三江并流的地理奇观。这一奇观伴着青藏高原的形成诞生，至少已有 340 万年的历史。由于地形险峻，突兀跌落，少有专门地理学家光顾。直到明代万历年间，大旅行家徐霞客才多次光顾这一地域。徐霞客的贡献是首次提出金沙江是长江的正源。在此之前，古人一直认为长江的上游是岷江，所谓“岷山导江”。但徐霞客没有现代测绘仪器，当时也谈不上飞机航测，他没有发现和提出“三江并流”。

直到上世纪地理大发现时，“三江并流”的奇观才被人发现，他是英国植物学家金敦·沃德。这个人在他73年的人生旅途中，竟然有45年在中国滇藏交界的横断山脉之中活动和考察，他是植物学家，凭着专业知识，他认定横断山脉独特的地理环境，使植物垂直分布，其品种之多、门类之广，都出人意料、收获惊人。他几乎毕生都沉迷于这片土地，他凭借广博的学识与阅历，关注这片地域的山形地貌、气象物候，乃至民族人种。他甚至还写作并出版了一本地理著作《神秘的滇藏河流》，在这本书中，他以生动的笔墨描写滇西北与藏东南之间的横断山脉，这里雪峰排列壁立千仞，宛如一把把插入碧空的利剑，银光闪烁，寒气逼人；在高黎贡山、怒江山、云岭、大雪山四道莽莽山岭之间，奔腾着怒江、澜沧江、金沙江三条大江，河谷深切，江水奔腾，惊涛裂岸。金敦·沃德在他的著作中，第一次描写了三江并流的奇观：“在某个地点，三条河流相互间的距离当在80.5公里以内，中间的湄公河（澜沧江）与长江相距45公里，而与萨尔温江（怒江）相距32公里，这是世界地理上的奇观之一。”

事实上，三条江的最近距离仅66.3公里，这一地理奇观2003年被列为

金沙江河谷

联合国世界自然遗产名录。

更为重要的是这些高山激流间河谷，历史上曾是民族交融的通道，被史学家称为“藏羌走廊”或“藏彝走廊”，为民族之间的沟通交流做出过不可取代的举足轻重的贡献。

藏羌走廊

我国藏学奠基人与开创者任乃强先生花费相当时间与精力深入西康地区，在广泛田野调查的基础上，写出过一本《羌族源流探索》的专著，对民族间的演变、迁徙、融合做出了令人信服的论述，他对河谷在民族交融过程中所起的桥梁作用十分看重，可以推想，当初尚处在游牧状态的古代先民，沿着湿润平缓的河谷，一边采摘渔猎，一边寻觅栖息之地，长期探索，终于发现险峻的大山竟然有河谷可通，原始的古道一般都要经历自然踩踏和自然发现的阶段。

羌族民居

这其中的道理十分简单，河谷一般植物茂盛，有果实可供摘采，有鱼虾可供捕捉，且不乏水草，即便有茂密的丛林阻挡，砍伐或焚烧即可通过，即便有险途，在铁器发明之前的石器时代，用石砍砸便能解决。笔者十多年前，在秦岭腹地寻访蜀道时，便曾在留坝县境褒水沿岸不易通过的倾斜石坡上，发现多段间隔一米左右的石窝，经请教蜀道研究专家郭荣章、陶喻之等多位先生，均认为极有可能是古代先民用石器所凿。另外，河谷平缓，少攀登苦险。

三江河谷猪膘肉

于此，笔者更有切身体会，1992 年暑期，考察蜀道中著名的古褒斜道，行至秦岭腹地孔雀台险段，此处，褒水汹涌湍急，山崖立壁陡峭，古人采取在崖壁凿孔安梁铺板，类如今日楼房伸出去的阳台，留下约 17 米长的一段石梁遗迹，素为专家看重。我们一行在此拍摄完毕，正欲前行，突然上游洪水暴涨，猛扑下来，引起一段山崖崩塌滑坡，眼睁睁看着过不去了。无奈之下，只好翻越整座大山，以避滑坡地段，大山险峻且丛林茂密，几乎是爬着穿越，直到次日凌晨才避开险段，十分钟就能通过的河谷，翻越高山却用了整整十个小时。由此不难看出古人选道的智慧，只要沿着河谷，几乎是无所不通。这种选道的经验至今被采用，修筑现代公路和铁路多沿着河流，称为沿溪线。只有必须翻越的山岭才会修盘旋上升的越岭线。

河谷作为民族交融的通道，被许多专家关注并深受青睐，比如费孝通先生上世纪八十年代初提出“藏彝走廊”这个学术概念。费先生强调的是，人们研究西藏或藏区，多把目光停留在藏区自身的区划与差别，比如称“卫藏法区，康巴人区，安多马区”。卫藏法区是指以拉萨为中心的前藏与日喀则为中心的后藏为西藏佛法核心区域；康巴人区，则强调由于接近内地，受汉文化影响，信仰佛教限于精神层面，作为人已经十分注意物质享受。川西北、滇西北为康巴地区；藏北那曲及整个青海与甘南以产良马著名为安多马区，很少关注到藏族与其他民族在历史交流、交融中发生的变化。其实，不仅是三江并流的河谷，在川西北的岷江、沱江、嘉陵江以及众多的脉流河谷，都为民族交流提供了天然走廊。

生存演变

千百年中，由于战乱、灾荒，多个民族在利用河谷辗转迁徙，寻找新的家园时，也把这个民族积淀、传承已久的生活方式，风俗民情乃至于文化积累带到了新的栖息地。时至今日，若乘了汽车，沿着川藏线或滇藏线行走，可以轻易发现许多民族交融的痕迹和生存方式的演变。

提到民族交融与演变，康定是个绕不开的地方，分布于折多山与跑马山

湖光山色

之间，折多河两岸长约10华里的街市，其实是片永远说不尽的世界。单说建筑，传统藏寨多为土木结构或木石结构，皆就地取材，雪山河谷森林遍布，冷松居多，端正硕大，用于梁柱，榫卯结构，并不用铁钉，结实抗震，或三柱落脚，或五柱乃至七柱落脚，视家庭经济决定，若是土司衙门，或锅庄富家，一般三四层，下层养牲畜，二层住人，三层为经室，四层四周为矮墙，四角有牛首或羊角装饰，中间则为广场，用于打晒谷物，整座庄院十分气派，宛如古堡。但凡土墙瓦顶，中式门窗，贴有对联，透着川西民居特有韵致者则为汉族无疑。这里有规模宏大的喇嘛寺庙五明学院，重檐覆顶，金碧辉煌，与纯粹藏区的寺院风格明显不同，显然深受内地传统建筑影响。康定城中足以和五明书院相对比的是一座富丽堂皇的天主教堂，西洋式塔顶高高地耸立着沉重的十字架。再看满街穿着藏式条纹筒裙、羌人绣头帕，汉式羽绒服、牛仔裤，再是三五成群少男少女的时尚衣衫与同样三五结伴的喇嘛们紫红袈裟，真正五方杂居，五彩缤纷。今日康定，仅是饮食，重庆火锅、藏式茶楼、川西凉粉、云南米线……多不胜数。

羌族妇女头帕

给人印象至深的是丹巴，这个有五条大渡河脉流汇聚的河谷，也像五指分开，形成多条适宜人居的河谷。由于海拔仅2000米左右，日光充足，正宜农耕，分布在山沟中的藏式民居，大多三四层高的石砌碉楼。粉白石墙，彩绘门窗，掩映在绿麦苗、黄菜花、粉桃花的色彩之中，简直是世外桃源、童话世界，一度时间成为旅游热点。丹巴还保留着五百余座高达20余米，用石块砌就的碉楼，与岷江上游著名的桃坪羌寨碉楼如出一辙，尽管这儿的群众自称嘉绒藏族，信仰藏传佛教，但多数专家认为他们的先祖应为最早生活于中国西部的羌人，由于战乱或自然灾害，沿着河谷迁徙至此。

2007年，我曾到过丹巴的甲居藏寨，这个大渡河畔的村落，散居着百十户人家，红白相间的石砌小楼掩映于洁白的梨花丛中，恍若仙境。这个寨子因为离县城仅7公里，海拔却要从1800米上升为2500米，简易公路在陡峭的山坡上盘旋，一边是奔腾湍急绿汪汪的大渡河水，一边是高耸入云的钢蓝色的山崖，村落便散落在崖下山坡上，村周田垄相望，麦苗青菜花黄，沿河谷望去宛如云端中世界，羌人素有“生活在云朵中的民族”美誉。而地图上却分明标着“甲居藏寨”，目前已是以旅游业闻名的村子，几乎家家都搞“藏家乐”，有接待游客吃住的条件和能力。我们去的一家，女主人叫拥忠拉姆，身姿高挑，明眸皓齿，举止大方，还能讲普通话。她首先带我们参观新盖的三层碉楼，上下楼的独木梯子引起我的关注，有似曾相识之感，这是用整根独木间隔凿出踏步，固定斜靠在楼层之间，整个川西北羌族寨子都使用这种独木梯。既然专家认为嘉绒藏族的先祖为羌人，那注定会把构筑碉楼的经验、使用独木梯的习惯也带进藏区。

藏区真正的纯牧区往往海拔在3500米以上的高寒地区，这里已无树木，除了草无法生长庄稼、蔬菜，牧民也大多依然是世代逐水草而居，通常是用黑色牦牛毛编织的黑色帐篷，防雨保暖，十分实用。据说早年牧区土司为了摆阔，也曾用牦牛帐篷创造过奇迹，选择水草丰茂且平坦的河谷，搭建出“巨无霸”帐篷，里面可摆百桌酒席，可容纳全部落的男女狂欢。仔细一想，也很不简单，能摆百桌酒席，面积近千平米，空间如何支撑？门窗怎么设置？如何通风透气？也真是把游牧所用帐篷文化推向了巅峰。据说，若是迁徙，拆下的帐篷需用整整一百头牦牛驮走，若是现在，几乎有申报吉尼斯世界纪录的资质呢。

多彩婚姻

一方水土养一方人，一方水土也养育一方婚姻。

在滇西北、川西北三江流域，举凡稻城、乡城、得荣、德钦、中甸、贡山、宁蒗、丽江、福贡、泸水一带，至今保持着一夫一妻、一夫多妻、更多是一妻多夫的婚姻模式。其原因既有传统的影响，亦不乏环境的制约。上世纪藏学家任乃强深入藏区调查，在其名著《西康图经·民俗篇》中，对藏地婚姻有专章论述：

河谷妇女劳作十分辛苦

番（藏）家兄弟共娶一妻者甚多，谓如此可增进弟兄友谊，消灭家庭之祸乱。嫁女者亦不多夫为耻。婚礼成后，妇住一室，弟兄皆有寝他所；有欲敦伦者，入妇室，以其帽或靴带挂门上，后来者望见，即自避去。妇得子女，呼诸人皆为父，不究所出。番妇职主中馈，司锁钥，为一家主母，有左右男子之力；故事数夫，驾驭之若有余裕，其关系颇似汉人之多妻妾者也。

前条所记之弟兄、叔侄共娶，即世传之一妻多夫制也。又有姐妹姑侄共赘一夫者，即世传一夫多妻制也。西康与藏，虽并行此二制，综其意义，实为一制：即一家多数人共娶一男或一女也。番中男子多为喇嘛，妇女得婿甚难，每有赘一男婿，合家妇女皆与之奸通者。如此秽事，竟可公开告人，不惟本妇不妒，旁人亦不得而议之。是亦一夫多妻制之变体也。

任乃强在调查中，谈及到传统和习俗的影响，也谈及到客观原因，比如藏区男子多去寺庙当喇嘛，造成男女比例失调。藏学家柳陞祺曾任国民政府驻藏办事处英文秘书，在拉萨5年，著有多种藏学著作。在其《西藏与西藏人》中谈到，他曾从头到尾参加过西藏贵族程序繁多的婚礼。他广泛调查认为："一妻多夫，也就是几兄弟共有一个妻子，是西藏婚姻中的普遍现象。我们知道一家，一个妻子主持着七个丈夫的家政。在众多的要求者中，每个丈夫的权利和义务如何分配，依各个家而不同，想必有一种建立在轮换制基础上的默契。在普通人家中尤其是这样，因为总有人要外出朝拜或经商。在比较上流的社会，优先权自然属于最成功的丈夫，凡事都论级别地位，似乎是西藏贵族血统中的遗传基因。当女人生下了一个孩子，最有权势的配偶则得到父亲的称呼，其余的人就是叔伯了。"

贵族杜洛少爷之父死后,他与后母结为夫妻

陈宗烈摄于 1957 年

这种情况并非完全出现在普通百姓身上，在西藏上流社会贵族世家中，“一夫多妻”和“一妻多夫”的情况也时有发生，有时还有姐妹共嫁一夫，乃至于“父子共妻”的情况。藏族女学者次仁央宗，在其专著《西藏贵族世家》用专章介绍了这种情况：

近代贵族擦绒家是一个具有典型性的例子。达桑旺堆原来出身卑微，因为得到十三世达赖的宠信，才被贵族社会关注。后来，他又抓住机会，与原擦绒公子桑珠仁次的遗孀建立了婚姻关系，堂而皇之地进入了贵族擦绒之家。以后，他又有了巩固地位的机会，那就是原擦绒家的女孩子们到了结婚的年龄。就这样，达桑旺堆又与原擦绒家的女儿们分别建立了婚姻关系。从此，达桑旺堆名正言顺地以原擦绒家的女婿身份活跃在贵族社会中。毫无疑问，原擦绒家的女子们之所以接受共夫这一婚姻事实，极大的可能是为了延续不连贯的家族体系而做出的婚姻选择。

另外，曾经出过八世、十二世两辈达赖的拉鲁家族，也出现过两代女人共夫的情况。据拉鲁家族最后一位继承人次旺多吉回忆，他最初进入拉鲁庄园时还是个孩子，只有 12 岁，而已经寡居的女主人已经是 30 多岁的中年妇女。在他成人后，正式与比他大 20 多岁的女主人结为夫妻。他的回忆录中有这样一段记载：“在我 26 岁时，有一天我和央宗次仁（女主人）正在家中，拉鲁随员们谈了他们的想法，‘我们拉鲁家势单力薄，将来若无后嗣不行。为此，如能迎请一位年青姑娘就好了。就此请央宗次仁予以三思。’央宗次仁问道，若迎娶她亲戚的姑娘吞巴·德吉怎么样？我念及她是央宗次仁的外甥女，且体态、容貌各方面皆好，便表示同意。”就这样，在拉鲁家再一次顺利地出现了符合于贵族社会观念的一夫多妻。

由于在贵族家庭地位巩固，拉鲁·次旺多吉成为西藏地方政府四位噶伦之一，解放后曾进京与毛泽东、周恩来有过交往。1959 年任叛军总司令，曾被监禁，后又任多届西藏自治区政协副主席，是西藏家喻户晓的传奇人物。2011 年以 98 岁高龄去世。

上世纪五十年代进藏工作多年的摄影家陈宗烈，曾在后藏采访过一起父子共妻婚姻，那是一户小贵族杜洛，老杜洛夫妇生有一个儿子，妻子去世后又娶了个年轻的女人，仅比儿子大 8 岁。儿子长大后，老杜洛去世，小杜洛自然与后母结为夫妻。这种事情在西藏没有人觉得不对。陈宗烈还为这“母子婚”拍摄了照片。

在三江流域，环境制约也十分明显，三条大江带来充足的水源，实际情况并非如此，怒江、澜沧江、金沙江在上游河谷有个共同特点，两岸山谷壁立千仞，一河流水奔腾湍急，且落差很大，通常为 2000 米至 3000 米，山顶雪峰延绵，谷底却十分炎热，被地理学家称为干热河谷。谷底虽奔腾着江水，

三江河谷妇女儿童

在漫长的历史岁月中，并无电动抽水一类现代设备，澜沧江上游盐井至今靠妇女们用木桶背盐水就是例证，连值钱或赖以为生的盐水都靠人背，灌溉或生活用水只能靠天吃饭了。

事实上，三江河谷并无多少川道或坝子可资利用。大多是山腰流淌一股泉水，四周的山坡被开垦出来，养活几户人家，形成一个几户或十几户的自然村落，村里人口多少则取决于泉水流出的数量，世代相袭，甚至几百年都没有多少变化，这其中限制人口增长的重要密码便是婚姻模式，一家不管有几个弟兄，都只合娶一个妻子，好处十分明显，一处老屋能世代相袭，若是兄弟各娶妻子，自立门户，分家另过，便要另盖新房，仅是这一项便要把可以利用的良田耕地占完用尽；再是，过去无计划生育，但妇女生育时间有限制，几个男子合娶一个妻子，自然就限制了人口。只要是土生土长的当地村民，无论男女，便都清楚这种受环境资源制约的格局，女子多外嫁，多余的男子则去寺庙做喇嘛。据说，三江河谷有许多古老的村落，从清代至今都没有增加多少人口。这个现象，早在上世纪初就被进入三江并流地区的外国传教士注意到了，并认为是符合当地生态的生存模式。这并非遥远的历史，现在仍然如此。

滇西北高原人家耕种依然传统

近年，有一部五集电视记录片《西藏一年》曾在中央电视台和多个国家电视台播放。该片导演、撰稿及制片人叫孙书云，1986 年，我进北大首届作家班学习，她正好毕业去了英国，现为自由撰稿和独立制片人。她曾一人沿着玄奘西行的道路独闯西域、中亚和印度，返回写出一本纪实作品《万里无云》，由此引起我的关注。她还曾多次去西藏，并在江孜与《西藏一年》中八位主人公相处一年。除完成一部引起广泛关注的电视纪录片外，还于 2009 年由北京十月文艺出版社出版《西藏一年》，用专章介绍了“一个女人与三个男人”，这家的女主人央宗，是一位能干、贤惠、漂亮的中年妇女，她的三位丈夫洛嘎、顿旦、次旦是亲兄弟，其中老大洛嘎脑子不好使，有点傻，但还能干点背水之类的粗笨活。央宗结婚时不到 17 岁，婚礼那天还不知道新郎是老大洛嘎还是老二顿旦。老三次旦才 13 岁，没有介入。下面直接引用孙书云和央宗的对话。

“嫁给三兄弟怎么过呀？”我直奔主题。

“兄弟共有一个妻子是我们这儿的风俗。”她淡淡地说。

“你和次旦是什么时候成为夫妻的？”

“次旦 19 岁那年，顿旦问我能不能接受次旦？我没答应也没拒绝，顿旦就当我答应了。”

央宗说到这儿的时候，显得有点手足无措，她站起来，从罐子里取出一些青稞晾晒。不过她还接着说下去了：与次旦结婚没有仪式和典礼，也没有结婚证，只是顿旦找了个借口出门走亲戚而已。

这就是一个女人与三个丈夫的基本故事。在这本《西藏一年》中，还用了整整一章，描写了一对新人嘉措与宗嘎的婚礼，尽管规模宏大，十分热闹，把藏族的婚礼风情展示得淋漓尽致。但从头到尾相貌端庄的新娘宗嘎都在姐姐陪伴下哭泣，新郎嘉措则神情冷漠，好像参加别人的婚礼，原因是他对新娘不感兴趣。婚姻是双方父母一手包办，唯独新郎的弟弟，一位中学生跑出跑进十分高兴，因为他只要中学毕业，这位嫂子也就是他的妻子了。这是全村人都心知肚明的事情，顺理成章，没有什么不对。

书中还写了一位包工头仁青，不吸烟、不喝酒、精明能干，组织起一百多人的建筑公司，几乎承揽江孜一半的建筑工程，事业干得十分成功，又娶了远近闻名的美人琼达做妻子。可仁青也有烦恼，他与前妻的儿子洛桑，年青气盛，喝酒杀了人，已经关了十年。仁青一直为儿子减刑奔波。临到孙书云离开西藏前夕，见到仁青，他高兴地说，儿子很快就回来。可是书云的助手藏族小伙边巴却说："看吧，那个漂亮的琼达注定要成为他们父子俩的老婆。"边巴还强调："藏族人不谈这种事，他们只做不说。"

但是，也有主动说的情况，我的一位朋友，创造了一项几乎堪称吉尼斯世界纪录的事情，利用国庆节七天长假，全程跑完了3000公里的青藏线（从汉中出发）和2400公里的川藏线。去过的人都知道仅川藏线需要翻越14座海拔4000米的雪山和无数深谷激流，最老练的司机仅川藏线也需一个星期。但我这位朋友却几乎用每天近千里的速度跑了天险天路。我问其感受，他没讲雪崩路塌、黑夜迷路、车坏焦灼的种种险情，却讲起在藏区的"艳遇"。

有一天他们连夜过金沙江，赶到巴塘进入了四川，海拔也低，美美睡了一觉，第二天一早就起床赶路，在小吃店门口遇到位藏族姑娘要求搭车，同车的小伙们一见姑娘身姿高挑，脸庞红润，眸子黑亮，有股野劲，都一口答应。藏族姑娘热情活泼，唱了一路藏歌，还用手机跟康定家中联系，邀请他们前去做客，小伙们都乐了，说要去演一出"康定情歌"。姑娘掩嘴含笑。

路上，不知谁冒失地问："听说藏族几兄弟合娶一个老婆，有这事吗?"

"有哇，我妈就嫁了我爸三兄弟!"藏族姑娘毫不掩饰，十分坦诚地告诉他们，三个父亲，一个在山上放牧，一个在家种地，一个在外面做生意。妈妈在家里操持家务，她们姐妹两个，她当教师，妹妹考上公务员，是交警，刚盖了新房，一家人其乐融融。

"那三个父亲都在家咋办？谁跟你母亲住?"

"谁先进母亲房子，把鞋放在门口就行了……"说这话时，藏族姑娘还有种炫耀般的得意。

那天，他们受到姑娘全家的热情接待，姑娘家新修的房子在康定城郊，四间三层藏式建筑，门楣涂着彩绘，悬着经幡，宽敞明亮，风情十足，加之满满当当的一桌藏餐，两姐妹都穿着鲜艳的民族服装，献哈达、跳锅庄，唱歌劝酒，吸引了许多邻居。藏族人好客，尤其能以邀请到汉族年青小伙到家做客为荣。他们都像做了一回"准女婿"，晚上住在散发着油漆清香的客房，新床新被，辗转难眠。让他们费解的是，当晚藏族姐妹也和他们在同一层楼上，房间紧挨着，谁都发现两姐妹整夜房门都虚掩着，几个小伙都"有贼心没贼胆"，谁也没敢造次，也许人家真选上门女婿，那麻烦可就惹大了。

这位朋友遭遇的故事，让我想起2000年在喀什结识的维族朋友买买提·阿不都拉。他毕业于中央戏剧学院，时任喀什群艺馆长，那天不知怎么聊起家庭婚姻，他激烈地批评汉族受孔孟之道危害太深，只讲伦理，不讲人性。他说少数民族少了礼教束缚，敢爱敢恨，在婚姻情感自由度上优于汉族。不能不说他讲的有道理。

其实，笔者务农时节，在秦巴腹地也曾遇见“一妻多夫”的婚姻，山地男子因狩猎、割漆、伐木致残机会较多，一旦丧失劳力，女人便需另招一位男人上门，养活儿女，也包括原先的丈夫。山地谓之“招夫养夫”，其间全凭女人聪明，从中周旋使两个男人都得到好处和温存，把人生的功课进行到底。大凡环境艰苦、生存艰难处，都会有类似的婚姻发生，有的叫法不同，比如“拉帮套”、“站门汉”均属此类情形。任何时候，生存总是第一位的事情。如同一位哲学家所说：“存在的就是合理的。”

泸沽湖畔·走婚男女

高原仙境

三月的滇西北高原，已是花团锦簇，五彩斑斓的世界，放眼望去，满山遍野粉嘟嘟的山桃花，白艳艳的野梨花，金灿灿的油菜花，在环绕山腰的嫩绿麦苗映衬之下，仿佛一幅巨大的油画，流光溢彩，逼人眼目。一路大家惊讶不已，只听“咔嚓、咔嚓”的相机快门声不绝于耳。向导却微笑不语，一

泸沽湖远眺

脸矜持——好戏还在后面。

果真，车刚转弯，呀！所有人都惊叹得说不出话，一大片蓝宝石般的湖水，安静地躺在群山环绕的高原，远处的雪山银光闪烁，四周的山峦青绿滴翠，几只小船荡漾在水面，正是落日时节，西天一片紫金的彩霞把整个湖面辉映的云蒸霞蔚，波光粼粼。这便是以无父无夫、至今保持着走婚习俗最后的母系家园，以及独特的摩梭风情，成为世界文化遗产保护单位的泸沽湖。

最早知道泸沽湖是上世纪八十年代。那会儿，人们还不大知道世界上有这么个美丽的地方。四川的一位文友捷足先登去了一趟，深深感到震撼，他是位编辑，曾专程来汉中向我约长篇小说。闲聊时说到泸沽湖，“别的地方可以不去，一定要去泸沽湖，它要告诉你的是这个世界上早已消逝的、没有的，也许再也不会有的东西。”这位文友对我一再叮咛：去泸沽湖看看，那里人们的生活还停留在母系社会形态，是几千年前我们祖先生活的活化石。他们至今流行着走婚，走婚是以相互喜悦作为男女交往乃至夜晚同居的唯一理由。一旦相互生厌就分手，不存在分财产、分子女、纠缠或打官司。孩子都随母亲生活，多数不知道父亲是谁，知道也没有认同或归属感。妇女只提阿注，不提丈夫，阿注是走婚对象，谁的阿注多谁有面子。男女白天都在各自的家庭生活，只有晚上在朦胧的月色中，在山坡和原野上才能见着走婚男子匆忙又喜悦的身影，各自去寻找自己的阿注，黎明前又匆忙离去。每一次充满爱意的夜晚虽然短暂，但坚持有爱才能走婚。虽然要更换多位对象，但喜悦和爱情却会贯穿她们的一生。

摩梭女人说：“十五的月亮亮一天，摩梭女人要亮一生。”这种爱情和婚姻方式，对于处在现代社会的人来讲，几乎不可理解，让人感到无比新奇。怎么现在还有这样的地方？唯一可以获得解释的是，这片高原仙境太偏远闭塞了。其位置在三江并流的滇川交界之地，基中大部分水域属云南丽江地区宁蒗县永宁乡。这个乡直到 1972 年才通简易公路，历史上的马帮一直沿袭至今。1972 年之前，马帮从宁蒗到这里也需要整整 10 天。除了县上检查工作的干部、送商品的马帮和极少数的地质或科研人员，几乎没有人来过这里。那时也没有电视、电话和其他任何电传手段，让外面的人知道这里，或是让这里的人知道外面的精彩世界。正是这种与世隔绝般的偏远与闭塞，才在这川滇高原保留这片恍若仙境的湖泊，独特的摩梭文化和最后的母系家园。

摩梭起源

可惜，虽然知道了泸沽湖的神奇，还几次去了云南，甚至到了丽江，却阴差阳错，始终没去泸沽湖。随着近年的旅游开发，尤其是申报世界文化遗产的成功，泸沽湖早已是旅游热点，人满为患，加之各种媒体的炒作，伴随着“杨二车拉姆现象”的诞生，几乎让人再无兴致。直到2010年3月，怀着看个真实情况的目的，约了伙伴，自备车辆，避开旅游热线云南丽江，专门从四川凉山彝族自治州所属西昌市盐源县境进泸沽湖，想看个究竟。

行前，搜寻到多种关于泸沽湖摩梭人的书籍，比较可靠的是学者和研究人员的著作。比如考古与人类专家宋兆麟所著《走婚的人们》（团结出版社，2002年），作者从1961年始五次深入泸沽湖，做少数民族社会历史调查及文物普查与收集，每次都历时数月，那时泸沽湖还保持着许多原始风貌，民风纯朴，日出而作，日落而息，古朴自然。这本书中的人物、事例与当时所拍的黑白照片真实可信，已具史料价值。香港学者周华山于上世纪末去泸沽湖，住进摩梭人家，学习摩梭语言，与摩梭男女一起下地劳动，上山砍柴、放牛。其时，摩梭村寨尚无水（自来水）无电，唯有日夜不熄的火塘。正是这暗夜中的火光启迪了这位学者认识“火塘社会”的途径。一年中曾去八个摩梭家庭居住，并走访一百多位摩梭人，在广泛田野调查的基础上写出《无父无夫的国度》（光明日报出版社，2001年），还征求多位摩梭族学者、教师和官员的意见，受到肯定和好评。再是摩梭人自己的学者，云南省社科院研究员拉木·嘎吐萨所著《摩梭达巴文化》等系列著作。

摩梭人的锅庄

首先弄清了泸沽湖位于青藏高原东南部的滇川交界处，在三江并流的金沙江与雅砻江之间，在群山环抱之间形成一个约300平方公里的盆地。盆地四周的山脉已处青藏向云贵过渡地段，海拔较低，纬度偏南，植被茂密，古树参天，雪雨形成的河流滋润着整个盆地。盆地南面由于地壳运动断裂下陷而集水成湖，形成50平方公里的天然水域，其状如曲颈葫芦，故名泸沽湖。湖水平均深达45米，亘古没有工业污染，因而水晶如蓝，浑然天成。泸沽湖大半属云南宁蒗彝族自治县，还有一部分则归四川省盐源县。四周有彝、汉、白、苗、藏、傣、回、普米、傈僳等多个民族。但环绕泸沽湖的则多为摩梭人。

关于摩梭人的族源，据藏学家任乃强在其名著《西藏图经·滇诸族》中说："么些为康滇间最大民族，亦最优秀之民族也。"另据多位学者考证，摩梭人的族源属中国西部的古羌族，是南迁到滇川的羌人后裔，至今在摩梭人葬礼中所念的"指路经"留有远古先民迁徙的遗迹和久远的记忆。在多种史书中对摩梭人也有不同的记载，《史记》和《汉书》称其为"牦牛羌"或"牦牛夷"。《唐书》和《元史》则称其为摩西、摩沙。《明史》和《清史稿》非常明确地记载了永宁土知府和宁蒗土知府及摩梭土司的隶属关系和建制的历史沿革。从中可以看出至少摩梭人已在泸沽湖生存了1500年之久，也可以说是开发这片盆地最早的民族。这也为包括摩梭人在内的多位专家公认。摩梭人除了较集中地居住在泸沽湖畔的永宁盆地之外，还在四川的木里、盐源等地有分布，总数有40000余人。

1961年，国家在识别民族时把云南宁蒗的摩梭人划进纳西族；四川则把盐源、木里的摩梭人划进蒙古族，这也因为元初成吉思汗大军征讨云南，确有部分蒙古人融进了摩梭。但无论四川还是云南，因历史习惯和群众意愿仍称他们为摩梭。

环湖见闻

由于我们从四川盐源进入泸沽湖，沿着环湖公路，经罗洼、格撒、小洛水、里格进入云南境内的洛水村，几乎穿越了泸沽湖大半个湖岸，这就能够近距离地观察到泸沽湖畔摩梭人的生存状态。就大格局来讲，这是一片高原盆地，我携带的海拔仪显示为2650米，就纬度讲还低于杭州，若不是因为海

泸沽湖一家正准备下地干活

拔高，注定炎热难耐。这里却四季分明，湖畔是大片的良田沃土，田畴连片，村落相望，隔不了三五里便有摩梭人村庄出现。仔细观察，村落不大，三五十户、二三十户不等，房子多为木楞房，即四面墙壁均用圆木重叠而成，屋顶盖瓦。木楞房大都两层，上层有栏干走廊，通往各个房间，显得古朴典雅。但耗费木料之多是肯定的，幸而环湖四周森林茂密，可就地取材，否则不会有这种建筑。我们停车去一家农户，系四合院落，占地挺大，有石碾、手磨、柴垛、鸡棚、鸭圈、猪栏，一派生机。见着一位带孩子的妇女，正是图片上摩梭人那样穿着红上衣下面是白百折裙，30多岁模样，也许处于旅游区，见到我们也挺大方，会说汉话，一口川腔，问及这么大院子怎么就你和孩子？

“下地去了，赶节气种洋芋嘛。”

果真，村外大片的空地里，许多村民正在忙碌，送粪、犁地、点种、掩土，有男有女，让我想起早年务农生涯，倍感亲切。我注意到这儿使用的木犁铁铧，犁辕较长，但套轭与内地相同是系在牛脖颈，让牛全身出力，并不像西藏，放在牛角，仅是牛头出力。显然受内地影响，更加科学合理。

遇着一家三口，母亲在前，扛着两把宽板锄，女儿背着洋芋种，父亲牵着一匹马，正准备下地。我招呼他们：

作者与摩梭女

"种洋芋噢?"

一家人都含笑点头，父亲还说："二天到家来吃晌午噢。"

我们都笑了。"吃晌午"是云南方言，即吃午饭，四川及我所居住的陕南都是这个说法。

从山道上下来几个背柴禾的妇女，都是用竹背篓背着高高的松枝松毛，可见这一带还没有用煤或电气，好在大多数村后都有起伏的山岭，长满密密的松树，枯枝落叶正好为村民提供燃料。还路过一所学校，正好放学，小学生蜂拥出来，结伴回家，穿戴与内地乡村没多大区别，整齐鲜艳，举止神态亦天真可爱。给我们留下至深的印象是，整体说来，这一带由于偏远闭塞，气候高寒，种植的庄稼多为小麦、玉米、洋芋，也有少量水稻，主要产出为农产品，并无工业或可出售的商品，旅游热是近年的事情，而且主要是靠近湖边的村落受益，大多村庄为陈旧的房子，男女穿戴显然落后于内地乡村，应属于典型的"老、少、边、穷"地区。

例外的是靠近湖边的村子，都在大兴土木，白花花的木料支撑的屋架大都两层，工地上人影晃动，十分繁忙。尤其是里格村，修建规模宏大，同时动工的约有二十余家，这显然是泸沽湖成为旅游热点之后利益驱使，许多村民都投资办家庭旅馆和农家乐。曾有大块文章介绍并担心过度开发，游人众多，生活污水会污染亘古洁净的泸沽湖，当地村民也表示了极大的担忧。

这也是我们整个国家面临的问题，摆脱贫困与保护环境，资源利用与过度开发，怎样在实践中探索出一条科学的可持续发展的路子，对泸沽湖这片圣洁的高原仙境尤为重要。

走婚男女

在穿越了大半个泸沽湖区后，我们选择了在洛水村下榻，因为这儿是整个湖区最负盛名的旅游热点。这首先得益于洛水村地形之胜，整个洛水村 73 户人家全都环湖而居，村后是开阔的田野，再远是起伏的丘陵，泸沽湖最优美的湖中三岛可一览无余，雄浑的狮子山耸立彼岸，整个村落环境幽雅，岛湾错落，迂回曲折，湖面朝雾晚霞，湖畔树木葱茏，垂柳依依，亘古自然，浑然天成。

百年前外国传教士到此都惊呼为仙境，认为可以同北欧瑞士媲美。再是洛水地处当道，无论是早年的茶马古道，还是由四川盐源、云南丽江进入泸沽湖，洛水村都是必经之处，所以 1992 年泸沽湖被国务院列为对外开放旅游区后，洛水村是最早的试点，很自然地成为旅游热点村落。许多摩梭人家都获得政府贷款修建家庭旅舍，整个村子几乎都投入了旅游业，开展的项目都是摩梭人自幼熟悉的，为游客牵马、划古老的猪槽船，再是晚上的篝火锅庄舞会，吸引大量的中外游客，也发生了一系列故事。

最初，许多游客醉心于一些媒体宣传的“女儿国”、“母系社会”、“无父无夫”以及神秘的走婚。其实，到泸沽湖认真了解这儿的地域环境与历史沿革，就不难理解母系社会、走婚现象与其他地方的父系社会、一夫一妻一样，都有其历史渊源与合理之处。许多学者认为，人类所共同经历过的“母系社会”所以能在泸沽湖保留至今，一是偏僻，滇西高原且是两省交界处，上世纪 70 年代尚不通公路，只有马帮相连，外界很难影响到这里。二是贫困。这儿海拔 2700 米，地处高寒地带，只能种青稞、苦荞、洋芋，产量低、易受灾，仅能勉强养活全村人口，还难免挨饿。直到 1991 年，洛水村人均年收入只有 200 元，人均粮食一年约 200 公斤，历史上就更低，只能勉强生存。比如洛水村 73 户人家，也称 73 家“火塘”，以祖母、母亲单传，男子走婚不

放学的小学生

当地民居

泸沽湖老人

用建房子，女儿在家，长大后结“阿注”，即有走婚男子晚间同居，白天离去，有了孩子全家共养，也不需要另建房子，全村老房子几乎可住几辈人。当然，这里也有木工、铁匠、纺织，承担起打造农具、制麻做衣、捕鱼狩猎等活计，把一种近乎原始的简单生存方式延续下来。

走婚正是在这样一种简单的生活基础上建立起来的。没有固定的仪式，也没有什么手续，男女双方在山上砍柴、放牧，下地劳动或参加宗教活动转山转湖，有相逢的机会，双方中意，也有用口笛山歌相互试探，感到投机，就可以晚上去女方单住的花房同居，两厢情愿是确立阿注关系的基础。

与感情相关，与经济无涉或不占主要地位。开始时，双方都尽量避人眼目，男子来访事先与女子约定时间，或利用一定的暗号，经过一段相处，双方愿意继续交往，女方老人不反感，男子就带上一条毛毡到女方家居住下来。但白天照样回到自己的家族劳动生活，晚上再去女方走访居住。农忙时，也参加女方家庭一些劳动，或送女方衣物与装饰品，女方也公开穿戴起来，表示自己有了固定的阿注。双方建立走婚关系很简单，解除走婚关系也很自由。如果女方提出分手，只要对男方说：“以后不要再来”或者是把男子行李置于门外，明确态度就可以了。当然，男子也有同样的权力，想清楚时可说明：“我不想来了”，或者直接带走自己的东西，都是分手的表示。由于习俗所致，同时没有关于财产与子女的纠葛，所以双方都很坦然，反正“旧的不去，新的不来”，双方都再寻找新的阿注就行了。一般说来，摩梭男女从十七八岁开始走婚，大都经历过几个分手的阿注，随着年龄的增长，会逐渐稳定下来，保持一个长久的阿注。

洛水姐妹

凡来泸沽湖旅游者，莫不对保持母系家族、走婚习俗的摩梭男女感到新奇，希望亲眼目睹、看个究竟。我们来到洛水村，由于不是旅游旺季，临湖而建的摩梭木楞房旅舍，水电齐全的标准间一天仅60元，干净明亮，环境优雅。整个洛水村都经过了规划，石子铺就的道路干净整洁，各种酒店、旅馆、茶舍招牌时尚，骑马、坐船均明码标价，看来旅游业已发展得十分成熟。

在湖边我们遇见了两位摩梭姐妹，上前攀谈，两姐妹都落落大方，还能讲川味普通话。姐姐叫曹卓玛，说家中有8姐妹，系泸沽湖唯一诞生拉萨哲蚌寺转世活佛罗桑益世的近亲。正巧上次在丽江购得一本《女儿国诞生的活佛——罗桑益世回忆录》，约30万字，是一本叙述严谨且有存史价值的好书，这次正好带着。这样说起，两姐妹更加高兴，邀我们去家里看看，这正求之不得，穿过一片田野，曹家老屋建筑在一片台地之上，背靠山丘，面对湖泊，田畴成片，桃花正艳，很有一点占尽风水的大族世家遗风。曹家老屋很大，刚翻修过，四合院落，上下两层，全部木楞建筑，环周回廊，但又配着玻璃门窗，显得传统又时尚，宽敞的院落建有玛尼堆，正在煨桑，飘着淡蓝的轻烟，五颜六色的风马旗随风飘扬，摩梭人普遍信仰藏传佛教，何况又出了活佛，家中设有经堂，布置华丽，还有僧人念经，活佛是云南省佛教协会副会长，常驻昆明，整个家里显得文明富足。问及早年生活，姐妹俩争相回答，公社化时也学大寨，地里只长洋芋、苦荞，不敢搞副业，没有零花钱，买盐都发愁，年年饥荒，半年缺粮，吃了上顿没下顿，穷得鬼都不上门，还不时搞运动，“文革”寺庙拆了，舅舅也被撵到地里劳动，日子凄惶，以为这辈子都见不到日头（太阳）了。

摩梭妇女

两姐妹说的情况，在罗桑益世活佛的回忆录中也有专章记叙。“文革”时期，极左思潮也波及遥远的泸沽湖，活佛主持的有几百年历史的扎美寺被拆毁，几百名喇嘛还俗，活佛被下放到生产队当自食其力

的“社员”，每年缺粮，半年饥荒，每当饥饿难耐时，活佛就默默诵经来消磨时光。

“现在的情况呢?”我们岔开话题。

“啊呀，现在好多了”。两姐妹联手开了酒店，有 20 个标准间、10 个单间，每间淡季 50 元，旺季 200 元都打不住，贷款 100 万元已还了一半。村里的旅游家家都参与，拉马、划船、晚上跳舞，按月分红，好的时候能分上万元，过去做梦都想不到，两姐妹都笑得十分灿烂。我们吞吞吐吐问及她们家庭是否走婚?两姐妹并不忌讳，谈家常似的。曹卓玛讲她 22 岁开始走婚，眼下有个女孩 5 岁，但已与阿注分手了。

“有新的阿注了吗?”

“这种事情可遇不可求，现在外边来的人多了，小伙们都看花心了。”

“有和游客走婚的吗?”

“有啊，还有娶了女游客的呢。”

这话不假，前几年广州女子吴海伦（当时 32 岁，已婚，有女儿）看上摩梭男子鲁汝次尔（那年 26 岁），在泸沽湖发生热恋并走婚。过后，吴海伦与丈夫离婚，与鲁汝次尔正式结婚，两人结婚后去了广州，男方不适应，两人又回来开旅店，此事曾传遍泸沽湖，书刊媒体也曾介绍。

“你们肯定会有新阿注。”我们本来是想宽慰一下两姐妹。

岂料，妹妹却对我们一行中年青英俊的黎明说：“你愿意和我姐姐走婚吗?”

我们一时都愣住了，但看姐姐时，不但不恼，还突然展现出只有少妇才会有的一种含羞带怨的妩媚，生动极了。就像泸沽湖眼下景色，垂柳依依，柳花正艳，给我们留下了关于泸沽湖，关于摩梭女人最后的深深印象。

摩梭火塘

大约，没有哪个民族，会像摩梭人那样，把火塘看得如此重要，如此神圣。比如，在泸沽湖一带摩梭人居住的村落，不讲有多少户人家，却说有多少口火塘。一口火塘就足以代表一个古老的母系家族。

摩梭人家由于以走婚而非结婚为主体，每户四合院落，包括母屋、经堂、楞房及畜厩。母屋是中心点，常由年长的祖母或母亲居住，是整个家庭的中心，火塘就建在母屋之内。修房时也同时修建火塘，先砌方形石框，中间填土，还要掩埋一个小陶罐，内储金银、粮食、火镰、火石，陶罐外侧需绘日、月、星、辰，这是火塘的心脏，象征保佑一户人家不缺日常的需用。新屋建成，火塘砌好，火种则由老屋引来，这也彰显着一个家族的延续。

整个家庭的饮食、待客、议事、祭祀，也大都围坐着火塘进行，有约定俗成的秩序，长者为上，依次为坐。吃饭也是如此，先敬老人，再是孩子，体现尊长爱幼。在火塘边，无论家人或是客人，都忌说脏话，也不谈男女性事，只叙家常或商议家事。摩梭人许多劳动技能、生活经验、处世常识、培养儿女也都是通过火塘传递下来。若追溯起来，应出于人类对火的崇拜。试想，摩梭人居住泸沽湖畔，地处高寒偏远，被发现彰显也是近年的事情。在漫长的历史岁月中，无电照明，漫长寒冷的夜晚，只有火塘明亮温暖，一家人围坐火塘，靠火光、温暖、亲情去度过那些漫长的寒夜，也就自然形成一种火塘崇拜，火塘文化了。

旅·途·小·憩

松山战场访谈

只要踏上滇西这片土地，就绕不开许多沉重的话题：滇缅公路、远征印缅、怒江对峙、松山血战……尽管，战争的硝烟已经过去60多年，但前事不忘，后事之师，只有牢记那些曾经发生过的国耻、国殇，我们才能守卫来之不易的和平与安宁，在滇西北三江并流地段考察时，我有幸探访得关于当年滇西抗战的几个片断。

扼滇缅公路要冲的高黎贡山

怒江对峙

1937 年抗日战争爆发，为了支持抗战，国民政府组织修通滇缅公路，争取美英援华物资。这条公路东起云南昆明，西出边境与仰光公路相接，全长近千公里，沿途崇山叠嶂，还需跨越怒江、澜沧江两道天险，工程艰难备至，在民族紧急关头，云南民众 20 万人，夜以继日，人挑肩扛，仅一年时间便大功告成。

在阅读史料时，两个熟悉的名字跳进眼帘：张佐周、郭增望。之前，在修战备川陕公路西汉段公路时，张佐周为留坝至汉中段施工队长兼工程师，曾出色保护石门石刻，郭增望则设计了陕西境内首座铁桥鸡头关大桥，我曾为他们写过传记文学《功在千秋》，至今还与他们的后代交往。修滇缅公路时，张佐周为副总工程师，郭增望负责跨越怒江天险的惠通桥修建，这使我有种如见故交的欣慰，备感亲切。惠通桥地处咽喉，为敌我必争，日军曾多次对惠通桥组织轰炸，我方又多次修复，保障了十万大军远征缅甸。

1942 年，首次远征印缅失利，中国军队一部分退入印度，日后成为经过整训编练为精锐的新一军、新六军，胜利打回国内。另一部分败走野人山损失惨重。当时，日军乘胜追击至怒江西岸，如果再夺取惠通桥，不出半月，便可兵临昆明，威胁抗战后方基地四川及陪都重庆，战局就会急转直下，中国人民神圣的抗战就会岌岌可危。关键时刻，独立工兵 24 营奉总指挥马崇六命令果断炸毁了惠通桥，把侵略者堵在怒江西岸，这是滇西乃至整个中国抗战史上惊险的一幕，我的朋友，著名的抗日作家邓贤在其全国最早也是最出色的一部描写中国远征军的著作《大国之魂》中有精彩描写。这里不再复述，读者自可阅读。

本书作者与《大国之魂》作者邓贤

炸毁惠通桥后，日军又选择渡口，准备了大量的橡皮舟强行渡江。幸运的是宋希濂所率领 11 集团军，驻防昆明，其前锋 71 军 36 师已连夜赶往怒江东岸布防，36 师为国军精锐，曾参加淞沪会战、南京保卫战、武汉会战等重要战役，

日军在松山要塞所挖战壕

号称“鹰犬将军”的宋希濂曾为首任师长，该师装备精良，士气高昂，且有与日军较量的经验。眼下的师长李志鹏亦是身经百战的悍将，他派出的106团也是该师主力，日前，日军轰炸正逢集日的保山，造成几万无辜群众遇难的惨痛血案，激发了全团官兵杀敌勇气，当发现日军渡江企图后，引而不发，待到橡皮舟划至江心，团长才一声令下，枪炮齐发，打得日军晕头转向，纷纷落水，但日军也极其顽强，为分散我军抵抗，多处渡江，有几百日军还真强渡过了怒江，向我军阵地发起冲锋，36师官兵毫不畏惧，依靠有利地形，居高临下，多次击退日军进攻，使他们渡江的企图多次破产，双方僵持的局面被陈纳德将军的“飞虎队”打破，各种型号的轰炸机对云集在怒江西岸的日军进行了猛烈轰炸，已经渡江的日军也被36师全部歼灭，日军强渡怒江的企图彻底破产。之后，在1944年滇西大反攻之前的两年中，中日军队隔怒江对峙，日军再也没有能够跨过怒江一步。

松山血战

1944年5月，中国军队在滇西与缅北开始了战略反攻，一方面在印度蓝姆伽经过整训的新一军、新六军在孙立人、廖耀湘率领下，从缅北丛林发动进攻；另一方面，集结在怒江东岸的20万大军在卫立煌率领下，打响了滇西反攻战。不料，士气高昂的中国军队强渡怒江后，先后发动多次攻击松山却未能奏效。怒江峡谷，两岸山崖壁立千仞，一河江水奔腾湍急，地形险恶狭窄，参战部队人少攻击乏力，人众无法展开，关键日军占据松山有利地形，明碉暗堡火力交叉，且又居高临下，中国军队从任何一处攻击，都会受到日军多处火力围攻，伤亡十分惨重，开战仅仅一周，中国军队整营整团整师溃败，伤亡近万，但松山仍被日军牢牢控制。松山位于怒江西岸，海拔 2700 米，突兀壁立，形势险要，宛如天然要塞，紧扼怒江峡谷与滇缅公路，日军炮火可封锁怒江两岸几十平方公里范围，若不夺取这个桥头堡，大军无法渡江，弹药粮食无法运送，反攻滇西就是一句空话。

但日军松山地堡的坚固，设施的完备，火力的强大和守军的顽强还是远远超出人们的预想，早在滇西沦陷时，松山就因地形险要受到日军重视，他们调来专业工兵，又从缅甸征集大量民工，日夜施工，按照永久性作战需要构筑工事，十分坚固复杂，有的主堡分上下几层，就地砍伐松山合抱粗的巨松做棚盖，再用 30 毫米厚钢板置于上面，最外层还有装满沙石的汽油桶，上面又用土覆盖，里面各类设施齐备，弹药、粮库、水道一应俱备，坑道四通八达，宽阔得能开坦克。工事修好后，日军曾用重炮轰击试验，五百磅重的炸弹直接命中，工事却安然无恙。守备军队也是精心挑选，系日军精锐五十六师团、一个联队，配备火力强大的榴弹炮，轻重机枪和充足的弹药。1260

美国飞虎队阵亡将士

名士兵来自九州福冈，出身多为矿工，熟悉地下坑道，作战极为顽强。日军曾预计，松山阵地可以坚守 11 个月以上。

面临如此坚固的工事，尽管中国军队数量上占压倒优势，且有美军飞机反复轰炸支援，中国士兵英勇顽强摧毁了不少小型暗堡，也夺取了大垭口，阴登山、滚龙坡等四周阵地，但松山主峰主阵地子高地还在日军控制之下，迟迟不能拿下。在付出重大牺牲之后，攻击部队总结教训，采取地面佯攻，吸引日军火力，却秘密派遣工兵，挖掘地下坑道，直达敌军核心堡垒子高地的下面，安装当时最先进的烈性炸药。在 1944 年 8 月 20 日下午，中美高级指挥云集前线观战，只听一声令下，工兵营长亲自摇动起爆装置，随着一声沉闷的巨响，整个大地都颤抖起来，子高地腾起一股浓浓的烟柱，宣告了日军堡垒不能攻下神话的破产！

松山战役的惨烈空前绝后，中日双方血战近百天，全歼日军 1260 名，中国军队也付出沉重的代价，仅是阵亡人数便高达 7763 名，中国军队在血战中付出了众多年青宝贵的生命。松山战役的胜利成为整个滇西战役的转折点，松山桥头堡铲除后，滇缅公路畅通无阻，增援部队和大批弹药源源运往前线，

松山战役有 7763 名中国军人献出宝贵的生命

中国军队一鼓作气攻占龙陵，收复腾冲。滇西会战以中国军队获胜告终，1945年元月，远征军与从印度反攻一路血战胜利归来的新一军、新六军，在滇西芒友胜利会师，并隆重举行中印公路通车典礼，至此，中国人民艰苦卓绝的神圣抗战，终于显露出胜利的曙光。

遗址访谈

整整65年后，2010年3月20日，我来到当年松山血战的遗址，站在松山之巅，海拔表显示为2690公尺，脚下的山峰没有绵延逶迤，近乎垂直地俯瞰2000余米的谷底，奔腾的怒江，听不见吼声，唯见江水如练，沉沦谷底，惠通桥如同儿童积木沟通两岸，滇缅公路盘旋缠绕在群山怀抱。不需要望远镜，一切都在人的眼帘之中，没有军事知识的人都能想到日军只要在山峦隐蔽地方设置上炮兵，怒江两岸，公路群山便完全在炮火控制之下，且无法躲藏，难怪美军报纸称松山要塞为“滇缅路上的直布罗陀”。也难怪中国军队为夺取这座要塞付出那么惨痛的牺牲。

如今，60多年过去，当年被炮火轰炸的寸草不生的山坡，已长满碗口粗细的松树，我们请当地的护林员杨金满做向导。这位中年汉子，面孔黑瘦，精神矍铄，他就是当地的腊勐寨人。距松山主阵地不到三华里，就是我们刚路过的村子。当年全村凡完整的房子都被日军强占，他家的房子是卫生室，治疗伤兵用的。日军守备司令部就在村里，对全村男女严格控制，不准外出怕泄密，征用民工也只到山峰下面，上面全是日本兵。他从小就听父辈讲这些事，小时家家都在山上挖过炮弹壳卖废铁，当零花钱。他现在除了种地还护林，每月给20元，今年才涨到50元，我们给他100元，

作者在松山访问

纪念当年修筑滇缅公路的雕塑

他很高兴，带我们拨开蔓生的枝叶，只见长长短短的战壕，士兵掩体，明暗火力点和地堡，在漫山遍野的树林和没过人头的蒿草间延伸，蜿蜒曲折，密如蛛网，许多地方大小不一，有的如同房间，有的只能勉强藏人，也许多次带人参观，杨金满对这些坑道、掩体、暗堡已十分熟悉，他给我们介绍，日军从哪里往上输送炮弹，各种形体的坑道起什么作用，中国军队开始攻击的滚龙坡、大垭口、阴登山的位置。

最后，杨金满还带着我们拨开密密的松林，爬上了当年日军的核心阵地子高地，毕竟60年过去，子高地爆破坑没有预想的那么大，漏斗形状的两处土坑一大一小，每个有两间房子大小，如今蔓生着野草，绿莹莹的在阳光下显得生机勃勃，我们在坑边站立良久，恍然之间，炮火震天，硝烟弥漫，一排倒下去的中国军人，后边又潮水般涌上来端着刺刀的战士，似乎残酷的战争就发生在昨天，泥土中还散发着浓浓的血腥……

据说，松山要塞是整个牵动人类的第二次世界大战保存最完整的陆战遗址，战争的场景在任何一处坑道或明碉暗堡都可以复活和唤起记忆，它见证了那场战争的残酷和惨烈，见证了中国军人不怕牺牲，前赴后继的英勇和顽强，更见证了中国人民为了和平，为了子孙后代的安宁，不惧怕任何凶恶的敌人，松山战场应该是一处进行爱国主义教育的基地和课堂。

目前，松山战场已被列为龙陵县级文物保护单位。许多坑道和暗堡立有保护牌匾，历史不好假设，历史只提供教训，但愿我们能牢记教训，前事不忘，后事之师。

松山战场距我们并不遥远。

江孜古堡

江孜是西藏仅次于拉萨和日喀则的第三大城市，位于后藏雅鲁藏布江的脉流年楚河畔，是一块宽阔的河谷盆地，沃野相连，日照充分，最适宜种植青稞、油菜、蚕豆、豌豆、马铃薯等农作物。江孜历史上便有“西藏粮仓”的美誉。但使江孜英名远扬的却是发生在百年前的江孜保卫战。

上世纪初，英俄帝国趁晚清甲午战败，积贫积弱，先后把魔爪伸向西藏。由于与西藏相连的印度早沦为英帝的殖民地，利用这个跳板，1904 年，英国狂人荣赫鹏率英军入侵西藏，侵略者原以为依仗先进的武器装备占领拉萨不在话下，岂料却遭到西藏人民的坚决抵抗，其中最英勇无畏，也最惨烈的战斗便发生在江孜。江孜年楚河北有座宗山，宛如拉萨市区的红山，平地突兀，形势险要。早在数百年之前，当地贵族便利用山势修建法王宝殿，之后江孜宗（县）政府又数次修葺，坚如古堡，有“胜利顶峰，法王府顶”之称。这次正好被抗英军民利用，尽管武器落后，却士气高昂，前赴后继英勇杀敌誓死不退，用土制枪炮乃至放羊练就的远掷石块功夫，抵抗英军达两个月之久，使侵略者伤亡狼藉，不能前行一步。

最后，弹药库意外爆炸，弹尽粮绝且被切断水源，但坚守古堡的壮士无一屈服，全部英勇战死，最后几名勇士宁可跳崖也不投降，谱写了一曲英勇悲壮的爱国主义赞歌。

如今，江孜古堡修旧如旧，依然保持着当年风采，巍然屹立于年楚河畔，向人们讲述那段不可忘怀的故事。

国殇祭奠先烈

碧血千秋

深信，但凡中华儿女炎黄子孙，只要踏进滇西腾冲国殇墓园，莫不步履沉重，神情庄严，那松柏掩映的庭院，棱角齐整的台阶，引导着你，向那硕大无比的墓冢，宛如军阵般排列的先烈墓碑，深深地鞠下一躬。那镌刻在一面面石碑上的上等列兵、下士班长、上尉连长、少校营长乃至上校团长，少将师长……原本该是多少张充满朝气的面孔，生龙活虎的身影，孝敬父母的儿女，敢于担当的丈夫，为了捍卫国家的尊严，为了守护神圣不可侵犯的国土，更为了父老乡亲、妻子儿女不受蹂躏，在民族危亡的关键时刻，他们毫不犹豫，挺身而出，冒着敌人的炮火，英勇反击，喊哑了嗓子，杀红了眼睛，在弥漫着呛人的硝烟与血腥的战场，每一分钟都有英勇无畏的战士倒下，每一天人与人的命运都发生着巨大的颠倒，满是弹片瓦砾的废墟上横七竖八躺着与敌人同归于尽的战士，有的紧紧卡着敌人的咽喉，有的流尽最后一滴鲜血，还怒睁着双眼，保持射击的雄姿……真正的惊天地、泣鬼神，中华民族的优秀儿女用行动、用事实让侵略者看见和知道拥有五千年文明史的炎黄子孙绝不是软骨头，不是怕死鬼，知道什么是中国人的“舍生取义”，“壮士断腕”，“宁为玉碎，不为瓦全!”一幅幅浸透岁月沧桑的黑白照片，一件件浸染着血水与泪水的实物，使我们对那些英烈忠魂肃然起敬，长思不忘。也把我们带回到60多年前那场艰苦卓绝、气吞山河的民族战争。

边陲名城

腾冲位于云南西陲，与缅甸接壤，素有“极边第一城”的美誉，腾冲与桂林、福州纬度相同，本应炎热，却因地处云贵高原高黎贡山怀抱，所以气候温和，四季分明，却又能生长南亚水稻、香蕉、菠萝、甘蔗、烟叶等众多农作物与水果，物产丰饶，商业发达，亘古便是物资聚散之地，亦是西南丝绸之路的一座名城。绝大部分人不知道腾冲还是我国人口密度图的一个重要标点。1935 年，我国地理人口学家，中央大学地理学系教授胡焕庸在中国地图上划了一条斜线，从东北的边城爱辉到西南边城腾冲。西北人口占全国 6%，面积占 64%，东南人口占全国人口 94%，面积占 36%。这个推断可以追溯到历史的各个时期，也适用现在，这条地理人口线被誉为“胡焕庸线”，这也应该是腾冲的一个亮点。

腾冲在历史上便与南亚缅甸、印度、老挝等国家商贸交往频繁，是著名的侨乡，仅是和顺乡便有 2 万多人在东南亚经商。许多人致富后，晚年回乡，兴教办学，或送子女出国留学。早在清末，九保镇仅有 300 户人家，却有学堂两所，而且“实行强迫教育，青年男女无一不识字知书”，这在全国都属罕见。

1924 年，和顺乡华侨集资，创办“和顺图书馆”，倚山伴水，修建起一

中国乡村第一图书馆——和顺图书馆

组规模宏大，气势轩昂，包括庭院、花园、阅览、藏书在内的图书馆，藏书丰富，被誉为中国乡村第一图书馆。其实腾冲城南3公里的绮罗乡早在1919年便盖起两层楼房，馆舍独立的图书馆，优美的环境，浓郁的文脉，使得腾冲虽处边陲却人才辈出。仅是近代便有李根源，早年留学日本，追随孙中山参加同盟会，曾出任陕西省长，抗战时为云贵监察使，力主抗战，腾冲国殇公墓便是由他倡导修建，解放后任全国政协文史资料研究室副主任。被誉为“开辟中国哲学一个新时代”的哲学家艾思奇是和顺乡人，其父李曰垓曾被国学大师章太炎称为“滇南一枝笔”。哥哥李生庄创办《腾越日报》宣传抗日，发行海外，为抗日募集到大批资金。艾思奇创办的《大众哲学》曾风靡全国，影响了中国整整一代人。抗战期间，腾冲还出过抗日县长张问德，抗日教授寸树声，以身殉国的抗日师长寸性奇等，至于勇赴疆场，以死报国的腾冲儿女更是多不胜数。

抗日县长

腾冲抗日县长张问德

1942年5月，地处怒江以西的腾冲被日军占领，腾冲人民没有屈服，沦陷的两年零4个月里，在抗日县长张问德的领导下，同残暴的日军进行了不屈不挠的斗争。张问德系清末秀才，素以气节学问闻名乡里，腾冲沦陷，先被群众拥戴，后被云南省主席龙云任命为腾冲抗日政府县长。其时张问德已63岁，年过花甲，不顾年迈，就任当天即宣布施政大计：安定地方秩序，减轻民众痛苦，支援军队抗战，以期收复腾冲。之后，张问德领导全县26万民众与深入敌后的预二师官兵一起，一方面积极生产，坚壁清野，不让日军得到一颗粮食，在腾北山区挖洞储粮，分散屯谷以备日后腾冲反攻，全县供应军粮

830万斤，马粮210万斤，先后送3000名青年参军，至于承担向导、救护、担架、运输、工事任务的民工更是多达45000余人。另一方面开展游击战争，平均三天就有一次战斗，声东击西，灵活作战，打得日军缩进县城，没有士兵出动，不敢到腾冲任何一个乡村。

日军驻腾冲长官田岛万般无奈，派人致信张问德，邀请他参加谈话，以解决“双方民生困难”，接到信后，张问德彻夜不眠，奋笔疾书，写下洋洋千言的《答田岛书》，历数日军暴行，给无辜群众带来的各种痛苦：“父失其子，妻失其夫，居则无以遮蔽风雨，行则无以图得生活，啼饥号寒，坐以待毙”。重申腾冲人民决不屈服，纵有男尽女绝之忧，也抵抗到底，誓死不悔。全文大义凛然，气贯长虹，成为一篇伸张民族正气，严正声讨暴敌的檄文。当年的《中央日报》、《云南日报》、《大公报》等大报争相刊登，极大鼓舞了全国人民的抗战决心。张问德先生也得到国民政府表彰，被誉为“沦陷区五百多县长之人杰楷模，不愧富有正气之读书人”。

收复腾冲

1944年5月，中国远征军20万大军强渡怒江，拉开滇西大反攻的序幕，这其中，血战松山，强攻龙陵，收复腾冲，是最为惨烈悲壮的三大战役。腾冲古城系明代正统年间，就地取材，用坚硬的花岗巨石修筑，高两丈五尺，厚一丈八尺，周长七里，城墙四门各有雄伟壮观的城楼，阁楼守门，门扇包铁，历五百年风雨安然无恙。城内房舍也多砖石结构，城中心十字路口建有巍峨高大的文星楼俯瞰全城。城外为盆地，四周有来凤、飞凤、蜚凤、宝凤四山为自然屏障。尤其来凤山，五峰相连，峰顶远高于城池，为天然制高点。日军占领腾冲城后，便利用地形在城外四山构筑永久性工事，把腾冲城修建为一座坚固的堡垒。

面对顽敌坚城，中国远征军20集团军先后动用6个师的兵力，再加美军陈纳德的十四航空队飞机助战，从1944年6月打响腾冲之战，每日从早到晚，枪炮声喊杀声不绝于耳，战至7月中旬，我军相继攻克蜚凤、飞凤、宝凤，直逼腾冲城下，唯来凤山地形险要，日军筑有永久性工事，仅是反坦克战壕便有三道，遍布鹿砦和地雷群，中国远征军用一师兵力久攻不下，且伤亡巨大。由于来凤山居高临下，火力牢牢控制腾冲城，从任何一个方向攻城，都会被来凤山上炮火打退。因此，远征军司令部决定全力先攻来凤山，美国顾问亲临现场调来多架重型轰炸机，轮番轰炸，地面部队也集中大炮，把来凤山炸成一片火海，之后，三个师的步兵从四面齐攻，逐点清除明碉暗堡，历时 20 多天，以牺牲 3000 官兵的代价，全歼顽敌，才终于拿下制高点来凤山，至此腾冲全城都暴露在远征军的火炮之下。

之后，攻城战更为惨烈。尽管中国军队用重炮反复轰击，美军飞机频频助战，投下五百磅重型炸弹，炸开城墙缺口 60 余个，部队攻进城内，但凶残的日军早在城内构筑暗堡 300 余处，还把城内所有的民房、公署、机关、商店、庙宇都进行加固改造为军事工事，展开巷战，逐屋争夺，几乎每攻占一处堡垒，都要牺牲成班成排的战士，每天都有双方杀红了眼，同归于尽的事情发生，恶战整整进行了 50 多天，才全部清除城内所有敌堡，全歼守敌 6000 余人，俘虏 50 余人，缴获了所有的枪炮弹药，收复腾冲古城。

其时《大公报》记者在枪声平息一小时后进城，发现满街满巷的尸体叠垛起来无法掩埋，整个空气充满浓浓的血腥味与战争特有的古怪气息，全城分不清东西南北，看不出街道轮廓，整个腾冲城没有一间浑全的房子，腾冲不仅找不到几片好瓦，连青的树叶也一片无存，真切感受到每一寸土地都是烈士用鲜血、用生命搏斗得来的。

腾冲之战前后历时 130 天，中国远征军阵亡官兵高达 9618 人，其中阵亡将军两人，连、营、团军官 400 余人。腾冲之战的惨烈、悲壮在整个中国抗战史乃至世界二战史都极为罕见，腾冲古城的每一寸土地，每一处废墟，都

龙陵血战纪念广场

见证了中国军人的英勇和顽强，不怕牺牲和敢于牺牲，见证了中国人民抵御外侮的坚强决心和不屈精神。

祭奠先烈

1945 年初，曾担任陕西省省长、云贵监察使的李根源将军回到光复后的故乡腾冲，目睹已成废墟的千年古城，一方面安慰帮助解决战争中失去亲人的孤寡老人和儿童，一方面号召群众恢复生产，重建家园。此外，由于腾冲战役的悲壮惨烈，腾冲光复来之不易，腾冲在沦陷的两年中全县百姓备受日军迫害，男女老幼都至死不忘那些“丧失一切民族尊严，人人生命朝不保夕”度日如年的悲惨情景。各界群众自发要求建立公墓，捡收为解放腾冲牺牲的烈士遗骨。李根源顺应民意，取楚辞“国殇”篇名，亲题“国殇墓园”并四处奔走募捐，于 1945 年 7 月 7 日（取“七七事变”八周年纪念日）完工。

国殇墓园位于腾冲城外，叠水河畔，小团坡下，依山伴水，环境清幽。墓园占地 88 亩，采取中国传统建筑对称格局，山门、甬道、自然形成的台阶，最后直达公墓，坡顶则建有高达 10 米的抗日阵亡将士纪念塔，塔身四面分别有蒋介石、何应钦、陈诚、孙科、龙云、李根源及远征军将领卫立煌，霍揆彰、周福成等人的题字、挽诗、悼词。纪念碑下硕大无比的墓冢分为六个部分，代表着参战六个师官兵，安葬着仅仅收捡到的 3346 罐烈士骨灰，耸立着 3346 块墓碑，上面书写阵亡将士的姓名和军衔，其中也包括牺牲的美军援华人员，两面的碑石则整齐地刻着为光复腾冲牺牲的 9618 位烈士姓名，形同军阵，仍然守卫着华夏民族神圣不可侵犯的疆土。这是最震撼人心的去处，几乎每一位前来祭奠的游人，都会不由自主放轻脚步，只怕惊扰了地下的忠魂英灵；忍禁不住泪水长流，仿佛要洗净历史的屈辱，所有的人都会向这些

国殇墓园安葬着近万名抗日将士忠骨

腾冲战役阵亡将校名录

作者在腾冲国殇陵园

无畏的勇士和捐躯的先烈深深地鞠下一躬，再奉献上鲜花一束。

先烈墓园还有几通高大的石碑，镌刻腾冲乃至整个滇西战役的经过。最引人注目的是抗日县长张问德先生的塑像和他的《答田岛书》碑刻，先生怒目挥毫，面色庄严，活现一位爱国县长的风采。游人排着队一一与爱国抗日县长合影，表达着内心深深的崇敬。墓园一角还埋有几具日军尸骸，立有一碑，大书“倭冢”，昭示着侵略者的可耻下场！

深信，任何一位来到腾冲国殇墓园的中国人心情都不会平静，因为面临的是一处近万名中国军人用血肉忠骨铸就的陵园，这也是全国修建最早规模最大的抗日烈士陵园，早在 1997 年便被列为全国重点文物保护单位，也应该是最生动的青少年爱国主义教育基地，腾冲国殇公墓也是一部用鲜血写成的史书，这部史书不仅属于腾冲，属于中国，也属于全人类。

历史提供教训，历史绝不能被忘记。

大研古镇土司府

大研古镇

大研古镇就是鼎鼎大名的丽江，在我看来叫丽江过于奢华，有点虚幻，大研古镇则更能反映这座古镇的前世与今生。再是丽江之前为地区，现建制为市。管辖永胜、玉龙、宁蒗、华坪等县。人们感兴趣的丽江古城则是面积仅一平方公里的大研镇，因此说“镇”更为贴切。现在的资料介绍大研古镇始建于宋末元初，距今 800 多年历史，亦有始建于唐代的说法。

古镇位于沟通滇藏的茶马古道要冲，不管唐时的南诏王，还是宋代的大

大研镇一角

理国，都曾在此设置驿站，带动附近百姓开店设栈，形成街市。真正造就气象，委实在南宋末年，丽江一带历史上便是少数民族聚居之地，生活着彝、藏、纳西、傈僳、普米等少数民族。在清雍正时期，在云贵推行"改土归流"之前，历代王朝都采取"羁縻"方式，即封少数民族首领为宣抚司、安慰司一类官衔让其自治，也就是土司制。丽江一带的土司为纳西族木氏，其官署也叫土司衙门。

早年，木氏土司衙门在大研镇以北的白沙镇。南宋末年，木氏土司先祖发现现在大研镇的地形优越，风水极佳，正北对着玉龙雪山，银光闪烁，如屏展翼；所融雪水，一曰白水河，一曰黑水河，二水交汇，透迤而来，有水则润，水亦生风。再是，此处平地突兀一山，形同雄狮盘踞滇西高原，山下平地开阔，整个地形宛如巨砚，其南则有文笔山，堪称大砚巨笔，文脉昌盛，官运亦注定亨通。取名大砚厢，古文"砚"与"研"相同，故称大研厢。清时又称大研里，进入民国，称大研镇。在此筑镇，其山形水势正应古语：四塞若盆，收水如银，文脉财源，相得益彰，福荫后人，亦可子孙昌盛。

由此亦不难看出，木氏先祖的器局心胸委实了得。这也得益于其辖区地处当道，滇藏交融，回汉汇流，各类文化交流碰撞，但善于吸纳者，必然有

大研镇四方街上一早一晚都有纳西人跳欢乐的锅庄

容乃大，形成一方气候。大研古镇从营构伊始便利用地形筑河引水，由主河逐渐分离形同五指分开最终形成八道溪水，再因水筑街，以街构屋，类同苏州“君到姑苏见，人家共枕河”。街道随水就弯，始终与清亮洁净的溪水相伴，街随水行，路由桥通，且就地取材，一律青麻石板铺就，在月色细雨中闪着光亮。房舍则取藏羌之优，汉回之长，砖木结构，回廊平栏，天井小院，覆顶飞檐，木格窗棂，参差错落，家家流水，户户垂杨，在滇西北高原造就一座精致绝伦、古色古香的水乡古镇。

值得庆幸的是之后的数百年间，元、明、清及民国抗战，这儿因偏居一隅、远离战火，其间虽有地震、火灾、年久木朽，局部修葺，但就总体格局来讲，没有太多变化，仍保持着高原水城风貌。但在漫长的历史岁月中，古镇“养在深闺人未识”，直到上世纪八十年代，没有几个人知道丽江，其实也恰因没人知道，减少了人为的破坏，幸运才于上世纪九十年代降临，大研古镇一举被评为世界文化遗产，在全国都属首例。

此后，大研古镇即为丽江取代，红杏出墙，名声远扬，几乎每年都有600万不同国家、不同民族、不同肤色的红男绿女，背着行囊，拖着拉杆箱，风尘仆仆地涌向这里。滇西北长年晴朗的碧空被密集的航班打破，高原公路上奔驰着各种大巴，大研古镇上长长短短的街巷，大大小小的客栈、酒吧、茶铺、饭馆、四方街、百岁坊、纳西古乐、丽水金沙……莫不摩肩接踵，人头攒动。那些常年累月被紧张繁忙的工作环境，复杂险恶的人际关系，一路缩水的股票，不断上涨的房价，堵车、尾气、污染、噪音折腾得死去活来的男女，一脚踏上这被雪山拱围的古镇，一眼望见清澈的雪水流过人家，随风轻拂的柳枝掩映着石桥，石板铺就的街巷伸向幽深的梦中，活生生一幅“枯藤老树昏鸦，小桥流水人家，古道西风瘦马，断肠人在天涯”，这分明就是自己。心先醉了，一时间，心中的焦灼、忧患、恍惚都不翼而飞，惊讶得喘不过气来，想不到当今世界还有如此神奇美丽——能让心灵获得滋润和休憩的地方，真正世外桃源、香格里拉……

梦中故土

其实，这委实是国人的悲哀。中华大地，五千年文明，至少在上个世纪之初，大江南北，长城内外，白山黑水之间，周秦故土长安还遍布着多少个

滇边小镇商摊

大大小小难计其数的“丽江”，不讲漫长的历史岁月中，多少文人咏叹过的《小石潭记》、《岳阳楼记》、《滕王阁序》，“小楼一夜听春雨，小巷隔日卖杏花”，多少画家笔下的《千里江山图》、《清明上河图》，“小桥流水人家”，仅是近代“五四”以来的国学大家、文化名人蔡元培、胡适、鲁迅、郭沫若、茅盾、巴金、叶圣陶、沈从文、郁达夫、林语堂、冰心、梁实秋、戴望舒、闻一多、朱自清、朱先潜、俞平伯、王统照、许地山、沙汀、艾芜、孙犁、杨绛、萧红……他们留给我们最珍贵的文化遗产中，对故乡的怀念，对故土的记忆，几乎都是其著作中的精彩华章，多少代学子从中吸取过营养。“不必说碧绿的菜畦，光滑的石井栏，高大的皂荚树，紫红的桑葚；也不必说鸣蝉在树叶里长吟，肥胖的黄蜂伏在菜花上，轻捷的叫天子突然从草间直窜向云霄去了。”（鲁迅《从百草园到三味书屋》）“在南方每到秋天，总要想起陶然亭的芦花，钓鱼台的柳影，西山的虫唱，玉泉的月夜，谭柘寺的钟声。在北平即使不出门也罢，就是在皇城人海之中，租人家一椽破屋来住着，早上起来，泡一碗浓茶，向院子一坐，你也能看得到很高很高碧绿的天空，听得见青天下驯鸽的飞声。”（郁达夫《故都的秋》）这样的例子不用枚举，深信每个有读书阅历的人都能举出许多，更不用说，几乎各地都能总结也确实存在的类如“杭州十景”、“长安八景”，连在人们心目中空旷苍凉的西部也存在“不见祁连山上雪，错疑甘州是江南。”“天苍苍，野茫茫，风吹草低见牛羊”的壮阔美景。

笔者印象至深的是，上世纪五十年代末，受父亲冤案牵连，10 岁时由城市到陕南乡村，至今记得村里最显著的标志是一棵老楸树，树冠远远高出被绿树毛竹掩映的村落，引来无数的白鹭飞上飞下，村后不远就是逶迤的秦岭，流出的溪水分几条从村中无数道小石桥下穿越，清亮亮的，石桥边常有女人洗菜、洗衣，溪边草丛晒着花花绿绿的衣衫。村里有关帝庙、文昌庙和早年

大研镇街市

驿道留下的凉亭，最有吸引力的是村后的田野，树林笼罩着丘陵，还有溪水、池塘和大片的草地，全村的牛羊都在这一带放牧，大白天也有野狐、野兔以及拖着美丽长尾的野鸡。那是乡村孩子真正的乐园，我很快就有了伙伴，曾用一本小人书换得骑牛的权利，也曾在池塘里淹得够呛。这些曾给我从小受到伤害的心灵莫大的抚慰，半个多世纪过去，我在出版文集的后记中写到：若要追寻写作的动因，除了其他可以纳入的原因之外，应该说最主要最关键是缘于我10岁起就踏上的这片赖以为生的古老、深厚又丰饶美丽的土地。

遗憾的是，也是在这半个世纪之中，眼睁睁地看着在“炼钢铁”“破四旧”中，村里所有庙宇都已被拆毁，老楸树也被砍掉，村后秦岭开矿没有了溪水，2010年暴雨携带矿渣形成泥石流冲毁了大片良田，还险乎危及村人生命。改革开放的成就固然伟大，脱贫致富也完全应该，但切勿以破坏生态与环境为代价，要按中央说的可持续科学发展，不瞎折腾。深信，这不是个别现象。多少有识之士曾疾呼城市建设要防止“千城一面”，其实，连乡村都“千村一面”了。

在享受现代文明提供的种种方便时，不知不觉间，我们也丢失梦中的故土与乐园，于是，只好千里迢迢到遥远的滇西北高原去寻找梦中的故土，香格里拉……结果是滚滚人流带来滚滚商潮，苟利驱使不到10年，流水污染严重，火灾连年频发，联合国文化遗产委员会已向丽江发出黄牌警告。如果，这处最后的梦境消失，我们又将去何处寻梦呢？

土司木府

我倒以为大研镇值得人们关注研究一番的是大研镇上的土司木府，你想不到在这偏僻遥远的滇西北高原竟然会有这样一座规模恢弘、雄伟壮丽，充满王者之气的土司府第。回顾我去过的王府，沈阳张学良帅府，山西阎锡山故居，西安杨虎城公馆，都不可与之相比，俨然一座塞外紫禁城。连很见过世面的明代旅行家徐霞客都赞叹："宫室之丽，拟于王室。"

如前所述，大研镇起始于木府土司的搬迁，无土司府即无今日名播中外的丽江古城。可以说土司木府是大研历史的见证，亦是丽江古城文化的象征，它位于大研古镇西南角，占地 46 亩，近 28000 平方米，整座建筑严格按照中原儒家文化倡导的中庸平和，中轴线 369 米，整个建筑群落依据山形水势，坐西朝东，"迎旭日而得木气，"左有玉龙雪山，右有白虎山峦，背靠狮子山，整座府第居古镇制高点上，山环水绕，俯瞰全镇。四周则有高大的院墙拱围，园中建筑则按其功能分政务、祭祖、娱乐、生活等若干单元，分别精心设计，严谨实施。高耸大门之外的牌坊"栋梁斗拱，通体皆石，坚致精工，

土司府规模宏阔

土司府一角

无与敌者”，至今不失为国内石建筑的精品；政务区的主建筑议事厅仿故宫太极殿修建，端庄宽敞，气势恢弘，有西南金銮殿美誉；万卷楼是木府又一亮点，楼体宏大，向阳通风，藏书万卷，除儒家经典外，还珍藏汇集纳西文化精粹的千卷东巴经，百卷大藏经，滇中历代名士诗文书画；生活区中的土司议事之护法殿、举办歌舞宴乐的玉音楼等，覆顶飞檐，巧夺天工，素有“称甲滇西”之赞。整座木府堪称一座建筑艺术博览馆，取众家之长，保留唐宋原建筑的古朴大气，又有元明时代的时尚风韵。同时，又把滇西众多少数民族建筑的优长充分吸纳，府内石砌沟渠纵横，活水长流，充分利用地形把祭祖、祭天地的地方巧妙安排进府第背靠的狮子山古柏林深处，移栽云南各地名贵花木，吸收苏州园林经验，使人走进木府，名树古木随处可见，奇花异草随处可赏，把滇西山川的清雅之气与中原王宫的富丽堂皇巧妙组合，融为一体。在惊讶感叹之余，若非置身其中，怎么也不会相信，在这滇西北高原会有这样精致绝伦、美轮美奂的王府。

其实，跨进木府之前，耸立于府外木牌坊上大书的“天雨流芳”已告诉了我们全部的秘密，或者说真谛。“天语流芳”乃纳西语“读书去”的谐音，义虽简约，绝不简单。历代少数民族，人少势弱，且又地处偏远，在与中原王朝的长期较量磨合中，居安思危，常存敬畏。一方面要表现出恭顺，让中原王朝对自己放心，一方面又尽量吸收中原文化精髓使自己壮大。木府土司又处滇藏交汇要冲，历史上与藏人多次冲突。据金沙江畔石鼓镇碑文介绍，仅有明一代双方交战 60 余次，木氏曾炫耀有拱卫大明边陲之功。正是为这些磨擦冲突，使历代木氏土司不敢大意，心存敬畏，强调学习，高筑牌坊，每日常见，时时不忘，要求子孙“读书去”，修身齐家治国安天下，这也足以解释为何木氏家族占据区区边地，能够历经元、明、清三朝延续 22 代，470 年之久，超越了秦汉以降，任何一个中原王朝的寿命。

滇西木氏给我们留下的岂止是一座保存完好的土司王府。

纳西奇人

不止一位学人发现和论述我国少数民族注重建筑与服饰上的装饰，原因是地处偏远，精神孤寂，就十分注重生活情趣。而汉族农耕地区人烟稠密，生存压力增大，挤压了心灵精神空间，所以居家与穿戴装饰反不如少数民族那样浓郁热烈。在器乐歌谣、年节喜庆方面也是如此。偏远孤寂，刺激了交流和进入更广大世界的愿望。同时也注重自尊与自爱，一个不自尊自爱的人无法与人交往或被人接纳，一个民族亦然。这些特点或者说优长，不仅表现在纳西王者木氏家族，也表现在纳西族普通群众身上，比如大研古镇建镇之初，人工开挖，引玉龙雪水进入古镇，分成若干支流使得家家有饮用水、淘米、洗衣之便。之所以能保持 800 年之久而活水长流，是由于家家都遵守，人人都知晓，祖辈相传的乡规民约，比如纳西人规定：流经镇中渠水，早饭之前饮用、洗菜、淘米，午饭之后洗衣、洗灶具。生活污水则与粪便一起做为肥料施进农田，绝不与渠水混流。渠水经过一夜的净化，始终保持清水长流，不被污染，周而复始。全镇 6000 余户，3 万男女无不遵循，这显然是个

一方水土养一方人，此为洱海

自尊自爱也赢得世人尊重的民族。

纳西族民间还涌现出不少奇人，以倡导纳西古乐，受到多国元首称赞，已名扬中外的音乐奇才宣科不必去说，融汇丽江地区各族音乐表演精华的“丽水金沙”也不重复，我要介绍的是位纳西族文学奇才王丕震，记不得是参加哪次作代会，鲁院同学、时任云南省作协主席的黄尧说，云南丽江有个纳西族作家，出版的作品数量比巴尔扎克还多，是位奇才怪才。你们谁有兴趣可以去见识一下。

后来去丽江就想见这位纳西奇人，万没想到王丕震已去世，好在享年80岁，应算长寿。没见到王丕震，却见到一段介绍王丕震的文字：“王丕震创造了一个人62岁至80岁18年时间创作142部作品的奇迹，超过了法国作家巴尔扎克30年创作97部小说的世界纪录，成为古今中外传统手写文学作品最多、最快的作家；创造了百部长篇作品不打草稿不作修改，一气呵成的世界纪录；他写了中国上下五千年27位帝王、52位将相、25位才子、17位佳人以及5位现代名人，成为西南边陲一个少数民族作家以独特的眼光和手笔审视中华民族上百个风云人物功名成败和历史地位的作家。”

这就更让人震惊，人过三十不学艺，他却62岁才动笔，且是历史题材，不打草稿，一气呵成，史料怎么吃透、人物如何把握？如果草率成章，怎么台湾出版了74部，而且专门请史学教授把关，却找不出任何“硬伤”。又见报刊介绍，2009年中央文史出版社隆重推出《王丕震全集》共80卷，收入历史长篇127部，2500万字，码起来有2米多高。超过了我置于书架的《沈从文全集》27卷，《巴尔扎克全集》24卷，《郁达夫全集》12卷的总和。据说这还不是全部，还有15部长篇没有收入。18年间，全部手写，一天不停，平均每天5千字，不留底稿，一次写成，几部长篇手稿寄丢，硬凭记忆重新写出。最多的一年写作出版了18部长篇，一次寄出的手稿重达75公斤，创造了古今中外作家速度与

凡在小镇生存的人都必须有一手绝活

数量之最。天哪，这是怎样一位奇人。

62岁才写作，他之前干什么，做了哪些准备和积累？难道是位史学专家、大学教授学富五车？以至于下笔千言，立马可待。都不是，王丕震就是土生土长的纳西族大研镇人，祖辈读四书五经，系中国传统知识分子，祖父和父亲考取过秀才一类的功名，但均未入仕做官，就在当地古镇开馆办学，有深厚家学基础。

王丕震，1923年出生，5岁发蒙进学，读私塾10年，打下了坚实的国学基础，又进新学堂读高中，抗战爆发后，参军进炮校学习，在西南长官司令部任过上尉，解放后又考进四川大学学畜牧兽医，毕业后分配至云南农校任教。在上世纪五十年代“反右”和“肃反”中受到双重打击，被划为“右派”和“历史反革命”，进了监狱，一关就是24年。一生黄金时间都在牢狱和劳改中度过，待到平反，已到了60岁退休的年龄，回到故乡，想到愧对一生的父母、妻子和儿子，考虑到自己学过兽医，就办了养鸡场，只想挣钱善待家人，却以失败告终。

大研镇上的老人

之后，写小说且是历史小说纯属偶然，据说闲暇时听见人骂武则天，与王丕震了解掌握的武则天完全不同，但又不能与人争论吵架，那为何不写出来呢？于是首部长篇历史小说《则天女皇》就这样诞生，寄给春风文艺出版社后一炮打响，连续再版，收入不菲，至少比养鸡强啊。

于是，王丕震由此开始了长达 18 年的写作马拉松赛，一天也没有停笔，一刻也没有松劲，创造了中外文学史上的“王丕震现象”。看似复杂，梳理之后仍有迹可循，首先得益于一个热爱学习、不断进取的民族；一个有家学渊源、从小受到文化熏陶的家庭；历经新旧交替、江山易色、战争与牢狱磨炼的丰富阅历；再加个人的天赋、韧性与毅力，也就造就“王丕震现象”。如今，《王丕震全集》、王丕震故居，已成为丽江古城一个新的有文化内涵的亮点，亦为古镇增添一道新的风景。

滇藏古道叙茶马

马帮小史

我是茶山上的采茶人，茶山便是姑娘的家
一天压千个茶饼，一夜包百块砖茶
我的歌儿融在茶饼里，茶砖里裹上心里的话
山那边的赶马哥呵，你为什么还没有来到
快把你的马儿赶来哟，快来驮运姑娘的新茶
驮去我心头的歌，细品我心底的话……

这是流传在滇西北高原一首与马帮和茶叶相关的民歌，这一带上年纪的老人都还记得至少在上世纪五十年代，马帮还遍及三江流域、滇西北高原，每临黄昏，那些穿山越岭的古道，总传来赶马人的号子和一路丁当的马铃声，这会儿是古道边村寨最热闹的时候，夕阳给起伏的高原群山镀上壮丽的金辉，勾勒出明暗分明的线条；山风起了，一片清爽；接着便是愈来愈近的马帮铃声和赶马汉子喜悦又急躁的吆喝，远从普洱、景东过来驮着砖茶的马帮，要经中甸、德钦，再经巴安到遥远的拉萨。大研客店住满，束河就是必歇之地，想着灯火通明的货栈客店，有热气腾腾的饭菜，有让人馋涎欲滴的腊肉烧酒，甚而还有相好的许多女人，驮马也卸下驮货，悠闲地加足草料，在河滩草地上打滚解乏，镇上孩子跑前跑后看热闹……这一切都让赶马人兴奋不已，随着丁当震响的马铃声，放开嗓子，引吭高歌，赶马人的歌大多是一种无字的

山区马帮依旧

号子，不是在唱而是从胸腔沉闷地通过嗓门发出，总是“噢嗬嗬……噢嗬嗬……哎”，高亢响彻天际，悠长无止无境，渗透着一种彻骨的苍凉与悲怆。赶马人的号子不知在沟通滇藏的山道上响彻了多少个世纪。

追溯起来，早在秦汉，秦王朝所筑驰道，在关陇中原，宽达50米，在修筑沟通云贵西南时却只能修“五尺道”，并因云贵与青藏高原衔接，三江并流河谷深切，谷底与山顶动辄相差二三千米，纵是秦汉国力强盛也无可奈何，“五尺”也未必全能达标，滇藏之间的高山峡谷，上边是壁立千仞的山崖，下边是奔腾湍急的江水。在没有炸药和现代开山技术时，只能采用原始的“火烧水激”之法，即用柴薪烧烤岩石，再用冷水激酥，开出仅容一人一马通过的“单边道”，山间铃响马帮来，借助马铃告知对面的马帮在宽展处等候让路，避免“撞车”，这也是马帮需带马铃震响的原因。

尽管如此，人马通过难免心惊胆颤，稍有不慎，常有人马失足跌落深谷江水的惨剧发生。在这样的险途上行走，且莫说古代的牛车、马车难以通行，就是笨重的牛、驴都不好使用。牛笨且慢，驴小驮货少不划算。相比之下，马是唯一的选择，好在川藏云贵自古产马。马是人类最早驯化的役畜之一，美国学者爱尔德说：“大概马之被收养，最早是在中亚细亚，约七八千年之前。”云南曾发现原始马的化石，研究者命名为云南马。从出土的马骨看，公元前12世纪，云南就有驯养马出现，茶马古道必经的德钦墓葬中发现西周晚期的铜铃马饰，说明马的功用也被人类及早发现，从最早的食用到乘骑、游猎、农耕、运输、驮载、运动、娱乐等等。所以，在川藏云贵，马被作为驮载运输的首选，最终形成马帮。

一方水土养一方人，一方水土也养一方牲畜。大西南川滇云贵男女皆精悍婀娜。西南马个头不大，却身体强健灵活、耐粗食、能驮重，善走山路，聪慧识途，尤其是马和驴杂交的后代骡子，更能负重，吃苦耐劳，素为赶马人喜爱，马帮中大半为骡，带路的头骡往往要选最有经验、智慧、不怕惊吓、体形也高大的骡子担任，负责探路打头，一个马帮选好头骡至关重要，否则，遇“单边道”险途或渡江摇晃的铁索，头骡畏惧不前，整个马帮便会乱套。

马帮起于何时，多数学者认为不会晚于秦汉。早在战国时期，马的乘用、驮载已广泛应用。马帮可能会经历这样几个阶段，起初单家独户把自己的马用于负重、乘骑。有的商品需长途贩运，比如食盐、茶叶，只能结伙前行，开始可能临时聚散。随着商品交流的发展，规模扩大，路线增长，需数月才能往返，需要有经验丰富的专门人才，专业性马帮就逐渐产生了。还有这种情况，一些经验丰富的赶马人，有了积蓄，有了自己的驮马和雇佣马夫的能力，但自己没有商业，也不经商，又会从商会、商号的马帮中脱离出来，只承担运送货物的任务和环节，成为更加单纯和专业的马帮。

当年马帮经历的古镇

从滇藏古道马帮的情况来看，有资本雄厚的锅庄（商号），拥有自己的马帮，也有赶马人组织起来的单纯马帮，更有短途运货的临时性马帮，各种形式并存。但无论什么形式的马帮，都需要终年四季劳苦奔波，风餐露宿。赶马人都是因生活所迫的底层劳苦群众，要身强力壮，能够吃苦吃亏，服从马帮行规，才能成为“马脚子”即赶马人。

马帮有许多约定俗成的规矩，5 匹驮马为一把，8 把即 40 匹驮马为小帮，3 小帮即 120 匹驮马为大帮。再有“散帮”或“拼伙帮”。马帮必有马锅头，由最有经验和能力的赶马人担任，马锅头的起因是每个马帮都要带做饭用铜锣锅。我在云南古董摊上见过，扁圆形，一尺见方，下大上小，有盖、有耳，全是铜质的。用来焖米饭，这是马帮的主食，也可烧开水、炒菜。这个铜锅是整个马帮的“饭碗”，素为马帮看重，谁若不小心撞翻铜锅就犯了大忌，大家会担心这趟不顺利会丢饭碗。所以，铜锅必须由马锅头掌控，饭做好后由马锅头揭盖并给大家分饭，形成“同锅吃饭，坐地分钱”的行规。能够当上马锅头必须对沿途道路、险途、关隘、渡口都了如指掌；对各地特产、价格、包装、运资等商情十分清楚；与沿途客栈、商会、老板乃至土匪都有关系，能随机应变，对付各种意外；还要熟悉骡马脾性，预防瘟疫，通晓沿途民族语言、习俗，能打通关节等等，学问大了。那些经验丰富，才能出众的马锅头受人尊重，也为商家看重，争相聘请，有的大马锅头在整个茶马古道都享有盛誉，连打劫的土匪都敬畏三分。

马帮还按地域民族分为藏族马帮和靠近藏区的丽江纳西族马帮。这是因为滇藏之间由马帮踩踏出来的古道，路途遥远艰险，沿途雪山激流，人烟稀少，雪雨无常，气候恶劣，行程至少三个月，往返则需半年，人和驮马都必须适应藏区气候环境，身体强壮者才行。进藏马帮，每年来去一次，春季到思茅、普洱驮茶，之后沿中甸、巴安，过金沙江进入西藏，经林芝、工部到达拉萨，再驮载藏药、毛皮、氆氇等土产山货，秋后返回，冬季大雪封山即无法行走。走此路马帮多为藏族，马也多产于藏地，体形小而强壮，皮厚而毛长，能够御寒耐久。藏族马帮往往人强马壮，骡马最少百头以上，还有多至五六百头者，携带帐篷、酥油、武器与藏獒，形同一支武装。藏族马帮一般只到丽江，不进内地，主要气候、语言、习俗迥异，早年高寒藏区的人到内地多得天花不易治愈。但藏族马帮最为稳定可靠，每年必来，因为藏族群众“腥肉之食非茶不消，青稞之热非茶不解”，而藏区并不产茶，需要的茶叶数量相当巨大。马帮来川滇主要是运茶，这也是滇藏间的商道被称为“茶马古道”的原因。

一个曾赶马帮的老人

滇茶小史

中国是茶叶的故乡，是世界上最早发现茶、培育茶、饮用茶并创造了灿烂茶文化的国家。唐代陆羽所著中国首部茶叶专著《茶经》问世后，人们便以为茶叶自唐代方为人所知所用。这其实是误解，早在陆羽之前约800年前的西汉，王褒的散文《童约》中就出现“茶具”这样的字眼，并且提到如何汲水，如何煎用，如何储藏等。这表明茶叶很早就有饮用程序技巧，收藏茶具也到了十分讲究的地步。那么，由此推测，茶叶的发现与饮用不定远在三皇五帝之世，几乎与中国青铜器、陶瓷、中药材这些国粹同时诞生的呢。

陆羽说：“茶者，南方之佳木也，巴山峡川生焉。”意思是说，茶叶是南方生长的植物，诞生之地在巴山峡谷，之后沿汉水传入江南、沿海，这是有目共睹的事实。茶叶截止目前最北的生长线在淮河、秦岭以南的豫南、陕南、淮南。再往北，就见不到茶叶的踪影了。

其实，云贵高原也自古便是茶叶的故乡，且由于纬度偏南，海拔升高，

蝴蝶泉边茶姑云集

滇边小吃驰名古道

更适宜优质茶叶的生长。唐时《蛮书》中记载："茶出银生城界诸山。"银生指云南景谷至西双版纳一带。清代阮福在他的《普洱茶记》中写道："普洱茶名遍天下，味最酽，京师尤重之。"文学大家曹雪芹也在其大作《红楼梦》中多处写到大观园中饮品普洱茶。比如在61回中写道"林之孝家的又向袭人等笑着说：该闷些普洱茶喝。袭人、晴雯二人忙说：闷了一大缸子女儿茶，已经喝过两碗了。"说明普洱茶已经深入到京城达贵之家。另外还有了"女儿茶"的分类和讲究。云南普洱茶山有一棵"茶树王"，高近5米，树辐射达10米，树干直径近1.5米。经专家鉴定，这棵茶树王系人工栽培，已有800年树龄。近年，在云南深山又发现一棵野生老茶树，高达34米，经鉴定已有1700余年，可见云南茶树、茶叶、茶业历史的悠久。

历史上以普洱茶为代表的滇茶在云南各族群众生活中就占有重要地位。普洱一带有茶农家谱的可追溯到55代先祖即开始务茶、售茶，以茶为生。以茶交换各种生活必需品。《云南通志》中说，普洱一带山民"衣食仰给茶山"。在销往各地的茶叶中，经过滇藏茶马古道运往藏区的茶叶不仅数量最大，历史也最悠久。

那么，何为普洱茶？不仅如史书记载："普洱茶名重于天下，出普洱所属六山，周八百里，四山做茶者数十万人，茶客收买，运于各处。"如果仅仅是普洱所产的茶叶还不能算人们心中的普洱茶。还要经过一系列传统制作工艺，自然发酵和人工发酵，最后经过挤压加工成的团茶、砖茶，才能称其为普洱茶。其实，这也与历史上普洱茶远销京都、西藏、越南、老挝、缅甸，须经茶马古道长时间运输紧密相关。

首先，运往牧区的茶叶不可能是今日的所谓"名茶"，专门摘采嫩芽毛尖再精致加工，牧民长年食肉，无蔬菜水果补充维生素与帮助消化，必须借助茶叶，嫩芽毛尖营养不足亦不堪此重任，牧民更喜欢饱含茶多酚的精叶老茶。普洱茶种原本就是一种大叶种茶，恰符合此要求，另外，长途运输且为骡马驮运，对体积重量都有一定要求，所以必须挤压成团、成饼、成砖、成坨以便于运输。

古道悠远，路途艰辛，茶叶从滇西南茶区运到京都、滇西北，再辗转运至广大藏区、牧区乃至销往国外，少则数月，多则一年。在长期贮运过程中，茶叶历经冷热交替，湿寒更迭，海拔升高，会自然发生缓慢的发酵，茶叶外形由绿变褐，汤色则变得红艳，滋味则浓酽中带甘，无论口感汤色都更加受欢迎，尤其是牧民再配以酥油、食盐、调味品，成为酥油茶后更成为牧区牧民不可或缺的经典饮品。普洱茶也成为无法仿制，独树一帜，深受人们喜爱的名茶。

历史上，每当春茶上市，各路马帮都会汇聚普洱府，用马匹、药材、皮革、食盐及生活用品换购普洱茶，滇藏之间的销售量不断增加，每年销往西藏的普洱茶多达500万斤，一度取代了川茶的市场，也有力抵制了英印公司销往西藏的茶叶。如此规模滇茶能够走俏雪域高原，也委实得力于云南与西藏之间自古便存在一条——

沧桑古道

藏学家任乃强先生名著《羌族源流探索》中提出，滇西北高原，三江并流河谷曾是羌族先民北来的通道，费孝通先生也在其《中华民族多元一体格局》中指出，中国西部有两条民族经济文化交流的走廊，一是今天的宁夏、甘肃一带的黄河上游走廊，一是滇川藏地区六江流域走廊，人们形象地把前者称为“丝绸之路”，后者称为“茶马古道”。

可见，茶马古道历史十分久远，几乎可追溯至古代先民自然踩踏和自然发现的阶段。茶马古道的形成也得力于始于唐、盛于宋、延续至明清的茶马互市。《新唐书·陆羽传》中说“时回鹘人入朝，始驱马市茶”。表明早在唐时，中原王朝就开始了用茶和游牧民族吐蕃、回鹘易马的商贸活动。这样可以起到外安抚边民，内充实军力、驿力，活跃边贸的多重效果。所以历代中央政府都很重视，专设茶马司，配备熟悉情况的官员和通晓胡语的翻译任通司来加强管理。

在朝廷以茶易马的政策推动下，滇藏、川藏两条最重要的茶马古道不断得到延伸和拓展。这两条茶马古道也可以说是国内交通史上历史最悠久，路途最遥远，环境最艰苦的古道。它从海拔仅千余米的茶叶产地，一路跋山涉水，穿越雪山激流，一直攀登上海拔4000余米的雪域高原。从亚热带直到高寒地带，沿途人烟稀少，气候多变，地形复杂，多数情况下，要风餐露宿，靠火塘取暖度过寒夜，行走在这样的古道上，赶马人的艰辛难以备述。清代

古道名城大理

滇藏茶马古道

纳西族诗人牛焘曾作诗咏叹古道："传闻鸟道入蚕丛，中有雪山高插天，跬步咫尺人鬼异，踏雪行人九死还！"另有民谣："正二三，雪封山；四五六，淋得哭；七八九，稍好走；十冬腊，学狗爬。"稍加想象，就不难体味当年的赶马人行进在这样的古道上是何等艰苦卓绝。

然而，滇藏古道却从远古先民交融的自然通道，南北民族迁徙的走廊，到唐宋以后的茶马互市，经历数千年不弃不衰，不仅沟通商贸，交流茶马，维护多民族国家的完整与统一，还积淀了一份厚重的茶马文化，各民族马帮约定的行规与禁忌，观念和思维，风俗与宗教，伦理与经验，无论苦累盈亏永不言弃，不畏艰难险阻只讲进取，面临各种灾难共同承担，打破各种界限互利互惠，代代相传，维系和保障了赶马人和马帮的利益，流动的马帮带动了沿途村镇经济的兴旺和发展，马帮与赶马人在漫长的岁月漫长的古道上留下许多脍炙人口的民歌、民谣、传说和故事。滇藏古道上的狗碑，记载的就是一件曾经发生过的真实故事。

清末，一支有百匹藏马和藏族汉子的马帮在普洱驮足了茶返藏途中遭暴雨险些迷路，幸亏一条多次奔波于滇藏之间的藏獒识途带路，赶到了当晚应宿的站口霍家垭口，这儿有家专为来往马帮打马掌的铁匠铺，与马锅头十分熟悉，当晚置酒洗尘，宾主尽欢，次日马帮上路，已翻了几座大山，中途休息打尖（临时性充饥）时，马锅头才发现装着银元的钱袋不见了，再一细察，藏獒也不见了。钱袋不见，不知丢哪，路已行远，无法寻找，只能自认倒霉，藏獒不见，也许寻找猎物，晚上就能跟上，这是常有的事，但直到进入到西藏，藏獒也没出现。

第二年，这支马帮又途经霍家垭口时，一个拉肚子的马夫在丛林中方便，突然惊着一边叫马锅头，一边往回跑，大家走进丛林一看，一处隐蔽的石崖下，爬在石上的正是去年走失的藏獒。它早已死去，尸骨腐烂，头却朝着回家的方向。马锅头十分悲伤准备掩埋藏獒，却发现狗肚下压着什么，一看正是去年丢失的钱袋，这只聪明忠实的藏獒就这么用生命守护着主人的财产，它相信主人一定会回来……茶马古道，正是由充满智慧的马锅头，吃苦耐劳的马脚子，强健善走的骡马以及忠诚的藏獒，才创造了历经千年的辉煌。

马帮多用西南马

五彩河谷

九月的拉萨河谷，正是收获青稞的季节，整个川道到处都是收割、运输、碾打的忙碌景象。我注意到这儿的农村已经实现了机械或半机械化，成熟的青稞几乎和内地的小麦一样丰茂厚实，割倒的青稞铺满了田块，男女都在收割或扎捆，拖拉机忙着运输，每家门口的水泥场地便是禾场，有脱粒机在工作，金黄的麦粒从机仓口喷出，在阳光下像一道彩虹，配着藏族男女五彩的服饰，活脱脱一幅藏区农村丰收图。

并非所有的河谷都能开垦种植庄稼，拉萨河从米拉山发源，蜿蜒奔流数百公里，催红生绿，滋润了一片片青草丰美的牧场；积淀起一块块平坦可耕的沃野；有的地段却十分狭窄，两边是起伏的山岭，在安顿下拉萨河与川藏公路之后，就再也没有可以放牧和耕种的地方了。但似乎并不是什么坏事，这些河道往往十分开阔，水道只占一半或三分之一，余下的地方则成为沼泽湿地，长满芦苇和水草，吸引着黑颈鹤、白天鹅、野鸭子、斑头雁栖息觅食，它们优美的身姿与河水、芦苇、浮萍、云团一起构成一段段五彩斑斓的河谷，美不胜收，同样让人赏心悦目。

旅·途·小·憩

卷七 雪域风物风情录

看牧民套羊

看喇嘛跳锅庄

旋转的经轮

雪域草原异兽

雪域草原珍禽

庙会·歌舞·藏戏

藏寨·碉楼·民居

寺庙·喇嘛·供养人

看牧民套羊

一

茫茫草原，辽阔无垠，没有了城市的喧嚣、车流的轰鸣与人头的攒动，有的是被水洗过了一般的蓝天，大团大团洁白的云朵，起伏的青山与蜿蜒的绿水，以及天边一座牧民帐篷飘升起的袅袅炊烟。有炊烟的地方一定有放牧的牧民，在你睁大眼睛，四下搜寻远眺时，终于发现在那如云朵般缓缓移动的羊群之中，伫立着一个牧人，看不清他的面孔，却能看见他戴的毡帽和穿的藏袍，即便在盛夏，毡帽和藏袍对牧民也不可或缺，因为不定一团乌云飘来便会带来雨雪乃至冰雹，我曾亲眼目睹牧人在雨中草原纹丝不动，事实上也没有任何树木或岩洞可供躲避，毡帽藏袍就正好发挥作用。

我还在草原看见过踽踽独行的牧人，独自骑着匹马，与我们的汽车擦肩而过，几十里不见人烟，我不知道那消失在地平线上的牧人要去哪里，晚上在哪歇息。我还曾目睹两个相对走来的藏民，本来隔得很远，绕很长一段路走在一起，互相很亲密地说阵话，递上支烟，吸完又都满意地走开。

青海省文联主席，曾任过格尔木市委书记的樊光明告诉我，他当县委书记时，一天骑马只能见到三户牧民。他在一户牧民家的帐篷中，见到一堆羊毛在蠕动，不想钻出来三四个一丝不挂的孩子。大冬天，孩子怎么能没衣服穿呢？同行的乡长说这家有钱，手一伸就从帐篷角抓出个挎包，一倒几大捆足有上 10 万元，乡长马上取了一沓安排给孩子买棉衣。之后，他去这个乡任何一家牧民家，牧民都知道了这件事，县委书记不让把钱放在包里，要给孩子买棉衣。原来，牧民见面后就说起这个信息。草原上的信息就是这么传递的。

森林，湖泊，草原，是牧民永恒的家园

在川甘交界的郎木寺，每年农历6月都有盛大的庙会，方圆数百公里的牧民都会赶来，除寺庙固定的法会，还要举办赛马、叼羊、跳锅庄等活动。但那年我们去的时候，正好下雨，密密的雨帘笼罩了草原，笼罩了整个大峡谷和郎木寺镇，地上满是泥泞积水，但为参加赛马的藏族小伙却拉着披挂一新的赛马站在雨中不肯离去，还有许多盛妆的藏族姑娘拥挤在小镇的屋檐下，表情平静，对讨厌的天气没有指责，没有抱怨，似乎来到镇上看见这如流的人群已经非常满足。

二

多次的草原之行使我领悟草原由于辽阔，地广人稀，牧民寂寞，内心渴望交流聚会，也非常珍视交流与聚会，毕竟人是要和人呆在一起的。日后，在目睹一位藏族小伙套羊后更加证实了这些想法。

那天，离开黄河第一曲后，继续进发，日近中午，我们的捷达在草原孤独地奔驰，突然远方出现了几个黑点，由远而近，旋风般到了跟前，两个藏族汉子，面孔黧黑，形态剽悍，骑着高头大马，人马都精气神十足，冒着热气，两个藏族人看着我们奔驰的汽车，友好天真地笑笑，露出一口白牙，接着两腿一夹，抖动缰绳，马在公路边的草原上飞奔起来，似乎要与我们比赛。我们也乐了，索性跟这两个藏族汉子闹着玩一下，司机一踩油门，汽车提速飞驰起来，藏族汉子发现车速快了，于是也飞扬起马鞭，抽着马屁股，两匹

大草原上牛羊布野

马简直像两团火焰在眼前晃动，盛夏正是水草丰美时节，两匹马肥壮得淌油，浑身的劲往外冒，越跑越起劲，越跑越快，而草原上沙石路，汽车却跑不起来，几次都被马甩在后边。幸而，爬上一面山坡后，两匹马速度减了下来，两个藏族汉子骑在马上手搭眉梢四下张望，好像在寻找什么，找什么呢？我们车上了山坡后发现，山坡那边是愈加广阔的一片草原，几户牧民的帐篷星罗棋布，大群的牛羊像黑白两色的珍珠散落在草原，骑马放牧的藏民则悠闲地坐在马上照看着自家的牛羊。

三

“噢呵呵……”

两位藏族汉子立马山梁，用手在嘴边做喇叭状，朝着草原大声呼唤。随即山下的牧场便有了应答，原来这两位藏民是来会牧民朋友的。他们立即纵马旋风般跑下山去，那边也有位牧人骑马迎上来，三人三骑到了一块，不仅人亲热地说话，互相递着香烟，连几匹马都扬蹄甩尾，表示着友好。

突然，那位草原牧人纵马离开，冲向一片羊群，从马背上摸出一根绳索，在空中划出个半圆，向羊群甩去，原来这位藏族小伙子要套羊，这顿时让人兴趣高涨，我端起一路都备好的相机，用长焦拉近场景，只见这位藏族汉子藏袍围在腰间，单穿着黑色上衣，脖子上挂着一串桔黄色的松耳石串起的项链，古铜色的面孔棱角分明，骑着一匹黑色骏马，十分剽悍。他甩出的绳索，不偏不倚，正好套着一只褐色绵羊脖颈，用力一拉，绵羊便脱离羊群，在草地上挣扎，当然一切挣扎都是徒劳。藏族汉子冲过去，俯下身去，一把就把那只有七八十斤的肥羊揽在怀中放上了马背。然后，他不无得意地对那两位来找他的藏民招着手，三人一起纵马朝飘着炊烟的帐篷驰去。

四

下来的情景，我曾在大草原见过，只要有亲友登门，牧民肯定会套上一只肥羊放在帐篷前的草地上。草原牧民天生是宰羊能手，宰羊对他们来说是

套羊的藏族小伙

家常便饭，小事一桩，只见那位牧民掏出雪亮的匕首，直刺羊的心脏，然后放血、剥皮、开膛、掏尽内脏，再把切割的大块带血的羊肉放进锅中，前后不过 10 分钟，一切都干净利索，简洁扼要，绝不拖拉，没有任何多余动作，看得人眼花缭乱，不由叫绝。

我还有幸在川藏线经过的塔公草原目睹过一次藏民宰牛，也惊心动魄，让人难忘。那大约是一只上年纪的牦牛，体型高大，满身长毛，只是有些瘦削和憔悴，显然老了，可竖起一对大犄角依然威风。那位藏民把牛牵过来，抱着牛头，像似抚摸又像似念经文，嘴里喃喃自语，说了一阵。突然之间，趁牛不注意从腰间拔出一把锋利的藏刀，一下割断牛脖子上的气管，骤然的疼痛刺激了牦牛，一下挣扎起来，四蹄撑地，身体扭动，尾巴不停地甩动，一头牦牛再老再病也是牛呀，俗语说要牛劲、耍牛脾气，那是多大的力量，但你简直想不到，那个壮实的藏民，脱掉一只袖子的粗壮胳臂死死地搂定牛头，纹丝不动，硬是把一头牛制服，他的妻子拿出一只大盆，接在牛头下，随着哗哗流出的血水，牛渐渐地无力挣扎，最终轰然倒在了地下。藏民宰偌大一头牛如此利落，何况一只羊。

草原海拔高，水沸点低，一般七八十度就会开锅，只要翻上几滚，便可伸手抓住腿骨捞出带着血水却鲜嫩无比的羊肉，蘸着盐末、胡椒粉、辣面调料，来大享口福，往往是几个藏家小伙，围着汤锅，搬出整箱啤酒，边吃边喝，直要闹腾到夜色降临，再燃起篝火，人若要多，不定还要跳起锅庄，唱起歌儿，欢乐尽兴地度过这草原上难得的聚会。

草原帐篷中的牧民

洛桑一家

洛桑全名叫洛桑欧珠，家住西藏曲水县达嘎乡达嘎村。318国道从达嘎村经过，我是在路边拍摄照片时认识洛桑的，他瘦高个儿，30岁左右，十分精干，我拍摄的藏族特色鲜明的民居正好是他盖的新房。“拍出来好漂亮”，他一脸惊喜，露出满口白牙，让人挺喜欢这个藏族小伙。“修房子花了多少钱?”“十几万吧。”洛桑告诉我，村里修房每家半亩地不用花钱，材料要买，工匠可以相互换工，再是国家补助，花钱就省了。“再省也得花呀，平时靠什么挣钱?”“种庄稼。”洛桑说他有七亩地，种青稞也种油菜和洋芋，粮够吃还有卖的，再是跑运输，往拉萨、日喀则送货……

这就是川藏线的功劳了，这条318国道东起上海，西与尼泊尔相接，全长5400公里，是我国最长的东西大动脉，其中2400公里便是鼎鼎大名的川藏线，因穿越多种地形，多个气候带，风光壮美、植物丰富被誉为我国的景观大道，也给洛桑这样沿线各族群众提供了致富门路。公路两边乡村的房子都很漂亮，一式的藏式二层小楼，一样开阔整洁的庭院，不少还开办了“藏家乐”吸引游客。

“可以到家里看看吗?”洛桑迟疑了一下说：“那可别笑话。”他带我迈进藏式门楼，先是一片天井，种着树还有花。进了房子，是宽敞的客厅，藏式装修，十分华丽，供奉着菩萨与班禅，悬挂着唐卡和哈达，干净整洁。洛桑的媳妇抱着孩子，我问多大，洛桑说大孩子9岁上学去了，这是小女儿刚刚满月，我说可以给他们照张“全家福”，他们连声说好，一家三口，连孩子都笑得十分甜蜜。

看喇嘛跳锅庄

一

桑科大草原属甘南藏族自治州，与青海相邻，是镶嵌在青藏高原边缘的一颗明珠。从雪域融化的溪水汇聚为蜿蜒如玉带的夏河和一片片明镜般的湖泊，每当夏秋，这片水草丰美的草原绿浪接天，野花盛开，大群的红颈鹤、黑颈鹤、斑头雁飞临这里，聚会水边，筑起爱巢，翩翩起舞，每当晨昏啼鸣

喇嘛听讲

声此起彼伏。它们在这片水草丰美的乐园交配、产卵、孵化幼雏。待到秋末冬初才带着羽翼渐丰的儿女去南方越冬。野兔、草鼠、狐狸、旱獭也昼伏夜出，寻觅食物和配偶，整个草原一改冬春的枯黄萧索，变得丰富多采又生机勃勃。

牧民也把桑科草原选择为夏秋季节的牧场，赶着牛羊从四面八方涌来。一时间，举目远眺，只见大草原上，帐篷点点，炊烟袅袅，不时有牧民骑着骏马驰骋，还有运送物资的驼队商店，骑着摩托的旅游者。散落在草原上黑色的牦牛和白色的羊群低头啃草，一派“天苍苍，野茫茫，风吹草低见牛羊”的壮美风光。

桑科草原距拉卜楞寺很近，同属夏河县，拉卜楞寺作为藏传佛教的六大寺院之一，坐落于县城近郊的夏河谷地，始建于清康熙年间，有 300 多年历史，经历代扩建，规模十分宏大，占地 1300 多亩，仅是喇嘛居住的小四合院便有 500 多院。设有六大经院，鳞次栉比，依山而筑，巍峨庄严，气象宏大，朝拜进香的信教群众和友邻寺院的喇嘛，中外游客，络绎不绝，构成浓郁的宗教氛围，素有“小西藏”之称。

二

拉卜楞寺每年都要举办若干次法会，辩经、晒佛、演藏戏、酥油灯展，届时方圆数百公里的藏民便会用牦牛驮着帐篷，赶着牛羊骑着骏马，在桑科草原搭起的帐篷星罗棋布，蔚然壮观，俨然一座帐篷城，白天举办叼羊、赛马等游乐活动，夜晚篝火连片，歌声此起彼伏，一直要闹腾到深夜方才罢休。

早年，这仅是寺庙及民间自发搞起的活动，约定俗成，农牧民也认可，几百年沿袭下来。近年，随着经济活跌、旅游升温，政府也加入进来，利用群众集会，开展旅游活动，推荐旅游线路，加大宣传力度，媒体、网络、电视都对甘南草原的香巴拉节广泛介绍。甘南草原离兰州约 300 公里，处于兰州至成都的 213 国道之间，交通便捷，我们就是看到广告后去的。

那年，我们一行 10 位搞摄影的同行包租一辆依维柯去桑科草原，一位曾在夏河当过武装部长的老乡，退休后在桑科草原办起帐篷宾馆，听说我们来后十分热情，执意邀请大家前往。晚上，安排在帐篷宾馆吃藏餐。老乡说，原本一桌两千元，你们就减半付一千元吧。我们一行 10 位搞摄影的都属自

职业僧人

费，有的感到一餐百元太贵，但也不好再说什么。没想到，最先上来的是一大桶青稞酒，又涌进10位漂亮的藏族姑娘，个个苗条秀气，20岁上下，一位姑娘陪我们一个人，唱歌饮酒，一首歌一碗青稞酒，还没开席就醉倒2人。接着是全套藏餐，什么红烧牛尾、清炖羊杂、藏式香肠、烤羊肉串、油炸羊排、爆炒羊肝，一道道菜都做得味美精致。末了，又上来一只烤全羊，通体焦黄明亮鲜嫩无比，仅看一眼便让人馋涎欲滴，一个个吃得酒足饭饱。那晚，都说当了回皇帝，五千元都值。这甘南之行，大家算是领略了浓郁的藏家草原风情，原本已十分尽兴，但没想到，离开桑科草原时，却看到更为精彩的一幕——喇嘛跳锅庄。

三

汽车沿着桑科草原的沙石道路行驶之间，突然发现一侧山峦盆地有许多红色斑点在舞动，大家深感好奇，于是弃车前往探视，翻越一道山峦，只见一大片丰美平整的草原呈现在眼前，众多的喇嘛，足足有40多人正围成一个巨大的圆圈，这些喇嘛全都年青英俊，身着崭新的紫红袈裟，在浓绿滴翠的草原上，灿烂的朝阳照耀之下，分外新鲜醒目。

我们一时还弄不清这些喇嘛在干什么？但估计是和做法事相关，是特意组织排练或预演的，只见由十个喇嘛组成的乐队，吹奏着长达几米，拖在地上的大法号，声音低沉悲壮震颤大地，腿骨号古朴粗犷，声音尖利鸣啸，金唢呐擦得金黄发亮一尘不染，音量充足热烈，再是几面硕大的羊皮鼓，几个挽着袖子的精壮喇嘛敲打起来，鼓声远播震人耳膜。这组法事乐器在蓝天白云之下，广袤草原怀抱，演奏起来，有种粗犷热烈的豪迈，给人天籁之感。随着乐器响起，先是两个喇嘛，跳起锅庄，甩动着紫红袈裟，舞动着粗壮的双臂，双腿弹跳着，绕着圈跳，接着是四个喇嘛跳起来，六个喇嘛、八个喇嘛……直到全场除了乐队之外，所有的喇嘛都加入了跳锅庄的行列，只见袈裟舞动，像滚滚红浪，脚步腾挪，胳臂舞动，一个个壮汉拼足了力气，一颗颗光头在阳光下闪耀，真有点像进入五百罗汉阵那种感觉。

佛家天地

四

我曾在西宁塔尔寺见到过近百僧人在一块举行辩经，在执法僧人点过名后，他把各个班次的喇嘛召到面前，对他们进行考查和指导，然后开始辩论。两人一组，一坐一站、一问一答。在进行答辩当中，还跨步、击掌、忽站忽立、忽高忽低，做出各种动作，加上忽大忽小、忽长忽短的叫喊来加强辩经的气势和色彩，增加力度和效果，整个辩经会场都非常活跃，引人入胜，让围观的人久久不愿离去。

但那毕竟是辩经，有一定的程序和规范，一般都在寺庙的广场上举行，参加者皆为僧人，围观者也多为信教群众，可视为一种热烈的研讨会。眼前这群喇嘛大跳锅庄，且在这广阔的草原上，天广地阔、无拘无束，无边的草原就是舞台，蓝天白云就是观众，金色的朝阳沐浴着喇嘛们鲜艳的袈裟，徐徐的清风吹拂着喇嘛年青的脸庞。

我推测这些跳锅庄的喇嘛是从整个大寺院众多的僧人中挑选出来，全都是英俊年青的小伙，身材高大，脸庞清秀，棱角分明，脸色在高原烈日灼晒下显得黑红，反而愈显健康，牙齿却是一律洁白。这真是个奇迹，只能归结于高原的恩赐，这群喇嘛也许在寺院清规戒律下生活，久静思动，需要活动

进入佛门有长长的路要走

年青的肢体和释放过剩的精力，跳起锅庄舞蹈，全都十分投入，十分出色。其中一个动作，双脚腾空跳起竟达两米多高，紫红的袈裟被风扇动，恰似雄鹰展翅，双脚落地时，掷地有声，整齐划一，好比猛虎下山，让人看着精神都为之一振。

说真的，我们还真没见过如此出色，如此粗犷，如此真切，如此投入，又如此打动人心的锅庄舞蹈。何况，表演者是一群年青英俊的喇嘛，舞台是镶嵌在青藏边缘的那颗明珠——辽阔广袤的桑科草原。

帕拉庄园

上世纪五十年代之前，西藏尚属封建农奴社会，财富绝大部分被寺院、政府及不到200户贵族的三大领主拥有。在江孜年楚河畔还完整地保留着一座西藏贵族的庄园，可以让人们依稀感受到西藏的过去。江孜由于地形开阔、土地肥沃，且处于拉萨与日喀则之间，又临去尼泊尔与印度的商贸大道，素受贵族青睐，他们纷纷在此购置土地，最盛时期竟有42户贵族庄园屹立于江孜原野。

现在保留的这座庄园属帕拉家族，其先祖系不丹部落酋长，因不丹动乱进入西藏，凭借传承已久的权术和财富进入了西藏上层社会。先后有四人出任过西藏地方政府的噶伦（相当于副省级官员），家族财富最盛时期拥有庄园22座，牧场6个，农田8600亩，大小牲畜14250头，从事各类生产的郎生（农奴）2440名。现存的这座庄园只是其中之一，因主人参与1959年叛乱并逃亡印度，依据政策，这座庄园被政府没收得以完整保存。如今，帕拉庄园作为展馆被推荐为旅游景点。人们迈进这座占地5000多平米，57间房舍，包括议事厅、会客厅、娱乐厅、卧室、经堂、餐厅，还有一座林卡（花园）的庞大建筑群落，那些完全按照主人日常生活的陈设，华丽的经堂、鎏金的佛像、虎豹皮、鹿角、藏地名产、各种洋酒、外国酒器、进口餐具、英式留声机、德产照相机、钟表、足球，再加主人西装革履，留着分头，在民国政府首府南京所拍洋气十足的照片，一一展示着帕拉庄园的过去。

就是这位主人，也就在这座庄园曾经上演了一桩被记载进多种史料的

"艳史"，庄园主人本来已迁居拉萨，并按照贵族家规与哥哥共娶了一位同样出生于贵族家族的女子为妻，但他却不满意这桩婚姻，不是指"一妻多夫"这种模式本身，而是对"妻子"不满意。于是返回帕拉庄园。这期间，他看上了负责酿酒的家奴的女儿，并与之同居。因地位身份悬殊，会失掉脸面，这在西藏贵族是绝对不允许的事情。最终，庄园主人迫于各方压力，又回到拉萨，回到他生活的贵族世界。如今，看着那些陈列的日常用品，正在娱乐的麻将，开启的酒瓶……真像走进上个世纪雪域高原贵族世家，仿佛主人刚刚离去……窗外，阳光灿烂，已换了人间。

旅·途·小·憩

旋转的经轮

一

只要进入藏区，不管何时何地，最常见的便是藏民手中的经轮，只要没有放牧、挤奶、捡牛粪、剪羊毛、打酥油茶，双手空闲下来，那么握在手中的注定是一把经轮，注定在不停地旋转。

经轮很精致，多为铜质或铁质镀铜，外表金光灿烂。上面雕镂着许多与佛教相关的花纹或鸟兽，经轮装有光滑的木柄，柄与轮中空，便于旋转。经轮有大有小，一般通高半尺左右，可装在藏袍衣兜，以便随时拿出旋转，还有一种通高超过 2 尺，身上斜背一个布袋，经轮的长柄插进布袋中，负担着重量，手只要摇动经轮即可旋转。这种可以拿在手中旋转的经轮，我猜想是寺庙巨大的转经筒的袖珍版本。

藏区任何一座寺院除了佛殿经堂，就是安装着经筒的长廊，塔尔寺的经

清晨旋转经轮

结伴而行

筒高可盈丈，拉卜楞寺的经筒长廊长得没有尽头，郎木寺的经筒长廊就设在寺外，布达拉宫的经筒长廊盘旋着绕上红山，可供信徒昼夜旋转。不管是经筒，还是经轮，信仰佛教的人旋转着表示不停地在念经，对佛无比虔诚，不信仰佛教的人看着好玩，买经轮拿回去留念，事实上藏区旅游点上出售的纪念品中，最多最引人注目，也最受游客欢迎的便是经轮，几次进入藏区，我就大大小小购回了几个经轮。

二

只有进入藏区，才能对藏族同胞对佛教虔诚有了解和体味。佛教于公元前沿丝绸之路传入中国内地，佛教传进西藏是在唐代。藏族的祖先为吐蕃人，他们杰出的首领松赞干布崛起于西藏山南地区，势力壮大后统一全藏，当时西藏盛行一种土著苯教。松赞干布迎娶的唐文成公主和尼泊尔赤尊公主都信仰佛教，受此影响，松赞干布下令在西藏推行佛教，期间虽遭遇苯教抵制，并在松赞干布离世后有过反复，但佛教在普及过程中，结合当地情况，吸收了苯教合理的成分，逐渐为藏民接受，且所有经文法书均用藏文记录，成为

边转边读

边走边看

有地域特征的藏传佛教。由于西藏僧人被称为喇嘛，所以内地也把藏传佛教称喇嘛教，其庙宇称喇嘛庙。但有学者认为这样称呼不科学，犹如汉族地区把僧侣称和尚，但没有人把佛教称和尚教，把寺庙称和尚庙。所以还是应称藏传佛教和藏传佛教寺庙，或与内地一样统称佛教和佛教寺庙，这也是对藏族同胞信仰的尊重。

佛教在整个藏区，包括青藏高原和云南、四川西北、甘肃南部以及内外蒙古的广大地区传播千年之久，为藏族、裕固族、蒙古族广大群众接受和信仰。建国初期，解放军进藏时，西北和西南两大军政委员会对进藏官兵反复强调的便是要尊重藏区群众信仰。时任西南军区政委的邓小平特别强调这一点，制定了几十条注意事项，不得杀生、不得狩猎、不得捕鱼、不随意进入寺院，要尊重僧侣，甚至细致到党员干部在必要场合也要允许活佛摸头顶，要接受哈达……

三

因为活佛摸顶，在信仰佛教的藏民心中有无上的荣光，认为不仅能消灾避祸，还能带来福瑞和吉祥，甚至来生来世都将受益。因此，信教群众一生最大的愿望就是希望能够让藏区最大的活佛摸顶。为此，他们可以拿出一生的积蓄，单身或带领家人，千里迢迢，叩跪等身长头，硬是用身体丈量土地，手掌和膝盖尽管用皮革与皮套保护，仍磨出厚茧，有的甚至途中虚脱，倒毙荒野。但家人仍前赴后继，不屈不挠向圣地进发。

一位目睹过十世班禅生前最后一次进藏在青海塔尔寺摸顶盛况的朋友告诉我，一个多月前，得到消息的藏民便携家带口在塔尔寺郊搭起帐篷等待，班禅到达时，几十万藏民人山人海，围得水泄不通，但又虔诚有序，班禅经过时，全都低着头吐出舌头表示无限尊崇，许多人把一生积蓄都拿出来，几个壮实的喇嘛张着麻袋收钱，尽是百元大钞，还有刚从银行取出的万元整沓，毫不犹豫扔进袋中，收的钱当然都修了寺庙。国家还拨出巨款维修，不然塔尔寺也没有那么壮丽辉煌。那种场面，那种景象，那种虔诚，不亲眼目睹难以想象。

其实，人类生活无非是物质精神两个方面，国家大法也有信仰与不信仰的自由，在地广人稀的广袤藏区，有信仰是种寄托，是种安慰，那耸立的白塔，高扬的经幡，五彩的玛尼堆，包括藏民手中旋转的经轮都填补了多少空虚，打发了多少光阴，也就充实了生命的历程。

早上的功课

时间是2004年8月2日清晨，地点是天下黄河第一曲的玛曲一道海拔3500米左右的河谷，我们探访黄河首曲结束返回，途经这条山谷，转弯的瞬间，就被深深吸引。山谷里有几户牧民，黑色的牦牛毛毡帐篷里飘升起炊烟，羊群刚刚散圈，全都在蜿蜒的溪水边饮水，一匹马正在嘶鸣，卧着的藏獒突然站起来警觉地望着我们，刚从山坡上斜射过来的朝阳则把整条山谷勾勒得明暗分明，生机勃勃。为不打扰牧区安详的清晨，我们没有停车，只徐徐开动，抓拍景物。最后，目光被帐篷前的一幕吸引，一位老奶奶坐在帐篷前的草地上，她头发已完全花白，穿着件红色上衣，对比鲜明，手中摇着经轮，口中呢喃着，正巧小孙女从帐篷出来，眼睛眯缝着，一副没有睡醒的模样，她弯下腰，不知是想叫奶奶去喝妈妈刚熬好的奶茶，还是怕打扰奶奶早上的功课，欲言又止，生动极了……

旅·途·小·憩

雪域草原异兽

一

草原其实和许多巍峨绵延的高山紧密相连，密不可分。恰是高山大川融化的冰雪汇聚成溪流河水，流淌出山，才滋润了广袤的草原。

青藏高原的草原上数量较多的有藏羚羊与滩黄羊。它们在上个世纪都有数百万只的数量。喜群居，每群数百上千只不等。藏羚羊生长于青藏高原海拔四千至五千米的高原上，河西走廊祁连山坡半高寒地区也有生长，体形与家羊相似，但较瘦。藏羚羊由于毛皮密集耐寒，柔软保暖，故一直是偷猎者捕获的对象。藏羚羊御敌的唯一办法是奔跑，但跑一段后却突然停步返身回头凝视，这样常给捕获者造成可乘之机。近年随着保护力度加大，藏羚羊的生存环境已经得到改善。

可可西里动物保护站

滩黄羊与藏羚羊体形大小很相近，生活在海拔较低的半山坡上或半荒漠的草原，是在高寒动物和家养草原牛羊之间寻找的生活地带，以各种禾本科沙草植物为

食，冬季南迁，路线始终保持在一定的海拔线上，来年夏初北返，有一定的规律性。滩黄羊喜欢群居，大的有数百只一群。早年迁徙时常遭有经验的猎手伏击。滩黄羊没有御敌本领，只有奔跑，速度极快且机警，即使骑快马也难追赶。近年也被列入保护之列，种群有一定发展。

二

在祁连山麓，天山南北靠近山坡的草地还生活着白唇鹿、盘羊、林麝、羚牛、野山羊、野牦牛等野生动物。它们共同的特点是与草原家养牛羊相貌体形相近，且都以食草和灌木嫩枝、菌科草类为主。只是在生活习性、繁殖规律和所处环境方面有所区别。

白唇鹿和马鹿相近，因嘴唇四周为白色，故名。通常三五成群，也有十数只为群的。因白唇鹿角茸为名贵中药，血脂筋骨也有药用价值，所以常遭人捕杀。近年在甘肃肃南等县已开始人工养殖，为保护资源，提供药用，开辟了新途径。

大头盘羊生活在祁连山、阿尔金山的高山寒漠地带。这种羊的特点是角长得十分粗大，形成巨大的盘弯形，并有粗犷美丽的花纹，可制作工艺品。

青藏高原的藏野驴

大头盘羊可以驯养，有观赏价值。

在雪域草原的野生食草动物中，若论性格凶猛当推野牦牛，体重几乎是家养牦牛的一倍，体重最大可达一吨，仅次于大象与河马。野牦牛通体长有下垂长毛，可抵御严寒，生活在四千至六千米的高寒地带，以耐寒植物、苔藓地衣、灌木枝叶为主食。公母牛皆有尖利长角，故敢和黑熊野狼相搏。野牦牛极难驯养，倒有家养牦牛混入野牦牛群体，野性复发，不再归返的事情发生。

亲眼目睹野牦牛是在火车上，快要接近唐古拉山口，这一段是青藏铁路的制高点，海拔超过 5000 米，也是青海与西藏的分界，越过山口就算进入了西藏。火车一路慢上着爬坡，天气却起了变化，刚才还是阳光灿烂，转瞬间乌云弥漫，还飘起雪花，越下越起劲，车窗外被纷飞的雪花遮罩得迷蒙一片。

恰在这当口，一群大约十几头的野牦牛从山沟奔上来，速度之快、形态之野让人眼花缭乱，很快便翻越山坡，消失在雪雾之中，虽是一瞬，但野牦牛的凶悍狂野却留下至深印象。

三

在我多次的草原之行中，我戏称之为行走在青藏的边缘，这些地方开放过度，人烟稠密。亲眼目睹野生动物也有过几次。一次是在若尔盖草原，天落着蒙蒙细雨，草地一片青绿，我们正开车行驶在简易公路上。忽然，车转

雪域梅鹿

弯处，山坡上有两只松鼠模样、半米长短的小兽正直立着嬉闹咬仗，车一惊动，小兽惊呆了一瞬，但迅疾钻进了山坡上的洞中。哪有这么大的老鼠！开始，我也惊了一跳。推测可能是草原的旱獭。后经证实，果然。

之后，在我探访黄河第一曲，从玛曲归来又见到了旱獭。那是一个阳光明媚的早上，山中撒满阳光，牛羊散落在山坡啃草，几户牧民的帐篷坐落于蜿蜒的溪水边，几只藏獒警觉地蹲在山坡的四周，守护着这片宁静的草原。

我们的捷达从山坡上的公路缓缓驶下，我摇下玻璃，手上端着长焦相机，准备抓拍牧场景物，突然发现草滩上竟有四五只旱獭在戏耍，它们从洞中钻出钻进，有一只则静卧着观望，正好进入镜头，随着一声“叭哒”，完整地拍出了一只草原上的旱獭。

獭有水旱之分，水獭皮毛珍贵，可与貂皮媲美。旱獭毛皮也属上乘，故常被有经验的猎手捕获。旱獭遍布于各类草原，吃草类根茎，也食草原鼠类。因为分布广且常见，所以至今没有被列入保护范围。

东汉学者王充在《论衡》中说：“涉浅水者见虾，其颇深者察鱼鳖，尤深者观蛟龙。”如今，要真正看到青藏高原的珍稀动物，还必须深入到雪域腹

大漠野驼

地，好在近年宣传保护野生动物力度加大，尤其是穿越青藏高原腹地的青藏铁路采取了许多措施，比如在藏羚羊迁徙的必经处预留通道等，起到了明显的保护作用。2009 年 5 月，我乘坐火车去拉萨，沿途便见到不止一群藏羚羊，它们显然已经适应飞速奔跑的火车，十几只一群，或站或卧在雪花飞舞的山坡，一动不动地观望火车，似乎是说也没啥了不得嘛。

在玛曲抓拍的旱獭

胆大的是藏野驴，有十几头距火车不到三丈远，可以清楚地看见它们比家驴要粗壮许多的身躯，背梁上一道粗粗的黑毛，头笨重，尾长甩，很是威风漂亮。车上还有旅客喊棕熊，只见山梁顶蹒跚着一个黑呼呼的家伙，雪花迷蒙中并没有看得很清。

真正看得清楚这些青藏高原精灵是 2011 年 7 月，探访黄河源。从西宁出发 500 公里到黄河第一县玛多，这儿已是三江源核心保护区，玛多县城不大，短短两条街，不足千人，出城便是大草原，藏羚羊、藏野驴、黑颈鹳、白天鹅几乎是随处可见。一次，我们见山梁上有群藏野驴，停车拍照，不想公路旁边水塘突地一下蹿出几只正饮水的藏羚羊，几乎近在咫尺，可以清楚看见它们黄灰相间的细细绒毛，毛绒绒的眼睫毛下闪动着黑亮的眸子，见到我们停车，跑了一阵，又停下来回头观望，似乎在对我们说，快走，我们才是这里的主人。

雪域草原珍禽

一

雪域草原上不仅有珍稀野生动物，还有丰富的鸟类。目前全国现存和查明的 1183 种鸟类中，绝大部分生活在草原或是和草原紧密相关的山林中。

野雉类是草原最常见的禽类。有几十种之多，红腹角雉、绿尾虹雉、蓝马鸡、红腹锦鸡、长尾鸡、勺鸡、血雉、暗腹雪鸡、淡腹雪鸡等。这些雉鸡的共同特点是羽毛鲜艳，十分漂亮，比如红腹角雉，腹部羽毛如铁锈红色，喉下又有红色肉裙，头部两侧为蓝绿色，五彩斑斓，十分好看，群众又叫红绣鸡、角鸡，是出产于我国甘南草原一带的珍稀禽类。

青藏神鹰

再如丝尾虹雉，成年雄雉羽毛鲜艳，羽冠有金属光泽，腰羽则为白色，常做低空展翅滑翔，如彩虹掠过草地。所以这种野鸡也被称虹雉。蓝马鸡体形最大，成年鸡可达 4 斤左右，因其羽毛大部分为蓝色，尾羽两对羽枝分散犹如马尾，故名蓝马鸡。蓝马雄鸡鸣叫时，昂首引颈，尾巴高翘，姿态雄健。它的两对长尾羽，十分漂亮，常做演古典戏剧武将头冠的装饰品。

二

草原鸟类中还有几种属猛禽，性格凶猛，以捕捉羊羔、野狐、野兔、獭类等小兽为食，甚至敢于袭击人类。如苍鹰、秃鹰、金雕、胡兀鹫、海雕、大鸮等。

黑颈鹤

这些猛禽的共同特点是，身体硕大，重达几十公斤，金雕、秃鹫翅展可达1.5米。尖喙如钩，巨爪似铁，目光敏锐犀利，能在数百米高空俯瞰草原动静，一旦发现目标，则疾飞俯冲。草原常见的景象为鹰兔相搏或鹰狐相搏：一只出来觅食的兔子已被苍鹰锁定目标，苍鹰借着逆光与云彩掩护紧紧跟随，一旦发现兔子已离洞口较远，四周平坦且无藏匿之处时，便会以迅雷不及掩耳之势猛冲下来，待兔子发觉为时已晚，只能束手待毙。但有经验的老兔子则会趁机卧倒，四爪朝天与苍鹰拼死相搏，抓得苍鹰羽毛纷落，只好暂时休战，伺机又来。有时要搏斗几个回合才见分晓，胜负自然要看双方的勇气、智慧再加体力来决定了。

西藏还有一种被认为是比丘化身的秃鹫被尊为“神鹫”，因为它与藏族同胞保留至今的丧葬习俗——天葬紧密相关。西藏传统上有多种处理尸体办法，有水葬，这大都在雅鲁藏布江流域，在水流湍急之处选水葬台，把尸体肢解后投入水中；早年实行过土葬，松赞干布崛起的山南就留有许多吐蕃时代的古墓；再是塔葬，主要是德高望重的活佛喇嘛，尸体处理后，再修塔存放。历代达赖与班禅均享受这种殊荣。最普遍的是天葬，即人死后交专门的天葬

天葬台秃鹫

师，还要请博学的喇嘛诵经，为亡者超度灵魂。西藏由于普遍信仰佛教，深受教义影响，重视来生，并不忌讳谈论死亡。藏族学者索甲仁波切曾写出一本被译为多种文字出版的名著《西藏生死书》，开宗明义宣称："愿此书能成为生者、濒临死亡者与亡者的解脱指南；愿此书能对所有读者有所助益，并引领他们迈向证悟的旅程。"

即使没有读过书的普通群众，去世后，家中也要请专门超度亡灵的喇嘛为死者念经，寺院专门有一册《西藏度亡经》。大意谓："可尊敬的某某，人生终有一死，这是所有的人都不可避免的事情。既然死亡已经来临，轮到了你，但你并不是唯一的一个；有生必有死，所有人都一样。不要留恋凡尘，也不要执著生命；纵然你执持不舍，也无法长留人间；所有的生命都在轮回之中转流不息。所以，你不要依恋，不要怯懦……"

这些宗教仪式一般在家中举行，忌讳生人打扰，免得影响死者灵魂转世。一般三天之后，选择凌晨把尸体交给专门的天葬师处理。天葬台大都选择旷野山巅，无人打扰，又便于呼唤秃鹫的地方。天葬师经验丰富，技艺娴熟，先用锋利的刀子进行肢解，干净利落，熟能生巧，骨头则用铁锤砸碎，还要拌上糌粑，以便让秃鹫能吃得干净。佛教徒认为，既然灵魂已经超度，已经脱体，那就让没用的尸体来进行生命的最后一次施舍。既然当初佛祖释迦牟尼，前世曾舍身饲虎，舍身喂鹰，作为佛祖的信徒，有什么不可以呢？

其实，任何一个民族的丧葬习俗都植根其文化，比如汉族，西周之前，崇尚简约，陵地不树不封；秦汉视死如生，修筑豪陵；普通百姓亦讲究"入土为安"，普遍土葬。若持续至今，中华大地全成墓地。推行火葬时，也曾受到普遍抵制，尤其农村群众。半个世纪过去，现在火葬已无人持异议。相比之下，藏族实行的天葬更加利于环保，利于生态呢。当然，这也得于雪域的特殊环境，生养着以尸体为主食的“神鹫”。

西藏的“神鹫”归类为喜马拉雅秃鹫，是世界上最大也最凶猛的鹫类，在悬崖上筑巢，以腐肉为食。身长超过一米，重达几十公斤，若双翼展开则达二三米之壮阔，平滑天际，傲视群山，有一股“鸟王”的气势。

习俗所致，每当发现山巅飘升煨桑的烟，就知道有人家在“天葬”了，一时间会召唤来几十只秃鹫，呼拉拉遮蔽天空，再由天而降，争相啄食已肢解的尸体，一般只需半个小时，尸体便会被吃得一点不剩。这时亲属便十分庆幸，认为死者的灵魂已被“神鹫”带入了天际，可以早早超度转世。反之，如果秃鹫没有吞食完尸体，或剩下许多，亲属会非常难过，觉得死者罪孽深重，这便需要请喇嘛念经超度，直到第二次“天葬”被秃鹫吃完为止。

大概，世界上没有任何一种鸟类能像西藏的秃鹫那样，与人的生死有如此密切的关系了。

三

鸟类最为集中、数量最大的地方首推青海湖的鸟岛。每年，大约有十万多只鸟聚集于此。这些鸟的共同特点是能够下水捕食，游水，能够水陆两栖生活。还有一个共同的特点是季节性的迁徙。它们只是在青海湖来躲避炎热

雪域珍禽

的夏天，并不能适应青藏高原的冰天雪地。这些鸟也属于候鸟。每年春暖花开时节，它们从我国南方，从印度、缅甸、巴基斯坦，甚至遥远的地中海、红海和黑海飞来岛上度过夏天。它飞来之后，便在湖边草丛和岩石间用树枝、草叶和自身的羽毛构筑一蓬一蓬的鸟窝。然后生蛋、孵育幼鸟，再养育它们。待它们长大，翅膀硬朗了，秋天也来临。于是，鸟的全家乃至整个家族种群便又展翅南迁，待第二年春季又来青海湖，周而复始地度过它们的一生。

来青海湖度夏的鸟儿有十余种，其中最多的有斑头雁、大海鸥，棕头鸥和鸬鹚。

斑头雁全身为灰白色。因为头上有两条黑斑纹，故名。斑头雁体形较大，约 4 公斤，每次产蛋八九枚，最多可达十余枚。孵化和养育小雁的过程中，雄雌老雁共同承担责任。每当迁徙觅食，小雁排成一行，老雁前后照应，鱼贯而飞。夏季成千上万个斑头雁家庭栖息于鸟岛四周草地，一时遍布四野，鸣声大噪，蔚然壮观。这是参观鸟岛的最佳时节。

大海鸥与棕头鸥都属鸥类，食鱼。尽管它们都来鸟岛度夏，但因为共同食鱼的利益冲突，所以在鸟岛上各扎营寨，各占地盘，泾渭分明，并无来往。看来鸟类世界也有共同遵守的秩序。

四

青海湖鸟岛还栖息着相当多的鸬鹚，这是学名。这种鸟还有一个尽人皆知的名字叫鱼鹰，遍布我国南方湖泊水乡。由于这种鸟是捕鱼能手，多被渔民驯化后帮助捕鱼。常见的情景是，两头尖尖的小船前后歇着三五只鱼鹰，一旦发现鱼踪，便会钻进水中，不一会就用那如钩的长喙叼上一条斤把重的鱼来，渔民为防鱼鹰吃鱼，常用铁圈箍住鱼鹰脖子，只是在成功叼上大鱼时，才赏它吃一些小鱼。理由是若是吃得太饱，鱼鹰就不干活了。鱼鹰还很团结，若遇到大鱼，两只鱼鹰会齐心协力，把大鱼首尾叼住抬到渔船上来呢。

庙会·歌舞·藏戏

一

进入草原，或者说进入藏区，最高大雄伟，也最神秘和吸引人的地方便是寺庙。藏区群众普遍信仰藏传佛教，寺庙一般都有山门、大殿、二殿、佛堂、经院，规模宏大，是草原上的一大景观。许多著名寺院如甘肃夏河拉卜

庙会吸引众多群众

新塑巨佛

楞寺、青海西宁塔尔寺、拉萨大昭寺、哲蚌寺等都被列为全国重点文物保护单位。至于省市级文保单位就更多了，仅是我们从川西甘南至青藏高原，沿途就有黄龙寺、川主寺、郎木寺、黑错寺、禅定寺、瞿昙寺等大小寺庙。

这些寺庙每年都要举办法会和亮佛节、酥油灯花会等活动，隆重热烈，这也是藏族同胞欢聚的日子。赛马、叼羊、演藏戏，规模宏大，极有特色，是难得的摄影拍照和了解藏族同胞习俗的机会。

草原辽阔但也寂寞，牧民们平时忙着各自的营生，难得聚会。除了传统年节之外，就盼着赶各种庙会了。在庙会上祈祷吉祥、进香拜佛，推转经筒的同时也是亲朋相聚、男女青年见面约会、谈情说爱的大好时机。

庙会一般三到五日，也有的长达半月，庙会前许多日子，方圆百里的藏胞就开始计算，就像目下重大活动搞倒计时一样，开始计划和准备。上年纪的人许多天前就封斋吃素。年轻人，尤其是姑娘们则赶着缝制衣衫，一般都十分艳丽。藏族群众视白色为圣洁高贵，不仅哈达选用白绸，在重大节日里，外面的藏袍可以绣花饰朵，衬衣却要洁白，或是衬上洁白的毛皮领子，以示珍贵庄重。妇女们还要佩戴首饰和项链，辫子要扎成一定的式样，分外好看。

临了，整个草原都沐浴在节日般的气氛之中。庙会开始前几天人们就开始行动，带上帐篷、炊具和食品，还要赶上几只肥羊，准备宰杀。骑的马早已洗刷干净，毛色鲜亮，换上新的鞍蹬皮缰，有的还挂上铃铛，从四面八方向寺庙汇聚。有的甚至来自相邻的四川、甘肃、青海，从几百公里外赶来呢！

二

那时节，草原上车水马龙，人流如织，人们互相招呼，含笑问候，连骏马见了久违的伙伴都仰头摇鬃，嘶鸣声此起彼伏。近年，乘各种机动车赶庙会的藏胞也不少，拖拉机、小四轮，藏族小伙子则热衷摩托，而且大都是“雅玛哈”那样的大型摩托，骑上威风凛凛，带上年轻的妻子，或是中意的对象，还专门成群结伙，摆开阵势，争先恐后，招摇一番呢！

幸而，草原上不必讲交通规则，骏马争相赛跑，机动车突突冒烟，“雅玛哈”则一溜长串，在蓝天白云下构成一个欢乐的世界。

庙会的中心当然是庙宇，常围绕着寺庙的重大法会和纪念日进行。但许多法会常带着浓郁的表演仪式。比如著名的拉卜楞寺的法舞会，实际是宗教舞蹈与藏戏演出，藏戏中久负盛名的是《格萨尔王》，场面宏大，人物众多，经久不衰，要配鼓、钹、长筒僧号等大型乐器，舞蹈者各戴面具，依次出场，做圆圈舞，或舒缓、或强烈、或相扑、或打斗、或驱鬼神、或降妖魔，有很强的表演活力，很热闹也很好看，常常吸引成千上万群众观看，挤得人山人海。

再如酥油灯花会，也是寺庙的重要活动，酥油灯花是藏族群众用酥油创作的工艺作品，在酥油中调进各种颜料，塑造出山水花卉、佛教故事、飞禽走兽，以及牛马羊等草原动物，每年都要创作出许多新的酥油作品。在这一天展出时，僧众念佛，信徒礼拜，游人观瞻。各寺庙的酥油灯花制作高手也

寺庙经堂

云集于此，互相观摩作品，切磋技艺，也暗自鼓着劲头，以便在来年灯会再捧新作，再见高下。

再是亮佛节也非常热闹。有上百名僧侣从寺院中心肩扛用绸缎剪成或绘制的巨型佛像，浩浩荡荡抬向寺庙附近的亮佛坡。前来朝礼的僧侣和看热闹的群众满山遍谷，道路上更是拥挤不堪，争相看今年亮的是哪一尊佛。最后法号齐鸣，徐徐展开大佛，信徒则向佛像献哈达表示敬意。

庙会的法事进入高潮，群众的欢乐也进入高潮，因为这时真正的好戏才刚刚开始。高原上常常距寺庙不远便是大草原，是举行赛马、叼羊活动的天然赛场。那时节，万人云集，人头攒动，赛马也是赛人，这是藏族汉子们露脸炫耀的大好时机。骑手们个个精神抖擞，骑着毛色鲜亮佩红挂彩的高头骏马，脸上流露出得意和矜持。一旦哨声吹响，骑手鞭儿一甩，匹匹骏马都像离弦之箭，向草原深处射去，转眼功夫，便化为几个黑点，与天边的青绿融为一体……

若是叼羊，就更激烈精彩，高潮迭起，呼声雷动。观众、骑手都会无拘无束，把积蓄于胸中的喜悦尽情挥洒。

三

入夜，则又是另一种情景，草原上临时搭成的帐篷难以数清，构成了一座帐篷城。在溶溶的月色中，恰似开满山谷的荷花睡莲。篝火起了，先是一堆、两堆，后来会燃遍草原，可与天上繁星媲美。歌声起了，一声唱起，百人千人合唱。情到浓处，相识的，不相识

藏族歌舞

的，不管是男的女的都会拉起手来，围着一堆堆篝火跳起锅庄，此起彼伏，以唱促舞，以舞助唱，节奏由慢而快，由快而至疯狂地旋转，高昂地歌唱，整个草原都沉浸在一种原始粗犷的欢乐之中。

这期间，男女青年一边歌舞，一边寻觅着自己的意中人。四目相视，宛如突然被雷电击目的瞬间，一对有情人已暗中传递秋波，一旦瞅中机会，小伙会突然上前抢走姑娘的头巾，然后一溜儿跑出舞场，姑娘也立刻佯追，众人心明肚知。正哗然笑间，这儿又跑掉一对。此起彼伏，乐此不倦。最后，所有的姑娘小伙都已跑散，溪水边，丛林中，云彩遮月处，都是他们互诉衷肠、倾吐爱慕的去处。

此刻，明月为伴，草原做证，清风传递柔情，秋波暗示蜜意。这儿没有权势，不讲财富，无媒妁之言，更无包办买卖，只有无任何掩饰的真心和把对方融化掉的热情！

在草原生活的人们贴近自然，也就贴近了人性，要比城市生活的人自由自在得多，也浪漫纯情得多呢。

藏戏面具

藏戏服装

藏寨·碉楼·民居

一

在人们印象中，青藏高原的藏族同胞都是住帐篷、牧牛羊、逐水草迁徙的游牧民族。事实并非如此，分牧业区、半农半牧业区和农业区，依据海拔和环境而定。一般海拔超过3000米以上才是纯牧业区，2000米以下是农业区，中间部分是半农半牧区。有些地方海拔虽高，但纬度偏南，“三江并流”形成的干热河谷及川康地区，尽管海拔近3000米，可日照充分，青稞、小麦、油菜长势都十分良好，水源好还可以种水稻呢。这些修筑在山谷间的藏寨也很有特色，山谷向阳开阔，两边山沟向后退去，闪出偌大一块平川。一栋栋藏式木楼依据山势，鳞次栉比，修筑在山坡上。村后并非立陡窄仄的山崖，而是一条山谷伸向云雾深处。使得这个村落多一溪流水，多一缕春风，也多一条早年间进山砍柴放牧的出路。甚而在土匪横行年月，全寨老少都多一条逃生之路。

村前开阔去处皆被垦为层层梯田，种植着耐寒的青稞、荞麦、土豆、胡豆。前面，无数小溪汇聚成一沟千层碧水了。山沟开阔平缓，远处闪着银辉的雪山融化成溪，容纳百川，激流虽不像九寨沟诺日朗瀑布那么气势磅礴，奔腾而下；也不似峡谷地段，一河激流湍急汹涌，如雷水声，震响山谷。其实，川滇藏边许多地方都可见到。

一沟流水舒缓恬静，潺潺缓缓，甩下一个个碧波荡漾的湖泊，雪雨冲激，亿万斯年，深不可测，故当地人叫海子。海子由于深浅不一，海水中显现已成化石状的古树，巨石上附着的苔藓不同，因而或青、或蓝、或黄、或红、或翡翠、或五彩，却尽皆倒映着雪峰绿树，蓝天白云。大自然的神奇隽永，鬼斧神工，让来临者，无不倾倒惊叹。

二

这样的藏寨在川康、甘孜、阿坝一带不经意间就会发现一个，常给人意外的惊喜。在川藏和青康线上行走，还能发现不少羌族的碉楼。

羌族早先生活在陕西西南部、青海、宁夏、甘肃一带，其中一支党项羌还曾在北宋时占据河西走廊宁夏银川一带创建西夏国达200年之久，之后在成吉思汗铁骑下覆没，羌人也迁徙至川西北岷江流域四川阿坝藏族羌族州，这里高山耸立、峡谷深切，把天空逼成一条线，河水湍急汹涌，山坡上岩石裸露，原本就透出苍凉，而那大片倚山而筑、鳞次栉比、高低参差的石碉古堡便蜂箱般密集排列在山坡上，更让人依稀感觉到千百年前，羌人扶老携幼，筚路蓝缕，长途跋涉，寻觅到这样一处山高水险的地方安身，出于曾亡国失

羌式碉楼

碉楼内壁

地的惨痛教训。他们发挥聪明才智，凭借积累的经验，才能修筑如此坚固奇绝，集生活、防御、战斗于一体的石碉古堡。千年逝去，如今那花白色的山崖、高耸的碉楼，湍急的河水，漫散于山坡的牛羊，生长于田地的庄稼，已十分和谐地组合在一幅羌寨安居图中。

三

走进羌寨，宛如进入迷魂阵中，那些长长短短，纵横交错，密如蛛网的石巷，形如迷宫、四通八达，把全寨的人家全都连为一体，让人联想到地道战。如果遭遇战火，外族入侵，即便一处失守，也可凭借相通的巷道救援，真正体现出人自为战，家自为战，全寨人精诚一体，共同对敌的真正的人民战争。据说这样的战斗还真发生过一次，入侵者依仗人多势众，武器精良，供给充足，打进羌寨，机智的羌人依据迷魂阵般的石巷和砌碉楼用的石头硬是打退了入侵者，保卫了自己的家园。

这也是羌人崇拜山石的由来。至今几乎家家屋顶平台，都有一处堆放着白色石块的角落，布置成山体形，上面还要摆牛角、兽骨一类，这小小的玛尼堆，在羌人心中却有无上的尊荣。事实上无山石也就不会有石碉古堡。高山深谷取土困难，石山难长林木，不可能烧制砖瓦，羌人就地取材，利用取之不尽的山石，加黄泥来砌碉楼，碉楼最高的达 12 层，历千年风雨，遭遇多次地震，仍巍然矗立，简直让人觉得不可思议。据说羌人修筑碉楼，十分注意质量和坚固程度，每年只修一层，让风雨冰雪来考验，在科学上来讲，还是讲求一个沉淀期。这与西方发达国家修高速公路相似，路基完成后要放置三年下沉稳定后再修路面。这样 12 层碉楼就需要修 12 年时间。再仔细观察，碉楼下大上小，外斜而内直，如塔耸立，天然形成强大的内聚力，这样就增加了稳定性，再是山石本身坚固，施工时能工巧匠耗尽心力，墙面平整分毫不差，每层的梁柱又起了连系稳定作用，所以就历千年风雨而巍然不动了。

四

一般的羌碉也有三五层之高，下层喂养牛羊，中层住人，上层堆放粮食谷物，顶层多为平台，战时可眺望，平时可晾衣晒谷，供孩子玩耍。最绝的是整个羌寨对溪水的利用，在寨子上游地段截取洁净冰雪融化的流水，首先利用水力推石磨石碾加工谷物米面，然后再引入羌寨底部暗道供人饮用，还用石板错落的高低宽窄对每户人家用水量进行公平的分配。每户只需揭开预设的石板便可取得洁净的溪水，最后流到村头变为明渠才供人洗涤衣物，整个流程，对水的利用科学合理，充分表现出羌人的智慧。

徜徉羌寨，那悬挂于门庭的兽骨毛皮，那石块垒起的图腾崇拜，不由会把人带到一种远古的岁月，羌人本是一个尚武、崇巫、勇敢剽悍、能征善战、热情如火的民族。十多年前，我曾在茂纹羌寨坐火塘、喝咂酒、听唢呐、跳锅庄，感受过这个民族的风情与韵味。我特地观察羌寨人目下的生活，只见村头的树荫下，几位老人一边吸着老旱烟，一边在摆古聊天，神情十分悠然。清亮的溪水边，几位羌族妇女在洗衣衫，她们有的穿汉族服装，有的穿民族服装，区别在于羌人服装都绣着花边，从身材面容看，与汉族妇女区别不大，只是脸庞棱角要分明，眼睛大而清澈，看人的眼神友好单纯，只要去过羌寨就会留下深刻难忘的美好印象。有趣的是，在青藏高原的边缘地带，还保留着比腹地拉萨还原汁原味的藏族生活状态，保留着十分有特色的民居，比如阿坝。

藏区最宏伟的便是寺庙

藏式门楣十分考究

五

阿坝县与青海接壤，处于黄河发源地海拔超过5000米的巴颜喀拉山南麓，阿坝县城便坐落于海拔3500米的一处河谷，四周起伏的山峦海拔均在4000米左右，实际已属青藏高原。由于地处三省交界，相对偏远，阿坝保留着大规模的宗教寺庙，浓郁的藏族风情和独特的民居建筑，加之终年不化的雪峰、起伏连绵的草原和尚未污染的青山绿水，堪称一片神奇的藏文化圈处女地。

我们是在告别了若尔盖大草原，又驰向阿坝大草原的。离开213国道，沿着一条简易公路便开始爬坡，实际也是向青藏高原靠拢，海拔皆在3000米以上，已经看不见树木，逶迤起伏的山峦层层叠叠，延绵不尽。好在山势并不峥嵘，无突兀伟岸之姿，多为巨大的缓坡，从路边断层看，覆盖在岩石上的是大约30~40厘米厚的黑土层，不知多少年草根腐烂积淀的结果，能够蕴涵较多的水分营养，生长着茂密的牧草，仅是我能认识的便有茅草、黄贝草、线叶草、狗尾巴、大针茅、小针茅几十种之多，还有许多不知名的野花，姹紫嫣红、明黄丹朱，成丛成片，点缀于绿浪接天的草原。远远近近的山坡，都有藏民放牧，这儿已经是纯牧区了，由于海拔高，无霜期短暂，已没有一块可耕种的土地，散布其间的每处黑色帐篷四周都滚动着白色的羊群，在蓝天白云的衬托下，沐浴着西斜的阳光，构成牧区一年四季中最漂亮也最富于生机的景象。

但牧民的辛苦也显而易见，妇女们要借助短暂的夏季，储备牛羊过冬的干草，捡牛粪晒干以备冬日取暖做饭，剪羊毛、挤牛奶，无一户牧民不在忙碌，连小孩子都在放牧，牧区太零散，孩子没办法读书。在途经若尔盖草原时，那里已经在集中修建牧民定居点，孩子读书可能获得解决，但在报刊上见到文章认为，牧民定居又会造成放牧不均衡，导致草场退化，看来还不是个简单问题。

六

夕阳西下时，我们已见到了阿坝县城着落的河谷，相当开阔，楼宇鳞次栉比，飘升的炊烟中透着大片金黄色的琉璃瓦顶，高耸的佛塔，五颜六色的风马旗以及隐约可闻的钟声，我们估计可能是藏传佛教寺庙。果真，县城边上就是一座规模宏大的藏传佛教寺院，黄墙红顶，摆放着转经筒的长廊望不到尽头，经幡高高飘扬，着紫红袈裟的喇嘛出出进进，还有许多藏族妇女烧香或转经轮，透出一种浓浓的宗教气氛。

阿坝县城不大，主要的一条街道贯穿全城，银行、邮局、电信、机关、商店新建的楼房高耸，服装、手机、电器专买店广告醒目，餐馆、酒店、宾馆装饰得很鲜艳，再是有当地特色藏药店、手工艺品店、皮革制品店、铁器店、金银首饰店也不少，街上行人熙熙攘攘，大都是穿着各式藏袍的藏民，还有三五成群的喇嘛，让人感到真正是走进了藏区。

我们特地到老街道转悠，两边全是传统的藏式民居，土墙土院，或砖或土筑起的土屋，类如北方四合院，但门楼、窗棂、廊柱则很讲究，有雕饰和

传统的藏族民居

土墙小窗防风保暖的阿坝民居

彩绘，屋顶则插经幡，大多数院中有压水井，有妇女在洗衣劳作，一些老年妇女坐在大门墩上，手摇经轮，念念有词，几乎家家门口如此，但拒绝拍照，常转过脸。孩子无所谓，嘻笑着很配合，藏族孩子眼睛很亮，面孔黑黑的，牙齿很白，与内地孩子一样可爱。

阿坝县城附近的民居修得很有特色，沿着山坡，坐北朝南，避风向阳，每家都用片石或泥土筑起一圈围墙，修起两三层平顶楼房，土墙很高大，但窗户却小，常是两三层，只在上层墙壁留两方小小的窗口。远看，像一座座黄泥方块矗立在山坡。其实，这些外表简朴的民居很合理科学，内部装修也很讲究。厚厚的土墙，小小的窗户，是因为阿坝地处高寒，泥土墙保暖，小窗口也是为了保暖，防风寒入侵。农户一般下层养牲畜，无需窗户，上层住人，有天窗透光也很明亮，里面则有地毯、壁挂、廊柱、窗护，都经过彩绘，吃住用品俱全。从外表看，阿坝民居一色黄土院墙，简朴中透出美观，上过多种画报呢。

放眼望去，阿坝县城四周的山巅、崖顶、垭口都有用五色石块按一定规矩垒起的玛尼堆，印着代表日、月、天、地与泉水五种颜色的风马旗，还有用无数洁白的哈达布满整整一面山坡，所有与宗教相关的图腾崇拜及喇嘛庙金黄的琉璃瓦顶均十分醒目，在这条青翠的山谷形成一道独特的风景，伴着阿坝这座高原上的古老县城，伴着一个古老民族流逝的岁月。

寺庙·喇嘛·供养人

一

在西藏不止一次听人说过：天上有太阳、月亮和星星，地上有甘丹、色拉和哲蚌。充分表明了寺院在西藏的地位。历史上，西藏被称“宗教之邦”，几乎任何事情都不离开宗教，比如我们想了解西藏，了解西藏的历史文化、社会沿革、风土人情，那么西藏的宗教、寺院和喇嘛就成为绕不开的课题。遍及西

蜇蚌寺远眺

藏的寺院十分庞大，以清雍正十一年（1733）为例，当时全藏人口不足百万，仅格鲁派寺庙就有3477所，僧众316230人，几乎占总人口的三分之一。可谓出门就见寺庙，路遇多是僧人。遍布于西藏的寺庙本身就是社会，或者是社会的缩影。那些大寺庙宛如一座城市，房舍相连，街巷密布，各种功能，一应俱全。

同时，寺庙面对整个社会，无论是孩童还是老人，亦无论是穷人还是富人，是先生还是文盲，都享有同样进入寺庙的权力。寺庙也能满足各种人的需求，有的人为信仰，想成为高僧或活佛；有的人为职业，想成为藏医或画师；有的纯粹是为生计，寺庙也需要许多从事搬运、挑水、劈柴出力的喇嘛；寺庙内也等级森严，分工细致不下于社会，同时每一座寺庙都会根据社会需要，僧侣多少，把进入寺庙的僧人进行分类，比如接受宗教职业训练，经常外出为供养区村寨群众祈福消灾，超度亡灵，参加婚丧仪式中的宗教程序，念经、占卜、驱鬼等等。还有一类是接受比较专业的知识，比如藏医、历算、绘画以及铸像、雕塑、刻版、印刷等项技术的艺人，这在全面信教的西藏及相邻藏区有相当广阔的市场需求。

再是寺庙本身的管理人员，担任各种执事，包括行政、司法、财务、总务、经商、仓储、餐饮需要的人不在少数，像西藏三大寺庙都有数千僧侣，管理人员也有数百人之众。当然，任何寺庙的主体都是喇嘛，他们的主要任务是学习佛家经典，按照一整套严格复杂的程序，按部就班，年复一年地学习，若要取得“格西”之类的学位，没有至少20年乃至更长时间的修行是不可能的，这个群体是寺庙的骨干，也是整个西藏社会重要的知识分子群体。寺庙有无名气，主要看出了多少大德高僧，有点类似高校，看有多少名教授和学术成果。寺庙自身就十分庞杂，有的大寺庙还牵连着一片更广阔的天地。

正考学位的喇嘛

以哲蚌寺为例，最盛时期，有一百八十五座庄园，三百多处牧场，五万亩库土地，四万多头牦牛，还有二万多个农奴并经营通往印度与尼泊尔的商队。这个寺院还有七千多个喇嘛，几乎每个村寨，每个有男孩的家庭，都希望把孩子送到哲蚌寺深造，将来能做一个有出息的喇嘛。这种情况有点像近年内地独生子女选择学校，家长都希望孩子能上名校，能将来成才。

藏区由于全民信仰佛教，在漫长的农耕岁月，无现代工业，无现代交通，也无众多的服务业能够提供就业机会。既然去寺庙当喇嘛能安身立命，还受人尊重，所以当喇嘛就成为一种出路受到青睐。那些规格高、名气大的寺院便成为争相出家受戒的地方。但并不是所有想去的孩子都能够去，家里要有一定的社会地位和经济基础。一个男孩，五六岁时，就要经有头面的人介绍，才能进哲蚌寺大门，他要拜一位喇嘛做经师，指导学习经典；还要拜另一位喇嘛为规范师，来指导他的行为。他需要和师傅及同年龄的师兄师弟住在一起，这是喇嘛社会中最基层的单位，藏话中叫“米村”。开始学藏文、文法和字母，经文则由浅到深。每天有三次进行法师练习辩经，冬春两季还要去深山寺庙练习辩才和磨练意志。这种读经的喇嘛常被哲蚌寺培养为宗教骨干，要整整学习 20 年，才可能有一定的地位，至于能当活佛，则少而又少。

在青海同仁下吾塘村，我在一户专画唐卡的藏民家中参观。这家几弟兄，老大是喇嘛，很高大英武。他的几个弟弟都成了家，娶的藏族姑娘年青漂亮，大家在一起制做唐卡，又说又笑。我问这位喇嘛，娶媳妇好还是当喇嘛好？他回答当喇嘛好。我问当多少年了？他说已 30 年。我又问已经是活佛了吧？他回答还早呢，也许一辈子当不上。即使当上，活佛中也分三六九等，而且等级森严，至于读不进经书，或家中困难的只能做一般僧人，须干搬运物资、担水劈柴等力气活，总之整个寺庙与喇嘛群落也复杂如同小社会。

入空门的尼姑们

二

在西藏，不仅男孩子可以进寺庙当喇嘛，女孩子也可以进寺庙当尼姑。有这样一首民谣，说的是拉萨四座尼姑庙的情况：

米钦热寺的尼姑，
在悬崖顶上修行；
嘎丽寺的尼姑，
在深山沟里放牧；
朗古寺的尼姑，
在佛堂里喝酒；
惟有仓宫寺的尼姑，
既有佛法的修行，
又过世俗的生活。

从民谣中不难看出，出家当尼姑的女孩子不少，据说早年有许多富商和贵族也把女儿送进尼姑庵，因为可以接受正规的教育，学习藏文和宗教文化，颐养性格情操，成为有教养和文化的人，然后再找一位满意的郎君。最盛时，

佛门等级森严

受供养的喇嘛

一座尼姑庵要容纳二三百名尼姑学习和修行呢。

至今，拉萨城郊还有几座著名的尼姑庙，比如北郊的米钦热寺，米钦热寺并不大，属色拉寺的属寺，但位置很好，坐落于拉萨市北面的山顶，受地形限制，仅有三亩地大小，整个寺庙十分坚固紧凑，经堂、佛堂、扎仓、库房、厨房一应俱全。站在寺庙的平台，可以眺望整个拉萨市区，四周延绵的雪峰，逶迤而来穿越盆地的拉萨河水，市区鳞次栉比的房舍尽收眼底，视野十分开阔。这个不大的尼姑寺最盛时期有100多个尼姑，目前按核定的编制是50多位，不光来自西藏各地，还有远至云南和四川藏区，尼姑们除念经、上香、整理佛堂、打扫卫生之外，还在周边种菜种花，有时还敲打羊皮鼓和乐器，显得饶有风趣。还真应了那句：米钦热寺的尼姑，在悬崖顶上修行。

三

时至今日，拉萨的甘丹、色拉、哲蚌三大寺庙都被列为国家重点保护单位，国家的法律和宗教政策，使寺庙的一切活动都正常有序。色拉寺的辩经大会允许游客参观成为一项十分吸引游客的活动。我还曾专门去看过川甘交界的郎木寺举办的藏历七月的辩经法会，并考察过喇嘛的生活来源，即靠谁供养？结果是除了各自家庭贫富不一有差距，还有共同的来源。

众多的信徒便是供养人

由于郎木寺源远流长，养有众多僧侣，吃穿用度皆要消费，所以沿着白龙江，准确地说只是一条溪水形成一条长长的街市，开着各类客栈、货栈、茶馆、商

店，足以保障小镇居民与僧侣的日常生活。郎木寺有 400 多名喇嘛，形成一种独特的供养关系。就是每个喇嘛都由草原上固定的牧民来供养，这些牧民肯定都是佛教徒，通过供养喇嘛来表示对佛的虔诚。而每当寺院有重大活动这户牧民来参加时，则由被供养的喇嘛负责安排食宿，有点类似走亲戚，这种“承包制”在郎木寺源远流长，已普遍被僧侣和牧民接受。

主要参考书目

《史记》，汉·司马迁著，国际文化出版公司，1991 年。

《新唐书》，宋·欧阳修著，延边人民出版社，1996 年。

《旧唐书》，（后晋），刘昫著，延边人民出版社，1996 年。

《全唐文》，清，董浩选编，上海古籍出版社，1990 年。

《全唐诗》，竞鸿等编，吉林文史出版社，1994 年。

《资治通鉴》，司马光著，岳麓书社，1989 年。

《任乃强藏学文集》，三卷本，任乃强著，中国藏学出版社，2009 年。

《西藏地方史通述》，上下卷，罗广武、何宗英编著，西藏人民出版社，2007 年。

《柳陞祺藏学文集》，上下卷，柳陞祺著，中国藏学出版社，2002 年。

《艽野尘梦》，陈渠珍著，西藏人民出版社，2009 年。

《羌戎考察记》，庄学本著，四川民族出版社，2007 年。

《1939：走进西康》，孙明经、张明著，山东画报出版社，2003 年。

《青藏高原的古代文明》，汤惠生著，三秦出版社，2003 年。

《甘青藏边区考察记》，马鹤天著，甘肃人民出版社，2002 年。

《中英西藏交涉与川藏边情》，冯明殊著，中国藏学出版社，2007 年。

《长水粹编》，谭其骧著，河北教育出版社，2000 年。

《万古江河》，许倬云著，上海文艺出版社，2000 年。

《喇嘛王国的覆灭》，［美］梅·戈尔斯坦著，杜永彬译，中国藏学出版社，2005 年。

《鞑靼西藏旅行记》，［法］，古柏察著，耿昇译，中国藏学出版社，

坐拥书城

2006 年。

《青康藏区的冒险生涯》，［美］福格森著，张文武译，西藏人民出版社，2003 年。

《藏边人家》，［美］巴伯著·尼姆里·阿吉滋著，西藏人民出版社，2001 年。

《西藏生死书》，索甲仁波切著，浙江大学出版社，2011 年。

《刺刀指向拉萨》，［英］彼德·费莱明著，向红笳译，西藏人民出版社，1997 年。

《西藏风物志》，顾笃庆等编写，西藏人民出版社，1999 年。

《圣城拉萨》，［英］斯潘塞·查普曼著，向红笳译，2006 年。

《西藏与西藏人》，沈宗濂、柳陞祺著，柳晓青译，中国藏学出版社，2006 年。

《首批进军西藏的女兵们》，西藏党史研究室编，西藏人民出版社，2001 年。

《西藏的女儿》，卢小飞主编，中国藏学出版社，2011 年。

《走出雪域》，王璐著，青海人民出版社，2007 年。

《马可·波罗行记》，冯承钧译，上海书店出版社，2001 年。

《水经注》白话全插图本，北魏·郦道元著，易洪川、李伟译，重庆出版社，2008 年。

《入藏四年》，［印度］，艾哈默得·辛哈著，兰州大学出版社，2010 年。

作者与藏族学者格桑曲吉

《西藏的寺与僧》，柳陞祺著，中国藏学出版社，2010 年。

《伸向雪域的魔爪——从波格尔使藏到英国第一次侵藏战争》，苏发祥著，中国藏学出版社，2002 年。

《阴谋与阳谋——实录近代美国对藏政策》，张植荣、魏云鹏著，中国藏学出版社，2002 年。

《西宁历史与文化》，芈一之主编，辽宁人民出版社，2005 年。

《宁海纪行》，周希武著，甘肃人民出版社，2002 年。

《青海的寺院》，谢佐等编，青海省文物管理处，1998 年。

《见证百年西藏》，张晓明编著，五洲传播出版社，2004 年。

《雪域西藏风情录》，廖东凡著，西藏人民出版社，1998 年。

《青海文史资料选辑》8 辑，青海省政协编选。

《西藏文史资料选辑》10 辑，西藏自治区政协编选。

《西藏贵族世家》，次仁央宗著，中国藏学出版社，2006 年。

《西藏是我家》，扎西次仁著，中国藏学出版社，2006 年。

《甘南史话》，石为怀主编，甘肃文艺出版社，2007 年。

《无父无夫的国度》，周华山著，光明日报出版社，2001 年。

《六世达赖喇嘛仓央嘉措》，高平著，中国藏学出版社，2007 年。

《女儿国诞生的活佛》，马继典、罗桑益世著，云南民族出版社，2006 年。

《马步芳家族的兴衰》，杨效平著，青海人民出版社，2007 年。

《西藏一年》，书云著，北京出版社，2009 年。

《目击雪域瞬间》，陈宗烈文图，中国藏学出版社，2005年。

《达赖喇嘛传》，牙含章著，人民出版社，1984年。

《班禅额尔德尼传》，牙含章著，西藏人民出版社，1987年。

《藏事纪要初稿》，石青阳著，西藏藏文古籍出版社，2010年。

《西藏交涉纪要》，陆兴祺著，西藏藏文古籍出版社，2010年。

《西藏六十年大事记》，朱绣著，西藏藏文古籍出版社，2010年。

《历辈班禅额尔德尼》，苏发祥主编，青海人民出版社，2009年。

《西藏地方近代史》，许广智主编，西藏人民出版社，2007年。

《西藏自治区概况》，《西藏自治区概况》编写组，西藏人民出版社，1984年。

《藏史论考》，周伟洲著，兰州大学出版社，2010年。

《中部西藏与蒙古人》，［意］伯戴克著，兰州大学出版社，2010年。

《唐代经营西北研究》，王永兴著，兰州大学出版社，2010年。

《云南风物志》，余嘉华编著，云南教育出版社，2003年。

《马帮文化》，王明达、张锡禄著，云南人民出版社，2008年。

《纳西族简史》，《纳西族简史》编写组，民族出版社，2008年。

《世界屋脊的崛起》，郑锡澜著，西藏人民出版社，1983年。

《自然科学发展简史》，潘永祥主编，北京大学出版社，1984年。

《青藏高原形成演化与发展》，孙鸿烈、郑度主编，广东科技出版社，1998年。

《西藏古近代交通史》，西藏自治区交通厅，人民交通出版社，2001年。

《藏族史要》，王辅仁、索文清，四川民族出版社，1981年。

《中国通史西藏—松石宝串》，恰白·次旦平措等，西藏藏文古籍出版社，2004年。

《康藏史地大纲》，任乃强著，中国藏学出版社，2002年出版。

《阳光与荒原的诱惑》，巴荒著，中国人民大学出版社，2004年。

《走婚的人们》，宋北麟著，团结出版社，2002年。

《素描西藏》，张晓明著，鹭江出版社，2004年。

《走过西藏》，马丽华著，作家出版社，1994年。

《推龙德庆县·藏族卷》，张江华、李坚尚编著，民族出版社，2003年。

《河山集》，史念海著，陕西师范大学出版社，2006年。

《腾冲史话》，谢本书著，云南人民出版社，2002年。

《中国历史地理概述》，邹逸麟编著，上海教育出版社，2005年。

《云南马帮马锅头口述历史》，马存兆编著，云南大学出版社，2007年。

《佛教史》，杜继文主编，江苏人民出版社，2006年。

《何正璜文集》，陕西历史博物馆编，陕西人民出版社，2006年。

《中国封建王朝兴亡史》（8卷），周远廉主编，广西人民出版社，1996年。

《唐太宗与贞观盛世》，杨希文、刘思怡著，西安出版社，2009年。

《十四世达赖喇嘛人和事》，历声等著，世界知识出版社，2011年。

《我的西藏故事》，廖东凡著，中国藏学出版社，2007年。

《大香格拉洋人秘史》，史幼波著，重庆出版社，2007年。

《成吉思汗》，［法］勒内·格鲁塞著，国际文化出版公司，2004年。

《西行日记》，陈万里著，甘肃人民出版社，2002年。

《西北考察日记》，顾颉刚著，甘肃人民出版社，2002年。

《荷戈纪程》，林则徐著，甘肃人民出版社，2002年。

《抚新日记》，袁大化著，甘肃人民出版社，2002年。

《湟中行记》，（清）阔普通武著，甘肃人民出版社，2002年。

《皋兰载笔》，陈奕禧著，甘肃人民出版社，2002年。

《草原丝绸之路与中亚文明》，张志尧主编，新疆美术摄影出版社，1994年。

《最后的驿道》，周勇著，民族出版社，2004年。

《游陇丛记》，程先甲著，甘肃人民出版社，2002年。

《辛卯侍行记》，陶保廉著，甘肃人民出版社，2002年。

后 记

一

2011 年 9 月，在高原灿烂的秋阳中，我第三次来到拉萨。下榻布达拉宫东侧不足 200 米的四通宾馆，正是期待中的位置，开启窗户就能看见那万众景仰的圣殿。我把在拉萨的时间暂定为 20 天，这与此行的目的紧密相关，这部《从长安到达萨——唐蕃古道全程探行纪实》文字部分 40 万字已出框架，主要篇章已完成，需交西藏社会科学院副院长、著名藏学家何宗英先生审阅把关并作序。何先生是我 2009 年来拉萨认识的，学识渊博，为人谦和，我就涉及藏学方面的一些问题向他请教，他回答得十分专业透彻，使我受益匪浅。

之后，我们互赠著作，电话联系，何先生愿意审阅拙著并作序，20 天是不能再少的时间。另外，书中还需补充图片，一些没有去过的地方心中总不踏实。比如拉萨河与尼

打开窗户便能看到万众景仰的圣殿

洋河发源的米拉山，我一直怀疑这便是藏学家任乃强主张的康藏地界；百年前赵尔丰、陈渠珍驻军之地工布江达；藏军抗英要塞江孜古堡；西藏仅存的帕拉贵族庄园；福康安大败廓尔喀矗立于扎什伦布寺的功德碑等等，正好利用空档时间前往。还有一个想法是，如果时间允许，就在拉萨完成这篇后记，对于这部书稿来讲，也含有某种象征性的意义。

二

其实，这部《从长安到拉萨——唐蕃古道全程探行纪实》与已经出版的《从长安到罗马——汉唐丝绸之路全程探行纪实》（太白文艺出版社，2011年1月出版），应该说是孪生姊妹篇。当然，想法不是最初就有，而是逐步形成。从上世纪九十年代初，我舍文学而习文史，历时10年踏访蜀道，完成《山河岁月》《中国蜀道》之后，很自然地开始丝绸之路的踏访，先后20次西行，一段段地考察从长安到罗马的丝绸古道。最初，是把唐蕃古道也包含其中的，因有专家认为，唐蕃古道从长安到拉萨，之后又延伸至尼泊尔与印度，这条沟通中外的商贸大道，应视为丝绸之路的组成部分，亦被部分学人称为丝绸南路或西南丝绸之路。

1997年7月，丝路探访践行，前后20天去了甘肃、青海、宁夏，返回首次写作一组关于丝路的6篇作品，其中就有收入本书的《如镜湖泊·转瞬四季》《草原·帐篷·孩子》等。之后，多次西行，其中也包括了沿青藏、川藏、滇藏的行走与探索，

《从长安到罗马》隆重首发

在没有去拉萨与日喀则、前藏与后藏、深入西藏腹地之前（第一次去拉萨为2004年），已经写了关于藏地的不少篇章，甚而应广州出版社之邀，编过一本《行走在青藏的边缘》，后因计划调整，这套丛书没有出版，但却促使我及时写下了深入藏地的印象、感受，否则事过境迁，有些篇章可能永远不会再写。

2006年，出版文集时，丝路卷六卷中就含有一卷《唐蕃古道》。2008年，应三秦出版社之邀，我编出两本各约12万字的《秦蜀古道》《唐蕃古道》加盟陕西历史文化百部丛书。这时，我已经意识到唐蕃古道是一个蕴涵深厚的大课题，值得下功夫去挖掘、去钻研。这样决定之后，我断然把《从长安到罗马》中关于唐蕃古道的部分全部抽取出来，当时《从长安到罗马》已列入陕西重点作品，需要全力以赴做好，唐蕃古道就暂时放下了。

三

转瞬之间，三年过去，《从长安到拉萨——唐蕃古道全程探行纪实》也正式提上我的创作日程。首先，《从长安到罗马——汉唐丝绸之路全程探行纪实》已经尘埃落定，全书上下两卷，由50万文字与近500幅图片，5卷100章构成，太白文艺出版社2011年元月出版。应该说这部作品在我的写作生涯中占有比较重要的位置，历时之长，费劲之大，感悟之多，让人铭心。至于社会反响，这里仅援引新华社西安6月26日一则电讯：陕西省作协副主席，著名作家王蓬的力作《从长安到罗马——汉唐丝绸之路全程探行纪实》在入选省重点精品图书和国家“十二五”重点规划图书之后，又获殊荣：入选2011“经典中国国际出版工程”。这是由国家新闻出版署组织，专家严格评审而入选的。今年全国共申报297部作品，入选47部。《从长安到罗马——汉唐丝绸之路全程探行纪实》是陕西唯一入选作品。入选作品将由国家资助组织专家翻译向海外推荐。

这就不仅为写作姊妹篇《从长安到拉萨——唐蕃古道全程探行纪实》积累经验，提供范例，还树立了必要的信心。《从长安到罗马》的写作原则是“以史学的视角看丝路，以文学的笔法写历史”，《从长安到拉萨》很自然地成为“以史学的视角看西藏，以文学的笔法写雪域”，并非形式上简单的继承，而是决定着如何布局，如何谋篇，如何表现，一句话，“怎么写”。同样是以古道贯通全篇，以地理分界各自成卷，再把影响历史进程的重大事件，富于传奇色彩的历史人物，曾经活跃又消失的部落，一度辉煌又毁灭的遗址乃至于土司制度，母系遗风，藏羌走廊，川藏边情，宗教演变，民族起源……尽可能编织进去，尽可能天衣无缝，浑然一体，又不露破绽。这些目标，要做到还得集中时间，集中精力，下一番大功夫。

四

机遇在 2011 年来临，原因简单，我退休了。有了充分的完全供自己支配的时间。之前，任汉中市文联主席、作协主席长达 15 年之久，不是如省作协副主席那样的兼职，是实际主持工作。一个党外人士，也算罕见。这首先得感谢汉中历届党政领导的信赖与支持，使我能在任期内尽职：购置文联办公楼层及车辆；组建协会，出版丛书；倡导为左翼戏剧先驱、抗战时写出《放下你的鞭子》的作者左明修葺陵地，为国画大师方济众故居立碑；策划金贤文学奖，鼓励文艺新人。再是，做为群团组织，独立单位，日常应对考核检查，下乡扶贫，争取编制，申请经费，迎来送往，协调纷争……当今所有单位都难以避免的行政琐事，文联概莫能免。

值得庆幸的是我始终认为：作家是以作品存在的，并不因日常行政琐事干扰影响写作。蜀道系列、丝路系列、学人传记系列相继完成。朋友见面，包括领导总问：“最近写什么？”可见在人们心目中，我是作家而非官员。2006 年贯彻国家公务员法，文联做为党政群团组织，纳入公务员系列。我坚持走职称，为此向人事局专门打了报告。靠什么安身立命？应自己清楚，与利益无涉，与操守相关。中国“官本位”历史悠久，有广泛基础，任何人的成就价值多以“官位”衡量。“唐宋八大家”最小也知州知府，欧阳修、司马光更位居丞相，权倾朝野。寻常百姓眼中，县长远比专家威风。

中国据说列为事业单位约有三千万人，多为知识阶层，按晋升职称取酬。多年中人们以为正高便到顶级，其实不是，“正高”还分四级，国家 1956 年曾给教授定级，在《新文学史料》中看到回忆文章：大作家茅盾可评一级教授，也可按文化部长定级。中断半个世纪，2006 年中央下文启动，职称共分 13 个档次，教授为 1—4 档，副教授为 5—7 档。历时 4 年，尘埃落定，接到省委组织部与省人社厅文件，我被评为“一级文学创作二级岗位”（即二级教授)。同一份文件二级岗位的还有史学泰斗张岂之，国学大师霍松林，国画大家刘文西，陕西文学界仅陈忠实与我两人（贾平凹为公务员正厅），与这些大家同榜，我诚惶诚恐，我认为他们都应该是一级，可文件规定两院院士参评一级。参评二级的标准是："在正高工作岗位15年且现在三级岗位，符合下列条件之一者"。我1994年评上正高，至今已18年，文件要求的条件一项，我有两项：享受国务院特殊津贴专家（1993年)，陕西省有突出贡献专家（2005年)，所以顺利通过。对此，我十分知足，也很看重。因为这是国家和社会对一个从事文学创作40年、诚实劳动者的公允评价。

按说，2008年底，我已年满60，我也当众宣布：到站退休。只因群团换届，又拖两年，直到2011年4月底才完成换届，我一身轻松回家，离岗的最初一个星期，竟然收到296条短信或电话，有各界朋友，亦有党政官员。欣慰之余，5月4日，便迫不及待在窗桌前摊开了大稿本。坦诚地说，我至今不会电脑打字，仅学会处理照片。写作仍是手工劳动，用一种八开本的大稿纸，翻过来在背面中间写字，两边修改，几十年已成习惯，要改也难。我很注重写作环境，当年在农村的小书屋曾让陈忠实羡慕不已。现在条件好，我居汉中城南政府小区，窗外便为汉中飞机场，视野开阔，可远眺汉水。可惜，

1980年陕西作家群，左起：京夫、路遥、蒋金彦、徐岳、邹志安、陈忠实、王蓬、贾平凹、王晓新

今年也开始修建楼宇，幸亏不是高层，还不太影响视野。书桌置于阳台，一边为书架一边为鱼缸花架，桌上则置奇石与全套茶具。写蜀道时，书架全部为蜀道参考书籍；写丝路时，则更换为与丝路相关参考书；《从长安到罗马》交出版社之后，又全部更换为与藏地相关书籍，任乃强、柳陞祺、何宗英、索甲仁波切等藏学家的文集与著作看一眼便让人心动；再是房间悬挂上唐卡、牛角、哈达……营造出浓郁的藏地气氛，形成足够的气场。一切皆为迎接一次新的挑战。

五

首先是阅读。其实，这项工作从 2008 年就断断续续进行。2009 年 5 月又专程去拉萨补充资料，拍摄图片，购回一箱藏学书籍，大致清楚明白了一些关键性问题，比如：青藏高原的形成，藏族的起源，与历代中央政府的关系，达赖、班禅两大活佛形成的渊源，转世的由来，金瓶掣签在历史上起到的关键作用等等。至于整部作品的结构谋篇，由于有《从长安到罗马》可资借鉴，省去了不少烦恼。甚至于已谋划出若干篇“旅途小憩”。顺便说一下，一些朋友阅读《从长安到罗马》，对正文中插进的“旅途小憩”颇感兴趣，三五百字加上相关图片，轻松活泼，生动耐读。问及怎么想起这么做的？其实不是我的发明。中国旅游出版社出版《中国蜀道》时，责编王建华曾提议，可插一些小文章专门写正文中没有的小场景、小情趣。既是对正文的补充，亦是对读者审美情趣的调整。但当时书稿已付印，来不及了，于是就在《从长安到罗马》中实施。当然也会用在《从长安到拉萨》中。可以说这时《从长安到拉萨》已是胸有成竹，呼之欲出。

需要说说西安出版社，《从长安到拉萨》与他们紧密相关。在写作《从长安到罗马》的同时，我还选编了一部传记文学集。这也是 20 多年的积累，最早的《台儿庄敢死队队长沉浮录》写于 1987 年，最晚的《破译“天书”——记著名西夏学专家李范文》完成则为 2009 年，我从发表出版过的 17 部中篇人物传记中选了与学人相关的 10 部，另外就篇幅和规模上说还不能称为中篇传记，多为万字上下，所以归为“人物写真”。这 20 篇作品的传主大多为学人或与文化艺术相关，旨在表现这批学人在不同历史时期，不同工作岗位，为中国西部经济与文化发展所做的贡献。书名定为《中国的西北角——

《中国的西北角》在西安隆重签售

多位学人生涯的探寻与展示》，这批人物中有开发西部的先驱安汉，修筑西汉公路保护石门石刻的工程师张佐周，章草大师王世镗，国画大家方济众，左翼戏剧先驱左明，茶叶专家蔡如桂，再是王汶石、路遥、陈忠实、查舜等学人大家，为这批大写的人树文字丰碑的社会意义是不言而喻的。宋代关学大师张载言：为天地立心，为生民立命，为往圣继绝学，为万世开太平。先贤倡导的责任与担当，不敢标榜，但应努力。

这部50多万字上下两卷的作品能够顺利在西安出版社出版，要特别感谢西安出版社张军孝先生，他毕业于陕西师范大学政教系，对历史人物素感兴趣，曾对陕西辛亥革命以来百位人物做过研究并出版专著。他以学人眼光对《中国的西北角》表示支持，安排资深编辑李宗保先生为责编，使作品顺利出版，并组织在西安嘉汇汉唐书城隆重签售。多家媒体曾予报道，这里只引用《文化艺术报》总编辑陈若星女士的一段评述："灯下细读《中国的西北角》，感涕连连，唏嘘不已！你读还是不读，巨著就在那里，然感动永恒，它源于事迹的永恒，创造者的永恒，发现者的永恒，书写者的永恒，出版者的永恒，下期辟两个专版隆重向读者推介。"陈若星女士是恢复高考后首届考入西北大学历史系，又曾去美国留学4年，有学人素养，亦有实干的经验，她目下主持4种报刊，其《文化艺术报》发行35万份。把旗下报刊都办得生机勃勃，好评如潮。这里特别要感谢的是《文化艺术报》曾全文连载拙著《中国蜀道》，目下又正连载《从长安到罗马——汉唐丝绸之路全程探行纪实》。

出版优秀作品是出版社与作家的共同目标，也是合作的基础。《中国的西北角——多位学人生涯的探寻与展示》的出版为《从长安到拉萨——唐蕃古道全程探行纪实》打好基础，社长张军孝先生诚恳表示：你只需要全力写好作品，其余事情我们来做。

六

所以，我必须写好这部作品。

每个人都有自己的写作习惯，我注重“蓄势”，实地踏访，阅读史料，访问大家，拍摄图片，甚至许多人物、场景已在心中呼之欲出时，才伏案工作，先列提纲，写上大稿本，反复修改，再请人打印，许多年一成不变。但这次有所改变，因为有了充分的时间，这部书稿文字40万字，图片450幅，已经写出的文稿约10万字，还需补充30万字，图片虽系多年积累，但也需挑选与补充。计划6个月完成。我视结构作品如同建筑房屋，需4梁八柱支撑，重要篇章被我视为“梁柱”，往往拼足力气，全力以赴，反复修改，直到意尽词拙；在“梁柱”之间，则营构一些轻松篇章，宛如险山之野花，流水之落英，让读者在沉重之后获得轻松。我也想把这次写作搞得轻松，安排了个时间表。

每日清晨7时起床，不是写作而是去锻炼，南行不足一公里便是飞机场。《汉中文史资料》说：这是抗战后期修建的西部最大的飞机场，占地六千亩，美国重型轰炸机B—29曾由此起飞，轰炸当时敌占区武汉的军事目标。解放后停用，四周被几个村落占为耕地，仅存一条1800米跑道，支线飞机时开时停，机场没有封闭，正好为群众晨练提供了场地。我往返步行，再沿跑道走个来回，约五公里，一个小时，风雨无阻，雨天最好。空无一人，独自打伞，眼前笔直的跑道，四周空旷的视野，思绪清晰，正好把当天要写的篇章过滤一遍。

返回早餐、喝茶，再伏案工作，上午四个小时，少则千字，顺手时也曾达到3000字，一口气三个月，检阅成果，“四梁八柱”主要篇章皆已完成，惟差“川藏线风景”、“滇藏线风情”需完全新写的两卷，暂且放下。累了，需要休息。一方面手写的稿子需请人打印，一方面正好用这个空档探访黄河源。

七

探访黄河源，并非心血来潮，而是蓄谋已久。黄河源头鄂陵湖古称柏海，是唐蕃古道重要驿站，亦是松赞干布迎接文成公主并举办盛大婚礼之地，留有迎亲滩、多卡寺等多处遗迹。作为一部唐蕃古道全程探行的纪实之作，我不想留下空白。再是，我也有种河源情结，多年来在蜀道与丝路的探访之中，曾先后寻叩过汉水、褒水、嘉陵江、白龙江等江河源头，但这些都无法和母

笔耕不辍

亲河黄河源头相比。2004年，我曾探访黄河首曲玛曲，那壮阔神奇的万千气象曾给我留下至深印象。探访黄河源，往返十天，安全顺利，到了现场，拍了图片，又写出专章《探访黄河源》，这里不再重复。惟感不能忘怀的是，站在海拔近5000米的牛头碑下，俯瞰鄂陵湖、扎陵湖，两湖皆浩淼无边，壮阔如海，前不见古人，后不见来者，一时间，嗓眼发酸，眼眶充盈尽是泪水。

回顾从事创作40年，前20年文学，后20年文史，十年踏访蜀道，十年二十次西行，古人教导读万卷书，行万里路；非访民间疾苦无以充实胸臆；非登临名山大川无以恢弘气概；我深以为然。更深知自己，非聪颖之辈，惟勤能补拙。回顾40年来，无一日不读，无一日不写，与创作相关的日记一天不差。每年注定从有象征意义的元旦开始。当初学习创作，尚在农村务农，没有任何背景，更无名人可交，作品能够在《人民文学》《人民日报》《延河》《北京文学》《天津文学》《上海文学》等国内知名报刊发表，全靠反复修改，万字小说能够背过。有幸的是经历了新时期文学的萌动、崛起、辉煌到平静的整个过程，而没有被淘汰。

更值得庆幸的是兴趣成为职业，能够让自己安身立命。也许，还有空间有待攀登。不止一位朋友说："你咋不写个《白鹿原》，得个大奖多好。"是啊，但凡写作的人无不想写部好作品。除了陈忠实，别人并没有写出《白鹿原》，全国近万名中国作协会员，肯定都写出过属于自己的作品，但显赫如《白鹿原》者则为少数，这其中除了作家阅历、修养和功底外，还有社会、时代、供需等客观因素乃至文明传承规律的制约，因为辽阔无垠的俄罗斯也诞生不了或不需要10个托尔斯泰。

八

第三次来拉萨的日子紧张、充实又饶有兴趣。在把作品交给何宗英先生审阅的空档，我去了日喀则和林芝，参观了江孜古堡和帕拉庄园；寻访到了清乾隆时大败廓尔喀的功德古碑；去了米拉山口和西原的家乡，陈渠珍进军的鲁郎古镇；甚而还领略了雅鲁藏布江大峡谷的雄奇，海拔 7782 米的南迦巴瓦雪峰的壮美。待我返回拉萨，正好接到了何宗英先生约谈的电话。

在拉萨期间，我与何宗英先生有过三次长谈，每次都超过 3 个小时。

作品他已认真读过，并把不确当之处一一用红笔划出，比如文中表述的“西藏嘎厦政府”，便只能写为西藏地方政府，“嘎厦”只代表四名俗官，而西藏地方政府由僧官和俗官组成。西藏许多方志办都搞错，何先生曾专门讲课纠正。再是十三世达赖喇嘛在罗布林卡圆寂，而非布达拉宫；时间应以公历为准，免与藏历混淆；文中尽量不提“佛国”而说“佛界”……诸如此类。先生的仔细、认真、渊博让我受益并感动。

交谈中，我更多的是就西藏近代许多问题向他请教，话题广泛而随意：晚清治藏的得失，驻藏大臣的优劣，赵尔丰与陈渠珍，任乃强和朱绣，18 军进藏与昌都战役，近代西藏经历的种种风险，英军的两次入侵，荣赫鹏与古柏特，宗教在平衡人的心理、调理人的心性中所起的积极作用与负面影响，1959 年平叛与拉萨 3·14 事件，帕拉庄园与帕拉家族，近代藏学的研究和拓展，伴着击节与叹息，回顾或展望……先生又找出几种新出的藏学书籍赠送我。有两次都是下午 6 时前往，拉萨偏西，8 时晚餐，我邀请先生小酌，边吃边谈，先生连连摆手，既不喝酒又不吃肉，只好作罢。近晚 10 时告辞，才匆匆寻小店晚餐充饥，心中却无比充实。

作者访问天藏寺活佛

九

鉴于这部作品由42万字和450幅图片共同构成，有必要说到图片。有人讲现在是读图时代，并把原因归结为生活节奏加快，读书时间缺失，人们心性浮躁，有道理却趋于表象。在我看来，书籍图文并茂，是出版业的进步，是与时俱进替读者着想的表现。图片对于文字，尤其内容涉及文史至少有三方面的作用，一是对文字的有力补充。有些历史人物，纵有生花妙笔，也难描述清楚，比如慈禧太后、李鸿章、光绪皇帝、珍妃……一张张发黄的照片上人物的神情、眉眼、服饰、环境透露着那难以捉摸的内心世界，复杂多面的民族性格，传递给我们的竟是整个末代王朝的缩影。信息太多，太过丰厚，一下就把我们带进那个早已逝去的时代。二是对作品真实性的有力佐证。作者会用文字和图片共同讲述"史实"论证观点，不至于天马行空，凭空编造。图片无形中起着制约作用，让文字叙述尽可能接近事情真相。再是要作者亲临现场，不留空白。比如本书这样的行走类纪实作品，能增进作品的现场感，让读者也有亲临现场的情致。当然，图片也会让读者获得审美上的愉悦，因为每张照片都在静默中向所有的读者敞开，读者则会因不同的年龄和文化背景获取无比丰富的信息，这些都是文字不易达到的效果。因此，我对图片和文字同样重视。

我从踏访蜀道和丝路起就重视对图片的拍摄，至少有20年历史，但我从不以摄影家自居，也不用摄影家的专业修养要求自己，因为目的不同，理由如上阐述。依据写作蜀道与丝路的经验，每一千字配一幅图片比较合适，因为会有新的场景或人物出现。这些图片基本按文字顺序排列，力争使每个重要事件、人物与驿站都有现场图片，并尽量争取用自己拍摄的图片。但就这本书来讲并没有完全做到，在450余幅图片中，有近400幅系自己拍摄，其余的历史图片，比如十三世达赖，九世班禅，晚清驻藏大臣有泰，国民政府大员吴忠信，清末名将赵尔丰、陈渠珍，再是文物及地图等，为西藏博物馆提供，这里表示衷心感谢！

十

如今，面对最终改定的厚可盈尺的书稿图片，让人百感交集。回顾探索唐蕃古道的历程，需要感谢的实在太多，审阅作序的何宗英先生，胡悦、田杰、陈忠实、郭加水、高洪波，雷涛、贾平凹、邓贤、莫伸、查舜、聂鑫森、赵本夫、陈若星、张尚中，以及陪同我探访黄河源和藏区的王维宾、卢惠杰、吴宝恒、吴全民、骆志庆，自然还有我的家人，以及帮助打印、校对文稿的朋友。

最后，特别要感谢的是西安出版社社长张军孝先生以及编辑同志，他们以学人的眼光认定这部作品，从文字的处理到图片的选定，从版式的选择到封面的设计都倾注心血，切实尽到了责任。

至此，再说什么都显得多余，没有上述朋友的大力相助，此书的写作与出版则无从谈起。我将和他们一起分享这部作品出版的愉快。

2011 年 9 月草于拉萨
2011 年 12 月改于汉中
2012 年 4 月改于西安

图书在版编目(CIP)数据

从长安到拉萨:唐蕃古道全程探访纪实/王蓬著. —西安:西安出版社,2012.4
ISBN 978-7-80712-898-4

Ⅰ.①从… Ⅱ.①王… Ⅲ.①纪实文学—中国—当代 Ⅳ.①I25

中国版本图书馆 CIP 数据核字(2012)第 082515 号

从长安到拉萨　　唐蕃古道全程探访纪实

著　　者　王　蓬
出版发行　西安出版社
地　　址　西安市长安北路 56 号
电　　话　(029)85253740
邮政编码　710061
网　　址　http://www.xacbs.com
印　　刷　西安新华印务有限公司
开　　本　787mm×1092mm　1/16
印　　张　36.25
字　　数　610 千
版　　次　2012 年 4 月第 1 版
　　　　　　2012 年 4 月第 1 次印刷
书　　号　ISBN 978-7-80712-898-4
定　　价　98.00 元(上下卷)
